GRöLS Verlage

„BÜCHER SIND WIE FALLSCHIRME. SIE NÜTZEN UNS NICHTS, WENN WIR SIE NICHT ÖFFNEN."

Gröls Verlag

Redaktionelle Hinweise und Impressum

Das vorliegende Werk wurde zugunsten der Authentizität sehr zurückhaltend bearbeitet. So wurden etwa ursprüngliche Rechtschreibfehler *nicht* systematisch behoben, denn kleine Unvollkommenheiten machen das Buch – wie im Übrigen den Menschen – erst authentisch. Mitunter wurden jedoch zum Beispiel Absätze behutsam neu getrennt, um den Lesefluss zu erleichtern.

Um die Texte zu rekonstruieren, werden antiquarische Bücher von Lesegeräten gescannt und dann durch eine Software lesbar gemacht. Der so entstandene Text wird von Menschen gegengelesen und korrigiert – hierbei treten auch Fehler auf. Wenn Sie ebenfalls antiquarische Texte einreichen möchten, finden Sie weitere Informationen auf www.groels.de

Viel Freude bei der Lektüre wünscht Ihnen das Team des Gröls-Verlags.

Adressen

Verleger: Sophia Gröls, Im Borngrund 26, 61440 Oberursel

Externer Dienstleister für Distribution & Herstellung: BoD, In de Tarpen 42, 22848 Norderstedt

Unsere „Edition | Werke der Weltliteratur“ hat den Anspruch, eine der größten und vollständigsten Sammlungen klassischer Literatur in deutscher Sprache zu sein. Nach und nach versammeln wir hier nicht nur die „üblichen Verdächtigen“ von Goethe bis Schiller, sondern auch Kleinode der vergangenen Jahrhunderte, die – zu Unrecht – drohen, in Vergessenheit zu geraten. Wir kultivieren und kuratieren damit einen der wertvollsten Bereiche der abendländischen Kultur. Kleine Auswahl:

Francis Bacon • Neues Organon • **Balzac** • Glanz und Elend der Kurtisanen • **Joachim H. Campe** • Robinson der Jüngere • **Dante Alighieri** • Die Göttliche Komödie • **Daniel Defoe** • Robinson Crusoe • **Charles Dickens** • Oliver Twist • **Denis Diderot** • Jacques der Fatalist • **Fjodor Dostojewski** • Schuld und Sühne • **Arthur Conan Doyle** • Der Hund von Baskerville • **Marie von Ebner-Eschenbach** • Das Gemeindekind • **Elisabeth von Österreich** • Das Poetische Tagebuch • **Friedrich Engels** • Die Lage der arbeitenden Klasse • **Ludwig Feuerbach** • Das Wesen des Christentums • **Johann G. Fichte** • Reden an die deutsche Nation • **Fitzgerald** • Zärtlich ist die Nacht • **Flaubert** • Madame Bovary • **Gorch Fock** • Seefahrt ist not! • **Theodor Fontane** • Effi Briest • **Robert Musil** • Über die Dummheit • **Edgar Wallace** • Der Frosch mit der Maske • **Jakob Wassermann** • Der Fall Maurizius • **Oscar Wilde** • Das Bildnis des Dorian Grey • **Émile Zola** • Germinal • **Stefan Zweig** • Schachnovelle • **Hugo von Hofmannsthal** • Der Tor und der Tod • **Anton Tschechow** • Ein Heiratsantrag • **Arthur Schnitzler** • Reigen • **Friedrich Schiller** • Kabale und Liebe • **Nicolo Machiavelli** • Der Fürst • **Gotthold E. Lessing** • Nathan der Weise • **Augustinus** • Die Bekenntnisse des heiligen Augustinus • **Marcus Aurelius** • Selbstbetrachtungen • **Charles Baudelaire** • Die Blumen des Bösen • **Harriett Stowe** • Onkel Toms Hütte • **Walter Benjamin** • Deutsche Menschen • **Hugo Bettauer** • Die Stadt ohne Juden • **Lewis Caroll** • *und viele mehr….*

Jules Verne

Reise nach dem Mittelpunkt der Erde

Inhalt

Erstes Capitel - Professor Lidenbrock

Am 24. Mai 1863, eines Sonntags, kam mein Oheim, der Professor Lidenbrock, in hastiger Eile heim in sein kleines Haus, Königsstraße 19, eine der ältesten Straßen des alten Stadtviertels zu Hamburg.

Die gute Martha mußte glauben sehr mit dem Mittagessen in Rückstand zu sein, denn es fing eben erst an auf dem Heerde zu sieden.

„Schön, sagte ich, aber wenn mein Oheim Hunger hat, wird der ungeduldige Mann Zeter schreien.

– Da ist ja schon Herr Lidenbrock! rief die gute Martha in Bestürzung, indem sie die Thür des Speisezimmers ein wenig öffnete.

– Ja, Martha, aber das Essen darf schon noch etwas kochen, denn es hat eben erst auf der Michaeliskirche halb zwei geschlagen.

– Warum kommt aber Herr Lidenbrock schon heim?

– Er wird's uns vermuthlich sagen.

– Da ist er! Ich flüchte mich, Herr Axel, Sie werden ihn zur Einsicht bringen.“

Und die gute Martha eilte wieder in ihre Küche.

Ich blieb allein. Aber einen zornigen Professor zur Einsicht zu bringen, war doch für meinen etwas schwankenden Charakter nicht möglich. Daher war ich im Begriff mich klüglich wieder in mein Zimmerchen hinauf zu begeben, als die Angeln der Hausthür knarrten; des Hausherrn lange Beine schritten geräuschvoll über die hölzerne Treppe quer durch das Speisezimmer hastig in sein Arbeitscabinet.

Im Vorbeirennen warf er seinen Stock mit einem Nußknackerknopf in eine Ecke, seinen wider den Strich gebürsteten Hut auf einen Tisch, und rief laut seinem Neffen zu:

„Axel, komm' mir nach!“.

Ich hatte noch nicht Zeit, vom Fleck zu kommen, als der Professor mit lebhafter Ungeduld mir zurief:

„Nun! noch nicht hier?“

Ich eilte in's Zimmer meines fürchterlichen Oheims. Otto Lidenbrock war kein bösartiger Mensch, ich geb's gerne zu; aber wofern er nicht, was sehr unwahrscheinlich ist, sich ändert, so wird er als ein schrecklicher Sonderling sterben.

Er war Professor am Johanneum, und hielt Vorträge über Mineralogie, wobei er regelmäßig ein- oder auch zweimal in Zorn gerieth. Es kam ihm durchaus nicht darauf an, daß seine Schüler fleißig die Lectionen besuchten, noch daß sie aufmerksam zuhörten, noch daß sie Fortschritte machten: diese Kleinigkeiten machten ihm wenig Sorge. Sein Vortrag war, wie die deutsche Philosophie sich ausdrückt, „subjectiv“ für ihn, und nicht für andere. Er war ein egoistischer Gelehrter, ein Wissensbrunnen, dessen Rolle knarrte, wenn man etwas herausziehen wollte: mit einem Wort, ein Geizhals.

Es giebt in Deutschland manche Professoren der Art. Mein Oheim hatte leider keine leichte Aussprache, wenigstens wann er öffentlich sprach, ein bedauerlicher Mangel bei einem Redner. Bei seinen Vorträgen im Johanneum blieb der Professor oft plötzlich stecken; er rang mit einem störrigen Ausdruck, der nicht von seinen Lippen wollte, einem Ausdruck, der sich sträubt und aufbläht, bis er endlich in der unwissenschaftlichen Form eines Fluchs heraus kommt. Darüber arge Erzürnung.

Nun giebt's in der Mineralogie viele halb-griechische, halb-lateinische Benennungen, die schwer auszusprechen sind, so holperig rauh, daß sie für eines Dichters Lippen eine Pein sind. Ich will dieser Wissenschaft nichts Uebles nachsagen. Aber gegenüber von rhomboedrischen Krystallisationen, von retin-asphaltischen Harzen, von Gheleniden, Fangasiden, Molybdaten, Tungstaten, Titaniaten und Zirconen darf die geläufigste Zunge fehl sprechen.

In der Stadt nun kannte man diese verzeihliche Schwäche meines Oheims, und man machte sich über ihn lustig; man lauerte ihm auf, reizte ihn zum Zorn und lachte ihn aus, was auch in Deutschland durchaus nicht für anständig gilt. Und waren die Zuhörer Lidenbrock's stets zahlreich, so kamen sie meist deshalb, um sich an dem ergötzlichen Zorn des Professors zu belustigen.

Wie dem auch sein mag, mein Oheim war, – das kann ich nicht genug betonen – ein echter Gelehrter. Obwohl er manchmal bei allzu barschen Versuchen seine Musterstücke zerschlug, verband er mit dem Genie des Geologen den Blick des Mineralogen. Mit seinem Hammer, seiner stählernen Spitzhaue, seiner Magnetnadel, seinem Löthrohr und Fläschchen Salpetersäure war der Mann sehr stark. Er verstand jedes beliebige Metall nach dem Bruch, Aussehen, der Härte, Schmelzbarkeit, dem Ton, Geruch oder Geschmack ohne viel Bedenken in die Classification der sechshundert jetzt bekannten Gattungen einzureihen.

Daher hatte auch Lidenbrock's Name in den Gymnasien und Vereinen einen ehrenvollen Klang. Humphry Davy und von Humboldt, die Kapitäne Franklin und Sabine machten ihm auf der Reise durch Hamburg ihren Besuch. Becquerel, Ebelmen, Brewster, Dumas, Milne-Edwards, Sainte-Claire-Deville befragten ihn gerne über wichtige Punkte der Chemie. Diese Wissenschaft verdankte ihm hübsche Entdeckungen, und im Jahre 1853 war zu Leipzig von Otto Lidenbrock eine Abhandlung über Transcendentale Krystallographie in Großfolio mit Abbildungen erschienen, welche jedoch nicht die Kosten deckte.

Zudem war mein Oheim Conservator des mineralogischen Museums des russischen Gesandten Struve, welches europäischen Ruf hatte.

Dieser Mann war's, der mich so ungeduldig anrief. Ein großer, magerer Mann mit eiserner Gesundheit und blondem jugendlichen Aussehen, das ihn um zehn Jahre jünger machte, als er wirklich war. Große unablässig rollende Augen hinter einer ansehnlichen Brille; eine lange feine Nase, gleich einer scharfen Klinge; böse Zungen behaupteten, sie sei mit einem Magnet bestrichen und ziehe den Eisenstaub an sich.

Pure Verleumdung: sie zog nur den Tabak in sich, und zwar, um der Wahrheit ihr Recht zu geben, in reichlichem Maße.

Wenn ich noch hinzufüge, daß mein Oheim mathematisch gemessen drei Fuß lange Schritte machte, und ferner bemerke, daß er mit festgeschlossenen Händen – was ein heftiges Temperament bezeichnet – einherging, so kennt man ihn hinlänglich, um auf seine Gesellschaft nicht sehr erpicht zu sein.

Er wohnte auf der Königsstraße in einem eigenen kleinen Hause, das halb aus Holz, halb aus Ziegelstein gebaut war, mit ausgezacktem Giebel; es lag an einem der Canäle, welche in Schlangenwindungen durch das älteste Quartier Hamburgs ziehen, das von dem großen Brand im Jahre 1842 glücklich verschont wurde; sein Dach saß ihm so schief, als einem Studenten des Tugendbundes die Mütze auf dem Ohr; das Senkblei durfte man an seine Seiten nicht anlegen; aber im Ganzen hielt es sich fest, Dank einer kräftigen in die Vorderseite eingefügten Ulme, die im Frühling ihre blühenden Zweige durch die Fensterscheiben trieb.

Mein Oheim war für einen deutschen Professor reich zu nennen. Das Haus war sammt Inhalt sein volles Eigenthum. Zu dem Inhalt gehörte seine Pathin, Gretchen, ein siebenzehnjähriges Mädchen aus den Vierlanden, die gute Martha und ich. In meiner doppelten Eigenschaft als Neffe und Waise ward ich sein Handlanger-Gehilfe bei seinen Experimenten.

Ich gestehe, daß ich an den geologischen Wissenschaften Lust hatte; es floß mineralogisches Blut in meinen Adern, und ich langweilte mich nie in Gesellschaft meiner kostbaren Steine.

Uebrigens konnte man doch in diesem kleinen Hause der Königsstraße glücklich leben trotz der ungeduldigen Weise seines Eigenthümers, denn obwohl er sich etwas brutal benahm, liebte er mich doch. Aber der Mann verstand nicht zu warten, und eilte sogar der Natur voran.

Wenn er im April in die Fayence-Töpfe seines Salons Stöckchen Reseda oder Winde pflanzte, zupfte er sie jeden Morgen an den Blättern, um ihr Wachsthum zu beschleunigen.

Bei einem solchen Original war nichts anderes möglich, als gehorchen. Ich stürzte daher hastig in sein Arbeitszimmer.

Zweites Capitel - Ein altes Document

Dieses Cabinet war ein wahrhaftes Museum. Alle Musterstücke aus dem Mineralreich fanden sich da mit Etiketten versehen in vollständigster Ordnung gereiht, nach den drei großen Abtheilungen der brennbaren, metallischen und steinartigen Mineralien.

Wie war ich mit diesem Spielzeug der mineralogischen Wissenschaft vertraut! Wie oft hatte ich, anstatt mit meinen Kameraden meine Zeit zu vertändeln, meine Freude daran, diese Graphiten, Anthraciden, Ligniten, die Steinkohlen und Torfe abzustäuben! Und die Harze, Erdharze, organischen Salze, die vor den geringsten Stäubchen zu schützen waren! Und diese Metalle, vom Eisen bis zum Gold, deren relativer Werth vor der absoluten Gleichheit der wissenschaftlichen Gattungen verschwand! Und alle die Steine, womit man das Haus an der Königsstraße hätte neu aufbauen können, und noch ein hübsches Zimmer dazu, worin ich mich recht hübsch eingerichtet hätte!

Aber als ich in das Arbeitszimmer trat, dachte ich nicht an diese Wunder; mein einziger Gedanke war mein Oheim. Er war in seinem großen, mit Utrechter Sammt beschlagenen Lehnstuhl vergraben und hielt ein Buch in den Händen, das er mit tiefster Bewunderung anschaute.

„Welch ein Buch! welch ein Buch!“ rief er aus. Dieser Ausruf erinnerte mich, daß der Professor Lidenbrock auch zu Zeiten ein Büchernarr war: eine alte Scharteke hatte in seinen Augen nur insofern Werth, als sie schwer aufzufinden oder wenigstens unleserlich war.

„Aber, sagte er, siehst Du denn nicht? Das ist ja ein unschätzbares Kleinod, das ich heute Morgen im Laden des Juden Hevelius aufgefunden habe.

– Prachtvoll!“ erwiderte ich mit erheucheltem Enthusiasmus. Wahrhaftig, wozu so viel Lärm um einen alten Quartanten in Kalbleder, eine vergilbte Scharteke mit verblaßtem Buchzeichen.

Der Professor fuhr indessen fort in unerschöpflicher Bewunderung, indem er sich selbst fragte und antwortete:

„Siehst Du, ist's nicht hübsch? Ja, wunderschön! was für ein Einband! wie leicht schlägt man's auf! wie trefflich schließen die Blätter, daß sie nirgends klaffen! Und an diesem Rücken sieht man nach sieben Jahrhunderten noch keinen Riß!“

Ich konnte nichts Besseres thun, als ihn über den Inhalt zu fragen, obwohl der mich wenig kümmerte.

„Und wie ist denn der Titel des merkwürdigen Buches? fragte ich hastig.

– Dies Werk, erwiderte mein Oheim lebhaft, ist die Heimskringla von Snorro Sturleson, dem berühmten isländischen Chronisten des zwölften Jahrhunderts! Es enthält die Geschichte der norwegischen Fürsten, die auf Island herrschten.

– Wirklich! rief ich so freudig wie möglich, und gewiß eine deutsche Uebersetzung?

– Schön! entgegnete lebhaft der Professor, eine Uebersetzung! Und was mit der Uebersetzung anfangen? Wer kümmert sich um eine solche? Es ist ein Originalwerk in isländischer Sprache, dem prächtigen, reichen und zugleich einfachen Idiom!

– Wie das Deutsche, fügte ich schmeichelnd bei.

– Ja, erwiderte mein Oheim mit Achselzucken, ohne in Anschlag zu bringen, daß die isländische Sprache die drei Geschlechter bezeichnet, wie beim Griechischen, und die Eigennamen declinirt, wie im Lateinischen!

– Ah! rief ich, indem ich meiner Gleichgiltigkeit Gewalt anthat, und wie schön sind die Lettern!

– Lettern! Was meinst Du, Lettern? Wie? Du meinst, das sei gedruckt? Nein, Dummer, es ist ein Manuscript, ein Runen-Manuscript! ...

– Runen?

– Ja! Begehrst Du nun eine Erklärung dieses Worts?

– Das laß ich bleiben“, erwiderte ich mit dem Ton eines Beleidigten.

Aber mein Oheim fuhr um so eifriger fort mich wider Willen über Dinge zu belehren, die ich zu wissen gar nicht Lust hatte.

„Die Runen, fuhr er fort, waren Schriftzüge, die vor uralten Zeiten auf Island im Gebrauch waren und von Odin selbst erfunden sein sollen! Aber schau doch her, bewundere doch, Gottloser, die von einem Gott ausgedachten Zeichen!“

Wahrhaftig, anstatt zu antworten, fiel ich auf die Kniee, eine Antwort, die Göttern und Königen gefällt.

Ein Zwischenfall gab der Unterhaltung eine andere Wendung. Ein schmutziges Pergament fiel aus der Scharteke heraus auf den Boden.

Mit begreiflicher Gier fiel mein Oheim über diesen Quark her. Ein altes Document, das vielleicht seit unvordenklicher Zeit in einem alten Buche lag, mußte unfehlbar in seinen Augen sehr kostbar sein.

„Was ist das?“ rief er aus.

Und zugleich entfaltete er sorgfältig auf dem Tisch ein fünf Zoll langes, drei Zoll breites Pergamentstück, worauf in Querzeilen ein unverständliches Gekritzel von Schriftzügen sich befand.

Ich gebe hier ein genaues Facsimile derselben. Es ist mir darum zu thun, diese seltsamen Zeichen zur Anschauung zu bringen, weil sie den Professor Lidenbrock nebst seinen Neffen zu der sonderbarsten Unternehmung des neunzehnten Jahrhunderts veranlaßten:

Der Professor betrachtete diese Zeichen eine Weile; dann sprach er, indem er seine Brille höher rückte:

„Es ist Runisch; diese Zeichen sind denen auf dem Manuscript Snorro's völlig gleich! Aber ... was mag das nur bedeuten?“

Da es mir schien, das Runische sei eine Erfindung der Gelehrten, um die ungelehrten Leute zu hintergehen, so war es mir nicht unlieb, daß mein Oheim nichts davon verstand. Das nahm ich wenigstens aus seinen Fingerbewegungen ab.

„Es ist doch alt Isländisch“, brummte er in den Bart.

Und der Professor Lidenbrock mußte das wohl verstehen, denn er galt für ein Wunder von einem Sprachenkenner. Die zweitausend Sprachen und viertausend Dialekte, die man auf der Erde kennt, sprach er nicht nur geläufig, sondern verstand auch deren einen guten Theil.

Um dieser Schwierigkeit willen war er im Begriff, sich allen Stürmen seines heftigen Gefühls hinzugeben, als es auf der kleinen Uhr des Kamins zwei schlug, und die gute Martha die Thür mit den Worten öffnete:

„Die Suppe ist aufgetragen.

– Zum Henker mit der Suppe, schrie mein Oheim, sammt der Köchin, und wer sie verzehrt!“

Martha entfloh, ich eilte ihr nach und befand mich, ohne zu wissen wie, an meinem gewöhnlichen Platz im Speisezimmer.

Ich wartete eine Weile. Der Professor kam nicht. Zum ersten Mal, meines Gedenkens, ließ er sich bei dem Mittagessen vermissen. Und doch, welch treffliches Essen! Petersiliensuppe, Eierkuchen mit Schinken in Sauerampfersauce, Kalbsnierenbraten mit Pflaumencompot, und zum Dessert Meerkrebschen mit Zucker, und dazu ein hübscher Moselwein.

Das Alles versäumte mein Oheim über dem alten Papier. Wahrhaftig als ergebener Neffe glaubte ich mich verbunden, für uns beide zu essen. Und ich that es gewissenhaft.

„Das hab' ich nie erlebt! sagte die gute Martha. Herr Lidenbrock nicht bei Tische!

– Unglaublich.

– Das hat was Arges zu bedeuten!“ fuhr die Alte mit Kopfschütteln fort.

Meines Erachtens bedeutete es nichts anderes, als eine fürchterliche Scene, wenn mein Oheim sein Essen aufgezehrt finden würde.

Ich war an meinem letzten Krebschen, als eine lauthallende Stimme mich den Genüssen des Nachtisches entzog. Mit einem Sprung war ich im Cabinet des Herrn.

Drittes Capitel - Das Pergament des Arne Saknussemm

„Es ist offenbar Runisch, sagte der Professor mit Stirnrunzeln. Aber ich werde das Geheimniß, das dahinter steckt, entdecken, sonst ...“

Und er machte eine heftige Bewegung mit der Hand.

„Setz' Dich dahin, fuhr er fort, indem er auf den Tisch hinwies, und schreib'.“

Im Augenblick war ich bereit.

„Jetzt will ich Dir jeden Buchstaben unseres Alphabets dictiren, sowie er mit einem dieser Schriftzüge stimmt. Wir werden sehen, was dabei herauskommen wird. Aber nimm Dich wohl in Acht, daß Du nichts verfehlst!“

Er fing an, zu dictiren, und ich gab mir alle Mühe. Er benannte jeden Buchstaben einen nach dem andern, und so bildeten sich folgende unverständliche Worte:

m.rnlls esreuel seecJde

sgtssmf unteief niedrke

kt,samn atrateS Saodrrn

emtnaeI nuaect rrilSa

Atvaar .nxcrc ieaabs

ccdrmi eeutul frantu

dt,iac oseibo KediiI

Als dies fertig war, nahm mein Oheim hastig das Blatt, worauf ich geschrieben hatte.

„Was will das bedeuten?“ wiederholte er mechanisch.

Auf Ehre, ich hätte es ihm nicht sagen können. Uebrigens fragte er mich nicht, und sprach weiter mit sich selbst:

„Das heißen wir eine Geheimschrift, sagte er, worin der Sinn hinter absichtlich durcheinander gemischten Buchstaben versteckt ist, welche in gehöriger Folge geordnet, eine verständliche Phrase bilden würden. Darin steckt vielleicht die Erklärung oder Andeutung einer großen Entdeckung!“

Ich meines Theils dachte, es stecke gar nichts dahinter, aber ich hütete mich wohl, meine Meinung auszusprechen.

Der Professor nahm darauf das Buch und das Pergament, und verglich sie beide mit einander.

„Diese beiden Schriften sind nicht von derselben Hand; das Geheimschriftstück ist späteren Ursprungs, als das Buch, wie ich das gleich vorne aus einem unwiderleglichen Beweis ersehe. In der That, der erste Buchstabe ist ein doppeltes M, das in Sturleson's Buch sich nicht findet, denn es wurde erst im vierzehnten Jahrhundert dem isländischen Alphabet hinzugefügt. Also liegen wenigstens zwei Jahrhunderte zwischen dem Manuscript und dem Document.“

Das schien mir allerdings ziemlich folgerichtig.

„Das bringt mich auf den Gedanken, fuhr mein Oheim fort, diese geheimnißvolle Schrift sei von einem Besitzer des Buches verfaßt worden. Aber wer zum Henker war dieser Besitzer? Sollte er nicht seinen Namen irgendwo unter das Manuscript gesetzt haben?“

Mein Oheim setzte seine Brille höher, nahm eine starke Lupe, und musterte sorgfältig die ersten Seiten des Buches durch. Auf der zweiten Rückseite entdeckte er eine Art Flecken, der wie ein Tintenklex aussah; aber genauer besehen unterschied man einige halb verloschene Schriftzüge. Mein Oheim begriff, daß es auf diesen Punkt ankomme; er machte sich also auf's Eifrigste darüber her, und erkannte endlich mit Hilfe seiner Lupe die folgenden Runenschriftzeichen, welche er ohne Anstoß lesen konnte:

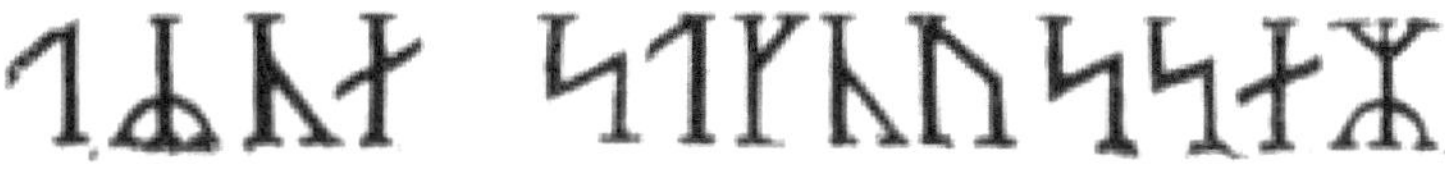

„Arne Saknussemm! rief er triumphirend aus, aber das ist ein Name, und noch dazu ein isländischer Name, eines Gelehrten des sechzehnten Jahrhunderts, eines berühmten Alchymisten."

Ich schaute meinen Oheim mit einigem Staunen an.

„Diese Alchymisten, fuhr er fort, Avicenna, Bacon, Lullus, Paracelsus waren die einzigen, die echten Gelehrten ihrer Epoche. Sie haben Entdeckungen gemacht, worüber wir erstaunt sein dürfen. Warum sollte nicht dieser Saknussemm unter dieser Geheimschrift eine auffallende Entdeckung verhüllt haben? So muß es sein. So ist's wirklich."

Bei dieser Hypothese erhitzte sich des Professors Phantasie.

„Ganz gewiß, erwiderte ich keck, aber was konnte dieser Gelehrte für ein Interesse dabei haben, eine merkwürdige Entdeckung geheim zu halten?

– Warum? Warum? Ja, weiß ich's? Hat's nicht Galiläi ebenso gemacht in Beziehung auf Saturn? Uebrigens, wir werden schon sehen: ich werde das Geheimniß dieses Documents herausbekommen, und ich werde weder essen noch schlafen, bis ich's heraus habe.

– O! dachte ich.

– Du ebenfalls nicht, Axel, fuhr er fort.

– Teufel! dacht' ich, da ist's gut, daß ich doppelte Mahlzeit gehalten habe.

– Und erstlich, sagte mein Oheim, gilt's, die Sprache dieser Chiffre aufzufinden. Das kann nicht schwer sein."

Bei diesen Worten hob ich lebhaft den Kopf. Mein Oheim fuhr fort, mit sich selbst zu reden:

„Es giebt nichts Leichteres. Dieses Document enthält hundertzweiunddreißig Buchstaben, wovon neunundsiebenzig Consonanten gegen dreiundfünfzig Vocale. Ungefähr dieses Verhältniß findet bei den südlichen Sprachen statt, während die Idiome des Nordens unendlich reicher an Consonanten sind. Es handelt sich also um eine Sprache des Südens."

Diese Folgerungen waren richtig.

„Aber was ist's für eine Sprache?

– Dieser Saknussemm, fuhr er fort, war ein unterrichteter Mann; wenn er also nicht in seiner Muttersprache schrieb, mußte er der unter den gebildeten Geistern des sechzehnten Jahrhunderts geläufigen Sprache den Vorzug geben, der lateinischen nämlich. Irre ich darin, so kann ich mit dem Spanischen, dem Französischen, Italienischen, Griechischen oder Hebräischen einen Versuch machen. Aber die Gelehrten des sechzehnten Jahrhunderts schrieben im Allgemeinen lateinisch. Ich darf also als selbstverständlich annehmen, es sei Latein."

Ich sprang von meinem Stuhl auf. Meine Erinnerungen aus der Lateinschule sträubten sich gegen die Behauptung, diese Gruppe seltsamer Worte könne der sanften Sprache Virgil's angehören.

„Ja! Latein, fuhr mein Oheim fort, aber verworrenes Latein.

– Das mag sein! dachte ich. Wenn Du es entwirrst, lieber Oheim, bist Du ein feiner Kopf.

– Untersuchen wir gehörig, sagte er, und nahm das von mir beschriebene Blatt wieder zur Hand. Hier ist eine Gruppe von hundertzweiunddreißig Buchstaben, die wir in vollständiger Verworrenheit finden. Da sind Worte, worin nur Consonanten vorkommen, wie das erste 'rnlls', andere dagegen, worin die Vocale überwiegen, z.B. das fünfte: 'uneeief', oder das vorletzte: 'oseibo'. Nun ist offenbar diese Gruppirung nicht so zusammengesetzt worden; sie wurde mathematisch gegeben durch ein uns unbekanntes Verhältniß, nach welchem die Aneinanderreihung dieser Buchstaben bestimmt wurde. Ich halte für gewiß, daß die ursprüngliche Phrase regelmäßig geschrieben, sodann nach einem Grundgedanken, den man auffinden muß, umgebildet wurde. Wer den Schlüssel dieser 'Chiffre' besäße, würde sie geläufig lesen. Aber was ist das für ein Schlüssel? Axel, hast Du ihn?“

Auf diese Frage wußte ich nicht zu antworten, und aus gutem Grunde. Meine Blicke waren auf ein reizendes Porträt, das an der Wand hing, geheftet, das Porträt Gretchen's. Die Mündel meines Oheims befand sich damals zu Altona bei einer Verwandten, und ich war über ihre Abwesenheit sehr betrübt, denn, jetzt kann ich's gestehen, die hübsche Vierländerin und der Neffe des Professors liebten sich mit echt deutscher Herzlichkeit und Ausdauer. Wir hatten uns ohne Wissen unseres Oheims verlobt, der allzuviel Geolog war, um für solche Gefühle einen Begriff zu haben. Gretchen war eine reizende Blondine mit blauen Augen, von etwas gesetztem Charakter und ernstem Sinn; aber sie liebte mich darum nicht minder. Ich meinerseits betete sie an, sofern dieser Begriff im Altdeutschen existirt! Das Bild meiner kleinen Vierländerin versetzte mich also auf einmal aus der wirklichen Welt in die Welt der Träume, der Erinnerungen.

Ich erblickte in diesem Bild die treue Genossin meiner Arbeiten und Freuden. Sie half mir tagtäglich die köstlichen Steine meines Oheims ordnen, dieselben mit Etiketten versehen. Fräulein Gretchen war in der Mineralogie sehr stark! Sie hätte darin mehr als einen Gelehrten zurecht weisen können. Sie befaßte sich gerne damit, schwierige Fragen der Wissenschaft zu ergründen. Welche süße Stunden hatten wir mit gemeinsamen Studien hingebracht! Und wie oft beneidete ich die fühllosen Steine um das Glück, von ihren reizenden Händen betastet zu werden!

Hernach, wann die Erholungszeit kam, wandelten wir mit einander durch die belaubte Alsterallee, und besuchten zusammen die alte betheerte Mühle, die sich am Ende des See's so gut ausnimmt; unterwegs plauderten wir Hand in Hand. Ich erzählte ihr Dinge, worüber sie herzlich lachte. So kamen wir bis zum Elbufer, und nachdem wir den Schwänen, die zwischen den großen weißen Seerosen schwimmen, gute Nacht gesagt, begaben wir uns mit dem Dampfboot wieder zum Quai.

Als ich in meinem Träumen hier ankam, ward ich von meinem Oheim durch einen Faustschlag auf den Tisch gewaltsam in die Wirklichkeit zurückgerufen.

„Sehen wir, sagte er, die erste Idee, die sich dem Geist darbietet, um die Buchstaben einer Phrase aus ihrer Ordnung zu bringen, besteht, dünkt mir, darin, daß man die Worte, anstatt horizontal, vertical schreibt. Wir müssen anschauen, was dabei herauskommt. Axel, schreib' irgend einen Satz auf diesen Zettel, aber anstatt die Buchstaben neben einander zu stellen, setze sie in verticalen Reihen einen nach dem andern, und zwar in Gruppen von fünf bis sechs.“

Ich begriff, wie es gemeint war, und schrieb sogleich von oben nach unten.

I	e	r	m	t	t
ch	d	z	e	e	ch
l	i	l	i	s	e
i	ch	i	n	G	n
e	h	ch	g	r	!
b	e	,	u	e	

„Gut, sagte der Professor, ohne gelesen zu haben. Jetzt schreibe diese Worte in eine horizontale Zeile.

Ich gehorchte und bekam folgende Phrase:

Iermtt chdzeech lilise ichinGn ehchgr! be,ue

Ganz recht, sagte mein Oheim, und riß mir den Zettel aus der Hand, das sieht schon aus wie das alte Document: die Vocale stehen so wie die Consonanten in der nämlichen Unordnung gruppirt; da sind selbst Anfangsbuchstaben sowie Komma in der Mitte der Worte, ganz wie in dem Pergament des Saknussemm!"

Ich konnte nicht umhin, diese Bemerkungen für recht sinnreich zu halten.

„Nun, fuhr mein Oheim fort, um die Phrase, welche Du geschrieben hast, und deren Inhalt ich nicht kenne, zu lesen, brauch' ich nur zuerst den ersten Buchstaben jedes Wortes zusammen zu reihen, dann je den zweiten, hernach den dritten u.s.w."

Und mein Oheim las, zu seinem und meinem größten Erstaunen:

Ich liebe dich herzlich, mein gutes Gretchen!

„Oho!" sagte der Professor.

Ja, unversehens hatte ich als verliebter Tölpel diese verrätherische Zeile geschrieben!

„So! Du liebst Gretchen? fuhr mein Oheim in echtem Vormünderton fort.

– Ja ... Nein ... stotterte ich.

– Du liebst also Gretchen! wiederholte er maschinenmäßig. Nun, wenden wir mein Verfahren auf das fragliche Document an."

Mein Oheim war schon wieder in das Nachsinnen, welches ihn ganz in Anspruch nahm, versunken, daß er bereits meine unvorsichtigen Worte vergaß. Ich sage unvorsichtigen, denn der Kopf des Gelehrten konnte die Herzensangelegenheiten nicht begreifen. Aber zum Glück hatte die große Angelegenheit des Documents das Uebergewicht.

Im Begriff, seinen Hauptversuch zu machen, sprühten des Professors Augen Blitze durch seine Brille hindurch. Mit zitternden Fingern nahm er das alte Pergament wieder zur Hand. Er war von ernster Bewegung ergriffen. Endlich hustete er tüchtig, und dictirte mir mit würdigem Ton, indem er der Reihe nach zuerst den ersten Buchstaben, dann den zweiten jedes Wortes zusammen nahm, die folgenden Gruppen:

mmessunkaSenrA.icefdoK.segnittamurtn
ecertserrette,rotaivxadua,ednecsedsadne
lacartniiiluJsiratracSarbmutabiledmek
meretarcsilucoYsleffenSnI

Als ich sie fertig hatte, war ich, offen gestanden, in Gemüthsbewegung; in diesen Buchstaben hatte ich gar keinen Sinn zu erkennen vermocht; ich war also darauf gespannt, des Professors Lippen würden hochtrabend eine Phrase prachtvollen Lateins hören lassen.

Aber wer hätte das gedacht! ein heftiger Faustschlag erschütterte den Tisch, daß die Tinte emporspritzte, die Feder meinen Händen entfiel.

„Das ist's nicht! schrie mein Oheim, das hat keinen Sinn!“ Darauf stürzte er rasch wie eine Kugel durch das Cabinet, wie eine Lawine die Treppe hinab, auf die Königsstraße und entfloh aus Leibeskräften.

Viertes Capitel - Entzifferung des Geheimnisses

„Er ist fort, rief Martha, die herbeigelaufen kam, als er die Hausthür so heftig zuschlug, daß von dem Schmettern das ganze Haus erschüttert wurde.

– Ja, erwiderte ich, ganz und gar fort!

– Nun! und sein Mittagessen? sagte die alte Dienerin.

– Er wird nicht zu Mittag speisen!

– Und sein Abendessen?

– Er wird auch nicht zu Abend speisen!

– Wie? sagte Martha und rang die Hände.

– Nein, gute Martha, er wird nicht mehr essen, und Niemand im ganzen Hause. Mein Oheim läßt uns alle fasten, bis es ihm gelingt, ein altes Gekritzel, das durchaus unleserlich ist, zu entziffern!

– Jesus! So bleibt uns also nichts, als Hungers sterben.“

Ich getraute nicht, einzugestehen, daß bei einem so unbedingten Mann, wie mein Oheim, dies uns unvermeidlich bevorstehe.

Ernstlich beunruhigt begab sich die alte Dienerin mit Seufzen in ihre Küche zurück.

Als ich allein war, kam mir der Gedanke, zu Gretchen zu eilen und ihr Alles zu erzählen. Aber wie konnte ich das Haus verlassen? Der Professor konnte jeden Augenblick heim kommen. Und wenn er nach mir rief? Und wenn er seine Enträthselungsarbeit, die man dem alten Oedipus vergeblich vorgelegt haben würde, wieder anfangen wollte? Und was würde es geben, wenn ich auf sein Rufen nicht Antwort gäbe?

Das Klügste war, zu bleiben. Eben hatte uns ein Mineralog aus Besançon eine Sammlung Klappersteine vom Kieselgeschlecht zugeschickt, welche zu classificiren waren. Ich machte mich an die Arbeit. Ich sonderte aus, machte Etiketten, ordnete in ihrem Glaskasten alle die hohlen Steine, worin kleine Krystalle eingeschlossen waren.

Aber diese Thätigkeit beschäftigte mich nicht völlig. Das alte Document machte mir in den Gedanken viel zu schaffen. Mein Kopf glühte, und eine unbestimmte Unruhe ergriff mich. Ich ahnte eine bevorstehende Katastrophe.

Nach Verlauf einer Stunde waren meine Klappersteine geordnet. Darauf wiegte ich mich in dem großen Lehnstuhl, den Kopf rückwärts, die Arme baumelnd. Ich zündete meine Pfeife an, deren lange krumme Röhre am Kopf mit dem Bild einer Nymphe geziert war, und ergötzte mich daran, die Fortschritte der Verkohlung zu beobachten, wodurch die Nymphe zu einer vollständigen Negerin geworden war. Von Zeit zu Zeit lauschte ich, ob sich nicht Tritte auf der Treppe vernehmen ließen. Nichts zu hören. Wo mochte mein Oheim eben sein? Ich sah ihn in Gedanken die schöne

Allee der Altonaer Straße entlang laufen, gesticulirend, mit kräftigem Arm die Kräuter zerschlagen, Disteln köpfen und die Schwäne in ihrem Frieden stören.

Wird er triumphirend oder entmuthigt heim kommen? Sollte er das Geheimniß heraus bekommen haben? So fragte ich mich, und nahm maschinenmäßig das Blatt Papier in die Hand, worauf die von mir geschriebenen unverständlichen Zeilen sich befanden. Ich wiederholte:

„Was bedeutet dies?"

Ich versuchte die Buchstaben so zu gruppiren, daß sie Worte bildeten. Unmöglich. Man mochte sie zu zwei, drei, fünf oder sechs zusammenstellen, es kam durchaus nichts Verständliches heraus. Doch ließ sich aus dem vierzehnten, fünfzehnten und sechzehnten Buchstaben das englische Wort „ice" bilden, aus dem vier-, fünf- und sechsundachtzigsten das Wort „sir". Endlich erkannte ich mitten in dem Document auf der dreißigsten Zeile die lateinischen Worte „rota", „mutabile", „ira", „nec", „atra".

Teufel, dacht' ich, diese letzteren Wörter könnten wohl meinem Oheim Auskunft über die Sprache des Documents geben! Und da sehe ich gar, auf der vierten Zeile noch das Wort „luco", das einen „heiligen Hain" bedeutet. Zwar auf der dritten Zeile ist das Wort „tabiled" zu lesen, welches ganz hebräisch aussieht, und auf der letzten die Wörter „mer", „arc", „mère", die rein französisch sind.

Darüber konnte man den Kopf verlieren: Vier verschiedene Sprachidiome in einer sinnlosen Phrase! In welchem Zusammenhang konnten die Wörter „Eis", „Herr", „Zorn", „grausam", „heiliger Hain", „wechselnd", „Mutter", „Bogen", „Meer" stehen? Das letzte und erste allein ließen sich leicht an einander reihen: es wäre nicht zu verwundern, wenn in einem auf Island geschriebenen Document von „Eismeer" die Rede wäre. Aber den übrigen Theil des Geheimschriftstücks zu begreifen, war doch eine andere Aufgabe.

Ich rang also mit einer unlöslichen Schwierigkeit; mein Gehirn erhitzte sich, meine Augen blinzelten bei dem Blick auf das Blatt; die hundertzweiunddreißig Buchstaben schienen um mich herum zu hüpfen, wie die Silbertropfen, die in der Luft unseren Kopf umflimmern, wenn das Blut stark dahin dringt.

Es wandelten mich Phantasiegesichte an; der Athem ging mir aus; ich bedurfte Luft. Unwillkürlich fächelte ich mich mit dem Blatt Papier, so daß seine Vorder- und Rückseite abwechselnd mir vor Augen kamen. Wie war ich überrascht, als ich bei einem solchen raschen Umwenden vollkommen lesbare Wörter zu erkennen glaubte, lateinische Wörter, z.B. „craterem“, „terrestre“.

So drang auf einmal ein Lichtstrahl in meinen Geist; diese einzigen Spuren führten mich auf den Weg der Wahrheit; ich hatte das Gesetz der Chiffre gefunden. Um das Document zu verstehen, brauchte man nicht einmal quer über auf die Rückseite des Blattes zu lesen! Nein.

Gerade so, wie es war, gerade so, wie mir's dictirt wurde, konnte es geläufig buchstabirt werden. Alle sinnreichen Gedanken des Professors verwirklichten sich. Er hatte Recht in Hinsicht der Zusammenreihung der Buchstaben, sowie in Hinsicht der Sprache. Um dieses lateinische Schreiben von Anfang bis zu Ende lesen zu können, bedurfte er nur noch „etwas“, und dieses „etwas“ wurde mir vom Zufall gegeben.

Natürlich war ich sehr im Gemüth ergriffen. Meine Augen wurden trübe, so daß sie mir den Dienst versagten. Ich hatte das Papier auf dem Tisch ausgebreitet. Ich brauchte nur einen Blick darauf zu werfen, um das Geheimniß in Besitz zu bekommen.

Endlich ward ich mit Mühe meiner Bewegung Herr. Um meine Nerven ruhig werden zu lassen, legte ich mir auf, zweimal durch das Zimmer zu gehen, darauf wiegte ich mich wieder in dem großen Lehnstuhl.

„So will ich lesen“, rief ich aus, nachdem ich aus tiefer Brust aufgeathmet.

Ich neigte mich über den Tisch, verfolgte mit dem Finger der Reihe nach jeden Buchstaben, und las ohne anzuhalten, ohne einen Augenblick zu stocken, mit lauter Stimme den ganzen Satz.

Aber welche Bestürzung, welcher Schrecken befiel mich! Ich stand Anfangs wie vom Schlag gerührt. Wie! Was ich eben gelernt hatte, war schon am Ziel! Ein Mensch war kühn genug, dahin zu dringen! ...

„Ah! rief ich hüpfend aus, nein! nein! Mein Oheim soll's nicht erfahren! Er würde unfehlbar eine solche Reise vornehmen! Er würde auch diesen Genuß haben wollen! Nichts würde ihn abhalten können! Ein so entschlossener Geolog! Er würde jedenfalls hinreisen, trotz Allem! und er würde mich mitnehmen, um nimmer heimzukehren! Niemals! nie!“

Ich war in unbeschreiblicher Aufregung.

„Nein! nein! Das wird nicht geschehen, sagte ich mit Energie, und da es in meiner Macht steht, zu verhindern, daß meinem Tyrannen eine solche Idee in den Sinn komme, so will ich's thun. Wenn er das Document um- und herumwendet, könnte er zufällig den Schlüssel desselben entdecken! So will ich's vernichten!“

Im Kamin war noch ein wenig Feuer. Ich ergriff nicht allein das Blatt Papier, sondern auch das Pergament des Saknussemm; mit fieberhaft zitternder Hand war ich im Begriff, es mit einander auf die Kohlen zu werfen, und so das gefährliche Geheimniß zu vernichten. Da öffnete sich die Thür des Zimmers und mein Oheim trat ein.

Fünftes Capitel - Der Schlüssel des Documents

Ich hatte nur noch Zeit, das unglückselige Document wieder auf den Tisch zu legen.

Der Professor Lidenbrock schien gänzlich erschöpft. Der ihn beherrschende Gedanke ließ ihm keinen Augenblick Ruhe; er hatte während seines Spazierganges offenbar die Sache durchforscht, zergliedert, alle Hilfsquellen seines Geistes erschlossen, und er kam zurück, einen neuen Gedanken in Anwendung zu bringen.

In der That setzte er sich in seinen Lehnstuhl, ergriff die Feder und fing an, Formeln niederzuschreiben, die einem algebraischen Rechenexempel glichen.

Meine Blicke begleiteten seine zitternde Hand; ich ließ mir nicht eine einzige seiner Bewegungen entgehen. Sollte wohl unversehens ein unverhofftes Resultat sich ergeben? Ich zitterte, doch ohne Grund, denn da die einzig richtige Verbindungsweise bereits aufgefunden war, so mußte nothwendig jedes andere Nachforschen vergeblich sein.

Drei Stunden lang arbeitete mein Oheim, ohne zu reden, ohne den Kopf zu heben, tilgte aus, fuhr fort, radirte, fing tausendmal von Neuem an.

Ich wußte wohl, daß, wenn er's dahin brächte, diese Buchstaben in alle möglichen Verbindungen mit einander zu bringen, die Phrase dabei heraus käme. Aber ich wußte auch, daß aus nur zwanzig Buchstaben sich zwei Quintillionen, vierhundertzweiunddreißig Quadrillionen, neunhundertundzwei Trillionen, acht Milliarden, hundertsechsundsiebenzig Millionen, sechshundertvierzehntausend Verbindungen bilden lassen. Nun waren in der Phrase hundertzweiunddreißig Buchstaben vorhanden, und diese hundertzweiunddreißig ergaben eine Anzahl verschiedener Phrasen, die aus hundertdreiunddreißig Ziffern mindestens bestanden, eine Zahl, die fast zu zählen unmöglich ist, und über alle Schätzungen hinausgeht.

Ich war beruhigt in Hinsicht dieses heroischen Mittels, das Problem zu lösen.

Inzwischen verfloß die Zeit; es ward Nacht; der Lärm der Straße verstummte; mein Oheim, stets über seiner Aufgabe, sah nichts, selbst die gute Martha nicht, als sie die Thür etwas öffnete; er hörte nichts, selbst die Stimme dieser guten Dienerin nicht, als sie sagte:

„Wird der Herr diesen Abend speisen?“

Auch Martha mußte ohne Antwort sich zurückziehen.

Ich meines Theils, nachdem ich einige Zeit widerstanden, verfiel in einen unüberwindlichen Schlaf, und ich schlief an einem Ende des

Canapee's ein, während mein Oheim Lidenbrock immer fort rechnete und stets ausstrich.

Als ich am folgenden Morgen wieder erwachte, war der unermüdliche Forscher immer noch bei der Arbeit. Seine rothen Augen, seine bleifarbige Haut, seine verwirrten Haare unter seiner fieberhaften Hand, seine gerötheten Wangen gaben hinlänglich seinen Kampf mit dem Unmöglichen zu erkennen, und in welcher Erschöpfung des Geistes, welcher Anstrengung des Gehirns ihm die Stunden verfließen mußten.

Wahrlich, er dauerte mich. Trotz der Vorwürfe, die ich glaubte ihm machen zu dürfen, war ich einigermaßen gerührt. Der arme Mann war dermaßen von seiner Idee befangen, daß er sich zu erzürnen vergaß. Alle seine Lebenskräfte concentrirten sich auf einen einzigen Punkt, und da sie nicht ihren gewöhnlichen Ableitungsweg hatten, so konnte man fürchten, es werde ihre Spannung ihm jeden Augenblick den Kopf zersprengen.

Ich konnte den eisernen Schraubstock, worin sein Schädel gespannt war, mit einer Handbewegung, mit einem einzigen Wort ihm lockern! Und ich that's nicht.

Doch war ich gutmüthig. Weshalb blieb ich denn stumm unter solchen Umständen? Im eigenen Interesse meines Oheims.

„Nein, nein, sagte ich wiederholt, nein, ich werde nicht reden! Er würde hinreisen wollen, ich kenne ihn; nichts würde ihn zurückhalten können. Es ist ein vulkanischer Gedanke, und um zu thun, was andere Geologen nicht gethan haben, würde er sein Leben riskiren. Ich will schweigen; ich will das Geheimniß, in dessen Besitz mich der Zufall gesetzt hat, für mich behalten! Es ihm mitzutheilen wäre sein Tod. Er mag's errathen, wenn er kann. Ich will mir nicht einen einzigen Tag den Vorwurf aufbürden, ihn in sein Verderben geführt zu haben!“

Nachdem ich diesen Entschluß gefaßt hatte, kreuzte ich die Arme, und wartete ab. Aber ich hatte doch die Rechnung ohne den Wirth gemacht.

Als die gute Martha aus dem Hause auf den Markt gehen wollte, fand sie die Thür verschlossen, und es war kein Schlüssel im Schloß. Wer hatte ihn weggenommen? Offenbar mein Oheim, als er am Abend von seinem Ausgang heimgekehrt war.

War's absichtlich oder aus Versehen? Wollte er uns der Pein des Hungers aussetzen? Das wäre doch ein wenig stark. Wie! Martha und ich, wir sollten unter der Verlegenheit leiden, die uns auf der Welt nichts anging? Ganz gewiß, und ich erinnerte mich eines andern Falles der Art, welcher uns in Schrecken setzen konnte. In der That, vor einigen Jahren, zur Zeit als mein Oheim an seiner großen mineralogischen Classification arbeitete, enthielt er sich einmal achtundvierzig Stunden des Essens, und das ganze Haus mußte sich dieser wissenschaftlichen Diät fügen. Ich bekam damals Magenkrämpfe, die einem Jungen von etwas gefräßigem Charakter sehr wenig erquicklich waren.

Nun dünkte es mir, das Frühstück werde ebenso in Ausfall kommen, wie Tags zuvor das Abendessen. Doch entschloß ich mich, heroisch zu sein, und den Forderungen des Magens nicht nachzugeben. Martha nahm das sehr ernst und ward trostlos, die gute Frau. Mir machte die Unmöglichkeit, das Haus verlassen zu können, viel zu schaffen, aus gutem Grunde.

Mein Oheim arbeitete immer fort; seine Phantasie verlor sich in der idealen Welt der Combinationen; er lebte fern von der Erde, und wahrhaftig außerhalb der irdischen Bedürfnisse.

Gegen Mittag stachelte mich der Hunger ernstlich. Martha hatte in aller Unschuld Tags zuvor alle Vorräthe der Speisekammer aufgezehrt; es war gar nichts mehr im Hause vorhanden. Doch hielt ich standhaft aus; es war mir eine Art Ehrensache geworden.

Es schlug zwei Uhr. Es wurde lächerlich, unerträglich sogar. Ich machte über die Maßen große Augen. Ich fing an, zu der Ansicht zu kommen, daß ich die Wichtigkeit des Documents übertrieb; daß mein Oheim nicht daran glauben, eine bloße Mystification darin finden würde; daß im schlimmsten Falle, wenn er das Abenteuer versuchen wollte, man ihn wider Willen zurückhalten könne; daß er endlich doch selbst den Schlüssel der Chiffre finden könnte, und dann hätte ich umsonst gefastet.

Diese Gründe, die ich am Tag zuvor mit Unwillen verworfen hätte, schienen mir jetzt vortrefflich; es kam mir so ganz lächerlich vor, daß ich so lange gewartet hatte, und ich entschloß mich, Alles zu sagen.

Ich suchte daher, als der Professor aufstand und, um auszugehen, seinen Hut aufsetzte, eine Gelegenheit der Sache beizukommen, aber nicht zu grell.

Wie! Das Haus verlassen, und uns abermals einschließen! Nimmermehr.

„Oheim!“ sagte ich.

Er schien mich nicht zu hören.

„Oheim Lidenbrock? rief ich nochmals laut.

– Was? sagte er, wie ein Mensch, der plötzlich aufwacht.

– Nun! dieser Schlüssel?

– Welcher Schlüssel? von der Hausthür?

– Nein, rief ich, der Schlüssel des Documents!“

Der Professor sah mich über die Brille hinweg an; er bemerkte wohl etwas Ungewöhnliches in meinen Gesichtszügen, denn er faßte mich lebhaft beim Arm und fragte mich, unfähig zu reden, mit dem Blick. Doch war die Frage klar ausgesprochen.

Ich bewegte den Kopf von oben nach unten.

Er schüttelte den seinigen etwas mitleidig, als habe er's mit einem Narren zu thun.

Ich machte ein noch stärkeres Zeichen der Bejahung.

Seine Augen glänzten lebhaft; seine Hand wurde drohend.

Diese stumme Unterhaltung unter diesen Umständen hätte den gleichgiltigsten Zuschauer interessirt. Und wahrlich, ich wagte nicht einmal ein Wort zu sagen, aus Besorgniß, mein Oheim möge in den ersten freudigen Umarmungen mich ersticken. Aber es war doch dringend geworden, zu antworten.

„Ja, dieser Schlüssel! ... Zufällig! ...

– Was sagst Du? rief er in unbeschreiblicher Gemüthsbewegung.

– Hier, sagte ich, und hielt ihm das Blatt Papier hin, worauf ich geschrieben hatte, lesen Sie.

– Aber das bedeutet nichts! erwiderte er, indem er das Blatt zerknitterte.

– Nichts", und fing an, den Anfang zu lesen, aber vom Ende an ...

Ich hatte meine Phrase noch nicht fertig gelesen, als der Professor einen Schrei, mehr noch, ein wahres Gebrüll hören ließ! Es war seinem Geist ein Licht aufgegangen. Er war ganz umgewandelt.

„Ach! sinnreicher Saknussemm! rief er aus, Du hattest also anfangs Deine Phrase umgekehrt geschrieben?"

Und er fiel über das Papier her, mit trübem Auge, bewegter Stimme, und las das Document vollständig vom letzten Buchstaben aufwärts bis zum ersten.

Es lautete also:

In Sneffels Yoculis craterem kem delibat umbra Scartaris Julii intra calendas descende, audax viator, et terrestre centrum attinges. Kod feci.

Arne Saknussemm.

Was in gut Deutsch sich so übersetzen läßt:

Steig hinab in den Krater des Sneffels Yocul, welchen der Schatten des Skartaris vor dem ersten Juli liebkoset, kühner Wanderer, und Du wirst zum Mittelpunkt der Erde gelangen. Das hab ich vollbracht.

Arne Saknussemm.

Als mein Oheim dies gelesen, hüpfte er, als habe er unversehens eine Flasche Leydener getrunken. Vor Freude, Ueberzeugung und Kühnheit war er prachtvoll. Er ging hin und her, faßte seinen Kopf mit beiden Händen, rückte die Stühle, legte seine Bücher auf einander, spielte – kaum glaublich – Ball mit seinen kostbaren Klappersteinen, schlug mit der Faust hierhin, mit der Hand dorthin. Endlich wurden seine Nerven ruhiger und er sank erschöpft in seinen Lehnstuhl.

„Wieviel Uhr ist's doch? fragte er nach einer kleinen Weile.

– Drei Uhr, erwiderte ich.

– Höre! Mein Essen war bald vorüber. Ich habe Hunger zum Umfallen. Zu Tische. Hernach ...

– Hernach ...

– Wirst Du meinen Koffer packen.

– Gut, rief ich.

– Und den Deinigen!“ erwiderte der unbarmherzige Professor beim Eintritt in das Speisezimmer.

Sechstes Capitel - Das Centrum der Erde

Bei diesen Worten lief mir ein Schauder über den ganzen Körper. Doch nahm ich mich zusammen. Ich entschloß mich sogar, mich wacker zu halten. Wissenschaftliche Gründe allein konnten den Professor Lidenbrock abhalten. Nun gab's deren, und zwar gewichtige, gegen eine solche Reise.

Nach dem Mittelpunkt der Erde zu reisen! welche Thorheit! Ich sparte meine Einwendungen für den günstigen Moment auf und machte mich an's Essen.

Wie fluchte mein Oheim, als er den Tisch nicht gedeckt sah. Alles klärte sich auf. Die gute Martha bekam wieder ihre Freiheit, eilte auf den Markt und rührte sich dergestalt, daß nach einer Stunde mein Hunger gestillt war und das Bewußtsein der Lage mir wieder kam.

Während der Mahlzeit war mein Oheim fast lustig; er ließ Scherze hören, die bei einem Gelehrten nie sehr gefährlich sind. Nach dem Dessert winkte er mir, ihm in sein Cabinet zu folgen.

Ich gehorchte. Er setzte sich an's eine Ende des Tisches, ich an's andere.

„Axel, sagte er mit ziemlich sanfter Stimme, Du bist ein sehr gescheiter Junge; Du hast mir da einen wackeren Dienst geleistet, als ich des Ringens müde schon den Gedanken aufgeben wollte. Wohin wäre ich gerathen? Niemand kann das wissen! Ich werde Dir's niemals vergessen, und Du wirst an dem Ruhm, den wir erlangen werden, Deinen Antheil haben.

– Nun, dacht ich, ist er guter Laune; da ist's Zeit über den Ruhm zu disputiren.

– Vor Allem, fuhr mein Oheim fort, empfehle ich Dir völliges Geheimniß, verstehst Du mich? Es fehlt in der Gelehrtenwelt nicht an Neidischen, und es würden Viele die Reise unternehmen wollen, die bis zu unserer Rückkehr nichts merken sollen.

– Meinen Sie, sagte ich, die Zahl solcher Verwegenen sei so groß?

– Ganz gewiß! Wer würde sich besinnen, solch einen Ruhm zu gewinnen? Wäre dies Document bekannt, so würde ein ganzes Heer von Geologen hineilen, Arne Saknussemm's Spur zu verfolgen.

– Davon bin ich aber gar nicht überzeugt, lieber Oheim, denn die Aechtheit des Documents ist durch nichts erwiesen.

– Wie? und das Buch, worin wir's gefunden haben!

– Gut! Ich gebe zu, daß Saknussemm diese Zeilen geschrieben hat, aber folgt daraus, daß er wirklich die Reise vorgenommen hat, und kann nicht das alte Pergament eine Fopperei enthalten?“

Es war mir fast leid, dies letztere etwas kecke Wort herausgesagt zu haben. Der Professor runzelte die Stirn, und ich fürchtete Schlimmes für die Fortsetzung dieser Unterhaltung. Zum Glück hatte es nichts zu bedeuten. Mein strenger Genosse erwiderte mit leichtem Lächeln:

„Das werden wir sehen.

– Ah! sagte ich etwas verdutzt; aber erlauben Sie mir vorzubringen, was sich alles über das Document sagen läßt.

– Rede, lieber Junge, genire Dich nicht. Ich lasse Dir alle Freiheit Deine Meinung zu sagen. Du bist nun nicht mehr mein Neffe, sondern mein College. Also vorwärts.

– Nun, so will ich Sie erst fragen, was sind diese Yokul, Sneffels und Scartaris, wovon ich nie ein Wort habe reden hören?

– Das ist ganz leicht. Ich habe just vor Kurzem von meinem Freunde August Petermann in Gotha eine Karte bekommen, die mir gerade zu rechter Zeit kam. Nimm den dreißigsten Atlas im zweiten Fach der großen Bibliothek, Reihe Z, Brett 4."

Ich stand auf und fand in Gemäßheit dieser genauen Angaben rasch den begehrten Atlas. Mein Oheim schlug ihn auf und sagte:

„Hier ist eine der besten Karten von Island, die Handerson'sche; ich glaube, die wird uns alle Schwierigkeiten lösen.".

Ich beugte mich über die Karte.

„Sieh diese aus Vulkanen bestehende Insel, sagte der Professor, und merke, daß sie alle mit dem Namen Yokul bezeichnet sind. Dies Wort bedeutet im Isländischen 'Gletscher', und unter dem hohen Breitegrad Islands geschehen die meisten vulkanischen Ausbrüche durch die Eisdecke.

– Gut, erwiderte ich, aber was ist dann Sneffels?" Ich hoffte, er wisse diese Frage nicht zu beantworten. Wie irrte ich mich! Mein Oheim fuhr fort:

„Folge mir auf die westliche Küste Islands. Siehst Du seine Hauptstadt Reykjawik? Ja. Gut. Fahre über die unzähligen Fjorde dieser zerrissenen Seeküsten, und halte etwas unter dem fünfundsechzigsten Breitegrad an. Was siehst Du da?

– Eine Art Halbinsel, gleich einem abgenagten Knochen.

– Die Vergleichung ist richtig, lieber Junge; jetzt, siehst Du nichts auf dieser Halbinsel?

– Ja, einen Berg, der aus dem Meer emporgewachsen scheint.

– Gut! Dieser Snäfields Jöcul ist der Sneffels.

– Der Snäfields Jöcul?

– Der ist's, ein fünftausend Fuß hoher Berg, einer der merkwürdigsten auf der Insel, und gewiß der berühmteste der ganzen Welt, wenn sein Krater den Eingang zum Centrum der Erde bildet.

– Aber das ist unmöglich! rief ich mit Achselzucken, und gegen eine solche Annahme mich sträubend.

– Unmöglich! erwiderte der Professor Lidenbrock mit strengem Ton. Und warum?

– Weil dieser Krater offenbar mit Lava verstopft ist, die Felsen glühend, und dann ...

– Und wenn's ein ausgebrannter Krater ist?

– Ausgebrannt?

– Ja. Die Zahl der noch thätigen Vulkane auf der Erdoberfläche beträgt gegenwärtig nur etwa dreihundert; aber es giebt eine noch weit größere Anzahl erloschener Vulkane. Unter die letzteren gehört der Snäfields, der seit den historischen Zeiten nur einen Ausbruch gehabt hat, im Jahre 1219; seitdem ist er allmälig stille geworden, und er gehört nicht mehr zu den thätigen Vulkanen."

Auf diese bestimmten Angaben hatte ich durchaus nichts zu erwidern; ich warf mich also auf die übrigen Schwierigkeiten, die das Document enthielt.

„Was bedeutet das Wort Scartaris, fragte ich, und was haben die Kalenden des Juli dabei zu schaffen?"

Mein Oheim besann sich einige Augenblicke. Einen Augenblick hatte ich Hoffnung, aber auch nur einen Augenblick, denn bald antwortete er mir folgendermaßen:

„Was Du Dunkelheit nennst, ist für mich Licht. Dies beweist die sinnreiche Sorge, womit Saknussemm seine Entdeckung genau bezeichnen wollte. Der Snäfields hat mehrere Krater, und es war daher erforderlich, denjenigen, welcher zum Mittelpunkt der Erde führt, anzugeben. Wie hat's nun der gelehrte Isländer gemacht? Er hat bemerkt, daß beim Herannahen des ersten Juli, also gegen Ende des Juni, eine der Bergspitzen, der Scartaris, ihren Schatten bis zu der Mündung des fraglichen Kraters werfe, und hat diese Thatsache in dem Document niedergelegt. Dies war die genaueste Angabe, so daß man, wenn man einmal auf dem Gipfel des Snäfields sich befindet, unmöglich mehr in Zweifel sein kann, welcher Weg einzuschlagen."

Allerdings wußte mein Oheim eine Antwort auf Alles. Ich sah wohl, daß ihm bei den Worten des alten Pergaments nicht beizukommen war. Ich setzte ihm daher von dieser Seite aus nicht mehr zu, und da ich vor Allem ihn überzeugen mußte, so ging ich zu den wissenschaftlichen Einwendungen über, welche meines Erachtens ganz anders bedeutsam waren.

„Nun, sagt' ich, die Phrase Saknussemm's, ich muß es zugeben, ist klar und läßt über ihren Sinn keinen Zweifel mehr. Ich gebe sogar zu, daß das Document den Anschein völliger Aechtheit hat. Dieser Gelehrte ist in das Innere des Snäfields hinabgestiegen; hat gesehen, wie der Schatten des Scartaris den Rand des Kraters vor dem ersten Juli bestrich; er hat sogar aus den sagenhaften Erzählungen seiner Zeit entnommen, daß dieser Krater zum Centrum der Erde führe; aber daß er selbst dahin gedrungen, daß er von einer Reise dahin wieder zurückgekehrt sei, glaub' ich durchaus nicht!

– Und aus welchem Grund? sagte mein Oheim mit ausnehmend spöttischem Ton.

– Weil alle Theorien der Wissenschaft beweisen, daß eine solche Unternehmung unausführbar ist!

– Alle Theorien sprechen das aus? erwiderte der Professor mit gutmüthiger Miene. Ja, die schlechten Theorien! Die armseligen Theorien werden uns geniren!"

Ich sah, daß er sich über mich lustig machte, aber ich fuhr demungeachtet fort:

„Ja! es ist eine ausgemachte Sache, daß die Wärme unter der Erdoberfläche mit siebenzig Fuß Tiefe um einen Grad zunimmt; nehmen wir nun dies steigende Verhältniß als sich gleichbleibend an, so muß, da der Erdradius fünfzehnhundert Meilen beträgt, im Centrum eine Temperatur stattfinden von mehr als zweimalhunderttausend Grad! Die Stoffe im Inneren der Erde befinden sich daher im Zustand des glühenden Gas, denn die Metalle, Gold, Platina, die härtesten Steine widerstehen nicht einer solchen Hitze. Ich darf also fragen, ob es möglich sei, in eine solche Umgebung zu gelangen.

– Also, Axel, die Hitze macht Dir Bedenken?

– Allerdings. Kämen wir bis zu einer Tiefe von nur zehn Meilen, so wären wir an der Grenze der Erdrinde, denn da ist die Temperatur bereits über dreizehnhundert Grad.

– Und Du hast Angst zu zerschmelzen?

– Ich überlasse Ihnen die Entscheidung der Frage, erwiderte ich mit Humor.

– So will ich Dir meine Meinung bestimmt sagen, entgegnete der Professor Lidenbrock, indem er einen hohen Ton annahm: Weder Du, noch irgend ein Mensch weiß einigermaßen zuverlässig, was im Inneren des Erdballs vorgeht, da man kaum erst den zwölftausendsten Theil ihres Radius kennt; daher ist die Wissenschaft außerordentlich vervollkommnungsfähig, und jede Theorie wird von einer neuen umgestürzt. Hat man ja bis auf Fourier geglaubt, die Temperatur der Planetenräume sei stets abnehmend, und jetzt weiß man, daß die höchste Kälte der Aetherregionen nicht über vierzig bis fünfzig Grad unter Null steigt. Warum könnte es mit der Wärme im Inneren nicht ebenso der Fall sein? Weshalb sollte sie nicht in einer gewissen Tiefe eine nicht mehr zu übersteigende Höhe erreichen, anstatt bis zu einer Höhe zu steigen, wo die störrigsten Metalle schmelzen?“

Da mein Oheim die Frage auf das Gebiet der Hypothesen verpflanzte, so hatte ich nichts darauf zu erwidern.

„Nun denn, ich will Dir nur sagen, daß echte Gelehrte, wie Poisson unter Anderen, bewiesen haben, daß, wenn im Inneren des Erdballs eine Hitze von zweimalhunderttausend Grad existirte, das aus den zerschmolzenen Stoffen erzeugte glühende Gas eine solche Spannkraft erlangen würde, daß die Erdrinde nicht mehr Widerstand zu leisten vermöchte und zerspringen müsse, wie die Wände eines Dampfkessels durch die Ausdehnung des Dampfes.

– Das ist Poisson's Ansicht, lieber Oheim, nichts weiter.

– Einverstanden, aber es ist auch die Ansicht anderer ausgezeichneter Geologen, daß das Innere des Erdballs weder aus Gas, noch Wasser, noch schwereren Steinen besteht, als die wir kennen, denn in diesem Falle würde die Erde ein zweifach geringeres oder verdoppeltes Gewicht haben.

– O! Mit Ziffern beweist man Alles, was man will!

– Und ist's mit Thatsachen, lieber Junge, ebenso? Ist's nicht ausgemacht, daß die Zahl der Vulkane seit den ersten Tagen der Welt beständig abgenommen hat? und wenn es eine Centralwärme giebt, kann man nicht daraus schließen, daß sie immer schwächer wird?

– Lieber Oheim, wenn Du Dich auf's Feld der Voraussetzungen begiebst, habe ich nicht mehr zu reden.

– Und ich habe zu sagen, daß die Ansichten der berufensten Männer mit der meinigen übereinstimmen. Erinnerst Du Dich, wie mir im Jahre 1825 der berühmte englische Chemiker Humphry Davy einen Besuch machte?

– Durchaus nicht, denn ich kam erst neunzehn Jahre später auf die Welt.

– Nun, Humphry Davy besuchte mich auf einer Durchreise durch Hamburg. Wir besprachen uns lange, unter Anderem über die Hypothese der Flüssigkeit des inneren Kerns der Erde. Wir waren einstimmig darin, daß die Flüssigkeit nicht möglich sei, aus einem Grunde, worauf die Wissenschaft nie eine Antwort gefunden hat.

– Und welcher ist das? fragte ich etwas betroffen.

– Weil diese flüssige Masse gleich dem Ocean der Anziehung von Seiten des Mondes ausgesetzt wäre, und folglich zweimal täglich im Inneren Ebbe und Fluth entstehen würden, welche durch Emporheben des Erdbodens zu periodischen Erdbeben Anlaß gäben.

– Aber es ist doch unverkennbar, daß die Erdoberfläche der Verbrennung ausgesetzt gewesen ist, und man darf annehmen, daß die äußere Kruste sich erst abkühlte, während die Hitze sich zum Centrum zurückzog.

– Irrthum, erwiderte mein Oheim; die Erde ist erst durch Verbrennung ihrer Oberfläche in Hitze gerathen, nicht anders. Ihre Oberfläche bestand aus einer großen Quantität von Metallen, wie Potassium und Sodium, welche die Eigenschaft haben, bei der bloßen Berührung mit Luft und Wasser in Brand zu gerathen. Diese Metalle geriethen in Brand, als die atmosphärischen Dünste als Regen auf den Boden herabkamen; und allmälig, als die Gewässer durch die Ritzen der Erdrinde drangen, veranlaßten sie abermals Brand mit Explosionen und Ausbrüchen. Daher die zahlreichen Vulkane in der ersten Zeit der Welt.

– Das ist doch eine sinnreiche Hypothese! rief ich etwas wider Willen.

– Und Humphry Davy machte mir's durch ein sehr einfaches Experiment erkennbar. Er verfertigte eine metallene Kugel hauptsächlich aus den Metallen, wovon ich eben sprach, als ein vollständiges Ebenbild unseres Erdballs. Als man dieselbe mit einem feinen Thau auf ihrer Oberfläche benetzte, schwoll sie auf, oxydirte und bildete ein kleines Gebirge; an dessen Spitze öffnete sich ein Krater, und es fand ein Ausbruch statt, und theilte der Kugel eine solche Hitze mit, daß man sie nicht mehr in der Hand halten konnte.“

Wahrlich, die Beweisgründe des Professors fingen an auf mich Eindruck zu machen; er machte sie zudem mit seiner gewöhnlichen Leidenschaft und seinem Enthusiasmus geltend.

„Du siehst, Axel, fügte er bei, der Zustand des inneren Kerns hat verschiedene Hypothesen unter den Geologen veranlaßt; nichts ist weniger bewiesen, als die Thatsache einer inneren Hitze; meiner Ansicht nach ist sie nicht vorhanden, könnte nicht vorhanden sein; doch, wir werden's sehen, und werden, wie Arne Saknussemm, dann wissen, woran man sich hinsichtlich dieser Frage zu halten habe.

– Nun ja! erwiderte ich, indem ich diesen Enthusiasmus zu theilen anfing, ja, wir werden's sehen, wenn man jedoch dort sehen kann?

– Und warum nicht? Können wir nicht auf elektrische Erscheinungen rechnen, die uns Licht gewähren, und selbst auf die Atmosphäre, welche bei Annäherung an das Centrum durch ihren Druck leuchtend werden kann?

– Ja, sagte ich, ja! Das ist möglich, nach Allem.

– Das ist gewiß, erwiderte mein Oheim triumphirend; aber nur stille, verstehst Du? Kein Wort von alle diesem; kein Mensch soll die Idee bekommen, vor uns das Centrum der Erde zu entdecken."

Siebentes Capitel - Reise-Vorbereitungen

So schloß diese merkwürdige Unterredung. Ich war fieberhaft angeregt. Ich verließ ganz verblüfft das Cabinet meines Oheims, und die Luft Hamburgs reichte nicht aus, um mich darin zu erholen. Ich eilte daher an das Elbufer nach der Dampffähre hin, welche zur Verbindung der Stadt mit der Harburger Eisenbahn dient.

War ich von dem, was man mich eben gelehrt hatte, überzeugt? War ich nicht vielmehr dem Professor Lidenbrock erlegen? Sollte ich im Ernst nehmen, daß er entschlossen sei, zum Centrum des Erdkörpers zu dringen? Hörte ich soeben die tollen Speculationen eines Narren, oder die wissenschaftliche Darlegung eines großen Genie? Bei Allem, wo hörte die Wahrheit auf, begann der Irrthum?

Ich schwankte zwischen tausend sich widersprechenden Hypothesen, ohne mich an einer festhalten zu können.

Doch erinnerte ich mich, daß ich überzeugt worden war, obwohl mein Enthusiasmus anfing mäßiger zu werden; aber ich hätte unverzüglich abreisen wollen, ohne mir Zeit zum Ueberlegen zu lassen. Ja, es hätte mir nicht an Muth gefehlt, augenblicklich meinen Ranzen zu schnallen.

Doch muß ich gestehen, eine Stunde hernach war diese Ueberreizung schon gesunken, die Spannung meiner Nerven ließ nach, und ich kam wieder aus den Abgründen der Erde zur Oberfläche empor.

„Das ist ja lächerlich! sagte ich mir; es hat keinen rechten Verstand! Solch einen Vorschlag kann man einem verständigen Jungen nicht im Ernst machen. Das Alles ist eitel Nichts. Ich habe übel geschlafen, einen schlimmen Traum gehabt.“

Inzwischen war ich längs dem Ufer der Elbe um die Stadt herum gekommen und auf die Straße nach Altona. Es hatte mich eine richtige Ahnung diesen Weg geführt, denn ich bemerkte bald mein liebes Gretchen, das raschen Schrittes tapfer nach Hamburg heim ging.

„Gretchen!“ rief ich ihr von Weitem zu.

Das Mädchen stand stille, etwas betroffen schien es, auf offener Straße so angerufen zu werden. Mit zehn Schritten war ich bei ihr.

„Axel! sagte sie überrascht. Du bist mir entgegen gegangen, das ist ja recht hübsch.“

Als nun aber Gretchen mich ansah, entging ihr mein unruhiges verstörtes Aussehen nicht.

„Was ist Dir? sagte sie mir die Hand reichend.

– Was mir ist, Gretchen!“ rief ich.

Und in zwei Secunden, in drei Sätzen hatte ich meine hübsche Vierländerin über die Lage der Dinge in Kenntniß gesetzt. Einige Augenblicke schwieg sie. Ob ihr Herz gleich dem meinigen klopfte, weiß ich nicht, aber ihre Hand in der meinigen zitterte nicht. Hundert Schritte gingen wir stumm neben einander her.

„Axel! sagte sie endlich.

– Liebes Gretchen!

– Das wird eine schöne Reise sein.“

Ich sprang auf bei diesen Worten.

„Ja, Axel, eine Reise, des Neffen eines Gelehrten würdig. Ein Mann muß sich durch ein großes Unternehmen auszeichnen!

– Wie? Gretchen, Du räthst mir nicht von solch einem Unternehmen ab?

– Nein, lieber Axel, und ich würde Euch gerne begleiten, wenn nicht ein armes Mädchen ein Hinderniß für Euch wäre.

– Ist das wirklich Dein Ernst?

– Wirklich.“

Ach! Wie sind doch Frauen, junge Mädchen, weibliche Herzen stets unbegreiflich! Seid Ihr nicht die schüchternsten Wesen, so seid Ihr die tapfersten! Vernunft hat bei Euch keine Geltung. Wie? dieses Kind ermunterte mich, die Reise mitzumachen! Sie hatte keine Furcht vor einer abenteuerlichen Fahrt! Sie drängte mich dazu, den sie doch liebte.

Ich war verlegen und, offen zu sagen, schämte mich.

„Gretchen, fuhr ich fort, wir wollen sehen, ob Du morgen noch ebenso sprichst.

– Morgen, lieber Axel, werd' ich reden, wie heute.“

Wir gingen Hand in Hand, aber in tiefem Schweigen unseres Weges weiter. Die Gemüthsbewegungen des Tages hatten mich kleinlaut gemacht.

„Immerhin, dachte ich, ist der erste Juli noch weit entfernt, und bis dahin kann noch Manches vorgehen, was meinen Oheim von der tollen Lust, eine Reise unter die Erde zu machen, heilen mag.“

Es war schon Nacht geworden, als wir bei dem Hause der Königsstraße anlangten. Ich hatte vermuthet, wir träfen die Wohnung ruhig, meinen Oheim, wie gewöhnlich, schon zu Bette, und Martha mit Abstäuben des Speisezimmers beschäftigt.

Aber ich hatte die Ungeduld des Professors nicht in Anschlag gebracht. Ich fand ihn unter einer Truppe Lastträger, welche allerhand Waaren in die Allee brachten, mit lautem Geschrei hin und her rennend; die alte Dienerin wußte nicht, wo ihr der Kopf stand.

„Aber, so komm doch, Axel; eile doch, Unglückseliger! rief mein Oheim schon von Weitem, wie er mich erblickte. Und Dein Koffer ist noch nicht gepackt, und meine Papiere noch nicht geordnet, und der Schlüssel meines Reisesacks nicht zu finden, und meine Kamaschen bleiben aus!"

Ich war wie vom Donner gerührt, die Stimme versagte mir. Kaum vermochten meine Lippen die Worte hervorzubringen:

„Also reisen wir ab?

– Ja, Unglückseliger, und Du gehst spazieren, anstatt bei der Hand zu sein!

– Wir reisen ab? fragte ich nochmals mit schwacher Stimme.

– Ja, übermorgen in aller Frühe."

Ich konnte nichts weiter anhören und flüchtete in mein Zimmerchen.

Es war nicht mehr daran zu zweifeln. Mein Oheim hatte den Nachmittag dazu verwendet, einen Theil der Reisebedürfnisse anzuschaffen; die Allee lag voll Strickleitern, Fackeln, Reiseflaschen, eisernen Haken, Spitzhauen, beschlagenen Stöcken, Spaten – wofür man zehn Mann wenigstens zum Herbeischleppen brauchte.

Ich brachte eine entsetzliche Nacht hin. Am folgenden Morgen hörte ich schon frühe mich anrufen. Ich war entschlossen, meine Thüre nicht zu öffnen.

Aber wie hätte ich einer so süßen Stimme widerstehen können, die mir zurief: „Lieber Axel!"

Ich ging aus meiner Kammer, und dachte, mein verstörtes blasses Aussehen, meine rothen Augen würden auf Gretchen wirken, daß sie ihre Gedanken änderte.

„Nun! mein lieber Axel, sagte sie zu mir, ich sehe, Du befindest Dich besser, und die Nacht hat Dich beruhigt.

– Beruhigt!“ rief ich.

Ich eilte vor meinen Spiegel. Ei nun! Ich sah nicht so übel aus, als ich gedacht hatte. Kaum glaublich.

„Axel, sprach Gretchen zu mir, ich habe lange mit meinem Vormund geplaudert. Es ist ein kühner Gelehrter, ein muthiger Mann, und Du wirst Dich erinnern, daß sein Blut in Deinen Adern fließt. Er hat mir von seinen Plänen erzählt, von seinen Hoffnungen, weshalb und wie er seinen Zweck zu erreichen hofft. Ich zweifle nicht, daß er ihn erreichen wird. Ach! lieber Axel, wie schön ist's, sich so seiner Wissenschaft zu widmen! Welcher Ruhm wird Herrn Lidenbrock zu Theil werden, und auf seinen Genossen zurückstrahlen! Bei der Rückkehr wirst Du ein Mann sein, seines Gleichen, frei zu reden, zu handeln, frei endlich zu ...“

Erröthend stockte das Mädchen. Seine Worte machten mir wieder Muth. Dennoch wollte ich noch nicht an unsere Abreise glauben. Ich zog Gretchen mit mir zu dem Zimmer des Professors.

„Lieber Oheim, sagte ich, es ist also ausgemacht, daß wir abreisen?

– Wie? Du zweifelst daran?

– Nein, sagte ich, um ihm nicht zu widersprechen. Nur möcht' ich Sie fragen, ob es so Eile damit hat.

– Ja wohl! die Zeit drängt! die Zeit, die unwiederbringlich schnell entflieht!

– Wir haben ja doch erst den 26. Mai, und bis zu Ende Juni ...

– Hm! meinst Du denn, Unwissender, daß man so leicht nach Island komme? Wärest Du nicht wie ein Narr von mir gelaufen, so hätte ich Dich mit auf das Kopenhagener Bureau, zu Lissender & Cie., genommen. Da hättest Du erfahren, daß von Kopenhagen nach Reykjawik nur einmal monatlich, am 22., ein Boot abgeht.

– Nun?

– Nun? wenn wir bis zum 22. Juni warteten, würden wir zu spät kommen, um zu sehen, wie 'des Scartaris Schatten den Krater des Sneffels liebkoset'. Wir müssen daher so schnell wie möglich nach Kopenhagen kommen, um daselbst für die Ueberfahrt ein Beförderungsmittel zu finden. Geh' und pack' Deinen Koffer!“

Darauf war kein Wort zu erwidern. Ich begab mich wieder in mein Zimmer. Gretchen folgte mir nach und bemühte sich selbst, meine Reisebedürfnisse in einen kleinen Ranzen zu packen. Es ging ihr das nicht näher zu Herzen, als wenn sich's um einen Ausflug nach Lübeck oder Helgoland handelte. Ihre kleinen Hände bewegten sich ohne Uebereilung hin und her. Sie plauderte ruhig und führte mir die verständigsten Gründe zu Gunsten unserer Unternehmung an. Sie wirkten zauberhaft auf mich, und ich konnte ihr nicht zürnen. Manchmal, wenn ich aufbrausen wollte, achtete sie nicht darauf, und setzte mit methodischer Ruhe ihre Arbeit fort.

Endlich war der letzte Riemen des Ranzen geschnallt, und ich kam herab in's Erdgeschoß.

Diesen Tag über kamen die Ablieferungen von physikalischen Instrumenten, Waffen, elektrischen Apparaten noch häufiger. Die gute Martha verlor den Kopf.

„Ist der Herr ein Narr geworden?“ sagte sie zu mir.

Ich machte ein Zeichen der Bejahung.

„Und er nimmt Sie mit?“

Gleiches Ja.

„Wohin soll's gehen?“ fragte sie.

Ich deutete mit dem Finger nach dem Inneren der Erde.

„In den Keller? schrie die alte Dienerin.

– Nein, sagte ich endlich, noch tiefer hinab!“

Der Abend kam. Ich wußte gar nicht mehr, wie die Zeit verflossen war.

„Morgen früh, sagte mein Oheim, präcis sechs Uhr reisen wir ab.“

Um zehn Uhr sank ich wie eine träge Masse auf mein Bett. Während der Nacht kam mir wieder die Angst.

Ich träumte in einem fort von Abgründen! Ich verfiel dem Wahnsinn. Ich fühlte mich von des Professors starker Hand ergriffen, fortgezogen, in einen Schlund gestürzt. Ich fiel in unergründliche Schluchten hinab mit der wachsenden Schnelligkeit fallender Körper. Mein Leben war nur noch ein endloses Fallen.

Um fünf Uhr wachte ich auf, zerschlagen durch Erschöpfung und Aufregung. Ich begab mich in's Speisezimmer hinab. Mein Oheim saß bei Tische und schlang sein Frühstück hinunter. Ich blickte ihn mit einer Art Grauen an. Aber Gretchen war zugegen. Ich sprach nichts, konnte nicht essen.

Um halb sechs Uhr hörte man das Rasseln eines Wagens in der Straße. Es kam ein großer Wagen, uns auf die Altonaer Eisenbahn zu bringen. Er war bald mit den Collis meines Oheims bepackt.

„Und Dein Koffer? sagte er zu mir.

– Er ist fertig, erwiderte ich, und es ward mir schwach.

– So bring' ihn rasch herab, oder Du bist Schuld, daß wir den Zug verfehlen!“

Gegen mein Geschick anzukämpfen, schien mir damals unmöglich. Ich begab mich wieder in meine Kammer, ließ meinen Ranzen die Treppe hinab rutschen und folgte hinterdrein.

In diesem Augenblick gab mein Oheim die „Zügel“ seines Hauses in Gretchen's Hände. Meine hübsche Vierländerin bewahrte ihre gewohnte Ruhe. Sie umarmte ihren Vormund, konnte aber, als sie meine Wange mit ihren süßen Lippen berührte, eine Thräne nicht zurückhalten.

„Gretchen! rief ich aus.

– Geh', lieber Axel, geh', sagte sie zu mir, Du verlässest Deine Braut, aber bei der Rückkehr findest Du Deine Frau.“

Ich schloß Gretchen in meine Arme, dann setzte ich mich in den Wagen. Martha und das junge Mädchen sagten uns von der Schwelle des Hauses aus Lebewohl. Darauf rannten die Pferde, durch das Pfeifen ihres Kutschers angeregt, im Galop über die Altonaer Straße.

Achtes Capitel - Reise nach Island

Von Altona aus, welches zum Weichbild Hamburgs gehört, führt eine Eisenbahn nach Kiel, wo wir an's Ufer des Belt gelangten. In zwanzig Minuten kamen wir auf Holsteinisches Gebiet.

Um halb sieben hielt der Wagen vorm Bahnhof; die zahlreichen Collis meines Oheims, seine umfangreichen Reiseartikel wurden abgeladen, transportirt, gewogen, etikettirt, in den Gepäckwagen gebracht; und um sieben Uhr saßen wir in derselben Waggonabtheilung einander gegenüber. Der Dampf zischte, die Locomotive setzte sich in Bewegung. Wir befanden uns unterwegs.

Ich hatte mich noch nicht drein gefunden. Doch wirkten die frische Morgenluft, die bei der Schnelligkeit der Fahrt rasch erneuerten Eindrücke darauf hin, mich durch Zerstreuung aus meiner großen Befangenheit zu reißen.

Die Gedanken des Professors eilten offenbar dem Zug voraus, der für seine Ungeduld zu langsam fuhr. Wir befanden uns allein in dem Waggon, sprachen aber kein Wort mit einander. Mein Oheim durchmusterte seine Taschen und seinen Reisesack mit sorgfältiger Achtsamkeit. Ich sah wohl, daß es ihm für die Ausführung seiner Pläne an nichts mangelte.

Unter Anderem hatte er ein sorgfältig zusammengelegtes Blatt Papier mit dem Wappen der dänischen Kanzlei und der Unterschrift des dänischen Consuls zu Hamburg, der ein Freund des Professors war. Mit Hilfe desselben konnten wir leicht in Kopenhagen Empfehlungen an den Gouverneur von Island bekommen.

Ich bemerkte auch das merkwürdige Document in der geheimsten Tasche des Portefeuille auf's Sorgfältigste aufgehoben. Ich verfluchte es aus Herzens Grund, und sah mir das Land an. Es war eine ungeheure Reihe wenig merkwürdiger Ebenen, die einförmig, schlammig und ziemlich fruchtbar waren: eine Landschaft, die zur Anlage von Eisenbahnen sehr geeignet war und gerade Linien zuließ, welche den Eisenbahngesellschaften so erwünscht sind. Aber diese Einförmigkeit konnte mir nicht einmal langweilig werden, denn bereits drei Stunden nach unserer Abfahrt hielt der Zug in Kiel zwei Schritte vom Meere.

Da unser Gepäck nach Kopenhagen eingeschrieben war, brauchten wir uns nicht darum zu bekümmern. Doch wurde es von dem Professor während des Transports zum Dampfboot mit sorglichem Auge überwacht. Hier wurde es im unteren Schiffsraum geborgen.

Mein Oheim hatte bei seiner übermäßigen Eile die Stunden des Anschlusses von Dampfboot und Eisenbahn so wohl berechnet, daß wir einen vollen Tag zu verlieren hatten. Das Dampfboot Ellenora ging nicht vor Abend ab.

Daraus entsprang ein neunstündiger Fieberzustand, während dessen der zornmüthige Reisende die Verwaltung der Boote und der Eisenbahnen zum Teufel wünschte, sammt den Regierungen, welche dergleichen Mißbräuche gestatteten. Ich mußte darin einstimmen, als er den Kapitän der Ellenora darüber zur Rede stellte. Er wollte ihn nöthigen, unverzüglich heizen zu lassen. Der aber hieß ihn seines Weges gehen.

In Kiel muß wohl, wie anderwärts, ein Tag hinzubringen sein. Wir gingen an den grünen Ufern der Bai, in deren Hintergrund das Städtchen sich erhebt, spazieren, durchliefen die belaubten Gebüsche, welche ihm das Aussehen eines Nestes unterm Gezweig geben, die Villen zu bewundern, welche sämmtlich mit Badehäuschen versehen sind; so kam unter Herumlaufen und Fluchen zehn Uhr Abends heran.

Die Rauchwolken der Ellenora wirbelten in die Lüfte; das Verdeck zitterte unter den Stößen des Dampfkessels; wir befanden uns an Bord im

Besitz von zwei Lagerstätten übereinander in der einzigen Kammer des Bootes.

Um zehn Uhr fünfzehn Minuten wurden die Anker gelichtet, und der Dampfer fuhr rasch über die dunkeln Fluthen des Großen Belt.

Es war dunkle Nacht, ein hübscher Seewind, und das Meer stark wogend; einige Feuer an der Küste schimmerten durch die Finsterniß; später, ich weiß nicht wo, glänzte ein Leuchtthurm hell über den Fluthen.

Um sieben Uhr früh landeten wir zu Korsör, einem Städtchen an der Westküste Seelands. Hier stiegen wir unverzüglich in den Waggon einer neuen Eisenbahn und fuhren durch eine Landschaft, die nicht minder flach war, als die Ebenen Holsteins.

Nach drei Stunden langten wir in der Hauptstadt Dänemarks an. Mein Oheim hatte die ganze Nacht kein Auge geschlossen. Ich glaube, in seiner Ungeduld trappelte er im Waggon und stampfte mit den Füßen.

Endlich gewahrte er eine Mündung in's Meer.

„Der Sund!“ rief er.

Zu unserer Linken befand sich ein ungeheurer Bau, der einem Spital glich.

„Das ist ein Irrenhaus, sagte einer unserer Reisegefährten.

– Gut, dachte ich, da sollten wir bis an's Ende unserer Tage bleiben! Und so groß dies Spital ist, so wäre es doch zu klein für alle Narrheit des Professors Lidenbrock!“

Endlich, um zehn Uhr, stiegen wir zu Kopenhagen aus; das Gepäck wurde auf einen Wagen geladen und mit uns zum Hotel Phönix in Bred-Gade gefahren. Das dauerte eine halbe Stunde, denn der Bahnhof liegt außerhalb der Stadt. Darauf nahm mein Oheim, nachdem er ein wenig seine Toilette geordnet, mich mit sich. Der Portier des Hotels sprach deutsch und englisch; aber der Professor, der vieler Sprachen kundig war, fragte ihn auf gut dänisch, und in gutem Dänisch gab ihm der Mann an, wo das Museum der Nordischen Alterthümer lag.

In dieser merkwürdigen Anstalt sind eine Menge wunderbarer Dinge aufgestapelt, woraus man die Geschichte des Landes mit seinen alten Steinwaffen, seinen Humpen und Schmucksachen wieder aufbauen könnte. Der Director desselben, der gelehrte Professor Thomson, war ein Freund des Hamburgischen Consuls.

Mein Oheim hatte einen Brief an denselben, der ihn warm empfahl. Im Allgemeinen empfängt ein Gelehrter den anderen ziemlich schlecht. Aber hier war's ganz anders. Herr Thomson als dienstfertiger Mann ließ dem Professor Lidenbrock, und selbst seinem Neffen einen herzlichen Empfang zu Theil werden. Daß mein Oheim dem trefflichen Director gegenüber sein Geheimniß bewahrte, brauch' ich kaum zu sagen. Unsere Absicht war ganz einfach, als Liebhaber ohne Interesse Island zu besuchen.

Herr Thomson stellte sich uns ganz zu Verfügung, und wir liefen über die Quais, um ein abfahrendes Schiff aufzusuchen.

Ich hoffte, es werde ganz an Beförderungsmitteln fehlen; aber ich täuschte mich. Eine kleine dänische Corvette, die Valkyrie, sollte am 2. Juni nach Reykjawik unter Segel gehen. Der Kapitän, Herr Bjarne, befand sich an Bord. Sein demnächstiger Passagier drückte ihm in seiner Freude tüchtig die Hände. Der wackere Mann war über diese Herzlichkeit etwas betroffen. Er fand es ganz einfach, daß er, wie es ihm oblag, nach Island fahre. Meinen Oheim kam das als etwas Erhabenes vor. Der würdige Kapitän benutzte diesen Enthusiasmus, um uns für die Ueberfahrt doppelt bezahlen zu lassen. Aber wir machten uns daraus nicht viel.

Herr Bjarne strich eine ansehnliche Summe Speciesthaler ein und sagte: Erscheinen Sie Dienstag um sieben Uhr frühe an Bord.

Wir dankten Herrn Thomson für seine Bemühung und begaben uns in's Hotel Phönix zurück.

„Das geht ja schön! recht schön! sprach mein Oheim. Welch glücklicher Zufall, daß wir dies Schiff zum Abfahren bereit fanden! jetzt wollen wir frühstücken und dann die Stadt besehen."

Wir begaben uns zum Kongens-Nye-Torw, einem unregelmäßigen Platz, wo sich ein Posten befand mit zwei aufgeprotzten unschuldigen Kanonen, die keinem Menschen Angst machen. Dicht daneben, Nr. 5, befand sich eine französische „Restauration", die von einem Koch Namens Vincent gehalten wurde; wir frühstückten daselbst hinlänglich für den mäßigen Preis von vier Mark die Person.

Hernach freute ich mich wie ein Kind, die Stadt zu besehen; mein Oheim ließ sich führen; übrigens sah er nichts, weder den unbedeutenden Königspalast, noch die hübsche Brücke aus dem siebzehnten Jahrhundert, die vor dem Museum über den Canal führt, noch das ungeheure Grabmal Thorwaldsen's, das an den Wänden mit abscheulichen Gemälden geziert ist und die Werke dieses Bildhauers enthält, noch in einem ziemlich schönen Park das allerliebste Schloß Rosenberg, noch den bewundernswerthen Renaissance-Bau der Börse, noch deren Thurm, der aus den verschlungenen Schwänzen von vier broncenen Drachen gebildet ist, noch die großen Mühlen der Festungswerke, deren ungeheure Flügel gleich den Segeln eines Schiffes im Seewind schwellen.

Was könnten wir da, meine hübsche Vierländerin mit mir, für köstliche Spaziergänge machen längs des Hafens, wo die Zweidecker und Fregatten unter ihrer rothen Bedachung ruhten, an dem grünen Gestade der Meerenge, durch das schattige Buschwerk, in dessen Schoße die Citadelle sich birgt, deren Kanonen zwischen Hollunder und Weidengezweig ihre schwarze Mündung hervorstrecken!

Aber ach! mein armes Gretchen war fern, und konnte ich hoffen, sie jemals wieder zu sehen?

Mein Oheim jedoch hatte kein Auge für diese reizenden Gegenden; um so mehr aber gefiel ihm ein Glockenthurm der Insel Amak, welche den südwestlichen Theil Kopenhagens bildet.

Wir richteten unsere Schritte dorthin, bestiegen ein kleines Dampffahrzeug, welches zum Verkehr auf den Canälen diente, und in einigen Augenblicken legte es am Quai Dock-Yard an.

Nachdem wir durch einige enge Straßen gekommen, wo Galeerensträflinge in halb gelben, halb grauen Hosen unter dem Stock der Profoßen arbeiteten, kamen wir vor Frelsers-Kirk. Diese Kirche bietet nichts Merkwürdiges. Dagegen wurde die Aufmerksamkeit des Professors durch ihren ziemlich hohen Thurm angezogen, um dessen Spitze sich von der Plateform an außen im Freien eine Treppe spiralförmig windet.

„Steigen wir hinauf, sagte mein Oheim.

– Aber der Schwindel? entgegnete ich.

– Um so mehr, man muß sich gewöhnen.

– Doch ...

– Komm', sag' ich Dir, wir haben keine Zeit zu verlieren."

Ich mußte mich fügen. Ein Aufseher, der gegenüber wohnte, stellte uns einen Schlüssel zu, und wir begannen hinaufzusteigen.

Mein Oheim ging mit munterem Schritt voran. Ich folgte nicht ohne Angst nach, denn es ward mir sehr leicht schwindelig. Es ging mir die Haltung des Adlers und die Unempfindlichkeit seiner Nerven ab.

So lange wir uns in der inneren Schnecke befanden, ging Alles gut; aber nach etwa hundertundfünfzig Stufen wehte mir die Luft in's Gesicht; wir waren bis zur Plateform gekommen, von wo aus die Treppe in freier Luft begann, mit einem schwachen Geländer und Stufen, die stets enger wurden und bis zum Unendlichen zu führen schienen.

„Es ist mir nicht möglich! Niemals! – schrie ich.

– Solltest Du wohl so feige sein? Steig'!" erwiderte unbarmherzig der Professor.

Ich mußte durchaus ihm folgen, und klammerte mich an.

In der freien Luft schwand mir die Besinnung; ich fühlte bei den heftigen Windstößen den Thurm schwanken, meine Beine versagten mir den Dienst; ich ruschte bald auf den Knieen, dann auf dem Leib; ich schloß die Augen; es wurde mir übel.

Endlich, indem mein Oheim mich am Kragen faßte, kam ich bei der Kugel an.

„Jetzt schau', sagte er, und schaue recht! Du mußt lernen, in einen Abgrund blicken!“

Ich öffnete die Augen. Ich sah die Häuser platt und zusammengedrückt, wie mitten im Nebel des Rauchs. Ueber meinem Kopf zog flockiges Gewölk, und durch optische Täuschung schien es mir unbeweglich, während der Thurm, die Kugel, wir zugleich mit in phantastischer Eile fortgezogen wurden. In der Ferne sah man auf der einen Seite grüne Felder, auf der andern das im Sonnenschein schimmernde Meer. Bei der Spitze von Helsingör breitete sich der Sund aus, mit etlichen weißen Segeln, und östlich zeigten sich im Nebel wogend die halb vermischten Gestade Schwedens. Dies alles zusammen wirbelte vor meinen Blicken.

Demungeachtet mußte ich aufstehen, mich gerade halten, schauen. Meine erste Schwindellection dauerte eine Stunde. Als ich endlich wieder hinabsteigen und den festen Boden des Pflasters betreten durfte, war ich an allen Gliedern steif.

„Morgen wiederholen wir die Lection“, sagte mein Professor.

Und wirklich, fünf Tage wurde diese Schwindelübung fortgesetzt, und ich machte, mit und wider Willen, merkliche Fortschritte in der Kunst, von einem hohen Standpunkt aus zu betrachten.

Neuntes Capitel - Ankunft auf Island

Der Tag der Abreise kam heran. Tags zuvor überbrachte uns der gefällige Herr Thomson dringende Empfehlungsbriefe an den Statthalter Islands, Grafen Trampe, den Coadjutor des Bischofs, Herrn Picturson, und den Bürgermeister von Reykjawik, Herrn Finsen. Mein Oheim dankte ihm mit wärmstem Händedruck.

Am 2., sechs Uhr frühe, befand sich unser kostbares Gepäck an Bord der Valkyrie. Der Kapitän führte uns in ziemlich enge Cabinen.

„Haben wir günstigen Wind? fragte mein Oheim.

– Vortrefflichen, erwiderte der Kapitän Bjarne; Südost. Wir werden mit vollen Segeln aus dem Sund in die weite See stechen."

Nach einer kleinen Weile stach die Goelette, mit Fockmast, Mars- und Bramstange, in See und fuhr mit vollen Segeln in die Meerenge ein. Eine Stunde hernach schien die Hauptstadt Dänemarks fern in den Fluthen zu versinken, und die Valkyrie fuhr längs der Küste von Helsingör. Ich befand mich in reizbarer Stimmung, glaubte Hamlet's Schatten auf der Terrasse des alten Schlosses zu sehen, das übrigens weit jünger ist, als der heroische Prinz von Dänemark. Es dient gegenwärtig als kostbare Hütte des Pförtners am Sund, wo jährlich fünfzehntausend Schiffe aller Nationen vorüber fahren.

Das Schloß Kronborg verschwand bald im Nebel, ebenso der Thurm von Helsingborg auf dem schwedischen Gestade, und die Goelette neigte sich ein wenig unterm Wehen der Seewinde des Kattegat.

Die Valkyrie segelte trefflich, aber auf ein Segelschiff kann man sich nie sehr verlassen. Es war für Reykjawik mit Kohlen, Haushaltungsgegenständen, Töpferwaaren, wollenen Kleidungsstücken und einer Ladung Getreide befrachtet. Fünf Mann, lauter Dänen, genügten als Bemannung.

„Wie lange wird die Ueberfahrt dauern? fragte mein Oheim den Kapitän.

– Zehn Tage etwa, erwiderte letzterer, wenn wir nicht bei den Faröern allzuviel widrigen Wind aus Nordwest gegen uns haben.

– Aber Sie werden dadurch doch nicht einer bedeutenden Verspätung ausgesetzt sein?

– Nein, Herr Lidenbrock; seien Sie ruhig, wir werden ankommen."

Gegen Abend fuhr die Goelette um das Cap Skagen an der Nordspitze Dänemarks, dann während der Nacht durch den Skager-Rak, streifte beim Cap Lindenäs an der Südspitze Norwegens vorüber und stach in das Nordmeer.

Zwei Tage nachher bekamen wir die schottische Küste bei Peterhead in Sicht, und die Valkyrie fuhr zwischen den Orcaden und den Shetlandinseln auf die Faröer zu.

Bald glitt unsere Goelette über die Wogen des Atlantischen Meeres; sie mußte gegen den Nordwind laviren und kam mit Mühe bei diesen Inseln an. Am 8. erkannte der Kapitän Myggenäs, die östlichste der Gruppe, und von nun an fuhren wir gerade auf Cap Portland an der Südküste Islands.

Es kam nichts Merkwürdiges bei der Fahrt vor. Ich bestand leicht die Seekrankheit; mein Oheim war zu seinem großen Leidwesen beständig unwohl, und schämte sich dessen.

Er konnte also den Kapitän Bjarne nicht über den Snäfields, über die Verkehrsmittel und den Transport befragen. Er mußte dies also auf seine Ankunft verschieben, und brachte seine ganze Zeit in seiner Cabine liegend zu, deren Scheidewände vom Wogenschlag krachten. Er verdiente auch wirklich ein wenig sein Schicksal.

Am 11. bekamen wir Cap Portland in Sicht. Das damals helle Wetter ließ Myrdals Yokul, der es beherrscht, erkennen. Das Cap besteht aus einer starken, vereinzelt am Ufer sich erhebenden Anhöhe mit steilen Abhängen.

Die Valkyrie hielt sich in mäßiger Entfernung von den Küsten, indem sie längs derselben westwärts mitten durch Heerden von Hai- und Wallfischen fuhr. Bald zeigte sich ein ungeheurer durchbrochener Felsen, durch welchen das schäumende Meer mit wüthendem Brausen eindrang. Die Westmaninselchen schienen wie hingesäete Felsen über dem Meeresspiegel emporzuragen. Von hier fuhr die Goelette weiter vom Land ab, um das Cap Reykjanäs, welches die Westspitze von Island bildet, in gehöriger Entfernung zu umsegeln.

Mein Oheim war durch das starke Wogen des Meeres gehindert das Verdeck zu betreten, um die ausgezackten Küsten zu bewundern.

Achtundvierzig Stunden darauf, nach einem Sturm, der mit zusammengeschlagenen Segeln zu fliehen zwang, gewahrte man östlich die Boje der Spitze Skagen, deren gefährliche Felsen sich weit hin unter dem Wasserspiegel ziehen. Es kam ein isländischer Lootse an Bord und nach drei Stunden ankerte die Valkyrie in der Bai Faxa vor Reykjawik.

Nun kam endlich der Professor aus seiner Cabine heraus, etwas blaß und zerschlagen, aber stets enthusiastisch, und Befriedigung sprach aus seinen Augen.

Die Bevölkerung der Stadt, die sich für das ankommende Schiff ungemein interessirte, strömte am Quai zusammen.

Mein Oheim eilte, sein Gefängniß, um nicht zu sagen, sein Krankenhaus, zu verlassen. Bevor er aber vom Verdeck stieg, zog er mich in den Vordergrund und zeigte mir mit dem Finger auf der Nordseite der Bai einen hohen Berg mit zwei Spitzen, einen doppelten mit ewigem Schnee bedeckten Kegel.

„Der Snäfields! rief er aus, der Snäfields!"

Darauf, nachdem er mir mit einem Wink unbedingtes Schweigen anempfohlen, stieg er in das Landungsboot; ich ihm nach, und bald betraten wir den Boden Islands.

Sofort zeigte sich ein stattlicher Mann in Generalsuniform. Es war jedoch nur ein Magistrat, der Statthalter der Insel, Baron Trampe, in eigener Person. Der Professor überreichte ihm seine Briefe aus Kopenhagen, und es entspann sich in dänischer Sprache eine kurze Unterhaltung, woran ich, aus gutem Grunde, mich durchaus nicht betheiligte. Das Resultat war, daß der Baron Trampe sich dem Professor Lidenbrock völlig zur Verfügung stellte.

Ein herzlicher Empfang wurde meinem Oheim von dem Bürgermeister Finsen zu Theil, der gleich dem Statthalter in militärischer Uniform ebenso friedlichen Charakters war.

Der Coadjutor Pictursson befand sich eben auf einer bischöflichen Rundreise im nördlichen Bezirk; wir mußten vorerst darauf verzichten, ihm vorgestellt zu werden. Aber der Professor der Naturwissenschaften an der Schule zu Reykjawik, Herr Fridrickson, ein sehr gefälliger Mann, gewährte uns einen sehr schätzbaren Beistand. Dieser bescheidene Gelehrte sprach nur Isländisch und Latein; er bot mir in letzterer Sprache seine Dienste an, und wir konnten uns in derselben leicht verständigen. Er war auch in der That der einzige Mann, mit dem ich mich während meines Aufenthalts auf Island unterhalten konnte.

Von den drei Zimmern, welche seine Wohnung enthielt, stellte uns der treffliche Mann zwei zur Verfügung, und wir richteten uns flugs bei ihm ein, über die Menge unseres Gepäcks waren die Bewohner von Reykjawik etwas erstaunt.

„Nun, Axel, sagte mein Oheim, es geht gut; die Hauptschwierigkeit ist schon beseitigt.

– Wie, die Hauptschwierigkeit? rief ich aus.

– Allerdings, wir brauchen nur hinabzusteigen.

– Wenn Sie's so verstehen, haben Sie Recht; aber am Ende, denk' ich, müssen wir auch wieder herauskommen?

– O! Das macht mir keine Sorgen! Wohlan! Es ist keine Zeit zu verlieren. Ich gehe nun auf die Bibliothek, da findet sich vielleicht ein Manuscript von Saknussemm, das ich sehr gerne zu Rathe ziehen würde.

– Dann besehe ich mir unterdessen die Stadt. Wollen Sie das nicht auch thun?

– Das interessirt mich sehr wenig. Die Merkwürdigkeiten dieses Landes sind nicht über, sondern unter der Erde.“

Ich ging aus, streifte umher.

In den zwei Straßen Reykjawiks irre gehen, wäre nicht leicht gewesen. Ich brauchte daher nicht nach dem Weg zu fragen, was in der Geberdensprache zu Mißverständnissen führt.

Die Stadt zieht sich auf ziemlich niederem und sumpfigem Boden zwischen zwei Anhöhen hin. Auf der einen Seite ist sie von einer ungeheuren Lavaschicht bedeckt, die in allmäligen Stufen nach dem Meer zu abfällt; auf der anderen erstreckt sich die ungeheure, nördlich von dem großen Gletscher des Snäfields begrenzte Bai Faxa, worin eben die Valkyrie das einzige vor Anker liegende Schiff war. Gewöhnlich liegen hier die englischen und französischen Fischerboote in Menge; diese waren aber damals auf der Nordküste der Insel beschäftigt.

Die längere der beiden Straßen von Reykjawik läuft mit dem Ufer parallel; in derselben wohnen die Kauf- und Geschäftsleute in hölzernen Hütten, die aus rothen, horizontal gelegten Balken aufgebaut sind; die andere läuft westlicher zwischen den Häusern des Bischofs und der anderen, nicht dem Handel angehörigen Personen einem kleinen See zu.

Diese trübseligen, düsteren Straßen hatte ich rasch durchschritten. Ich sah darin mitunter ein Stückchen farblosen Rasen gleich einem alten abgetragenen Teppich; oder auch ein Fleckchen, das wie ein Nutzgarten aussah, mit etwas Gemüse, Erdäpfeln, Kohl und Lattich, welches wohl für eine Liliputertafel ausgereicht haben würde; einige kränkelnde Levkojen suchten auch am Sonnenstrahl Erquickung.

Ungefähr in der Mitte der nicht geschäftlichen Straße fand ich, umgeben von einer Erdmauer, den öffentlichen Friedhof, worin es an Raum nicht gebrach. Hierauf, nach einigen Schritten, gelangte ich zur Wohnung des Statthalters, einem Gemäuer gleich dem Stadthause zu Hamburg, einem Palast neben den Hütten der isländischen Bewohner. Zwischen dem kleinen See und der Stadt erhob sich die Kirche, die im protestantischen Styl aus verkalktem, von den Vulkanen ausgeworfenem Gestein erbaut war; durch die argen Westwinde wäre ihr Dach aus rothem Ziegelstein augenscheinlich in alle Lüfte zerstreut worden.

Auf einer nahen Anhöhe erblickte ich die Nationalschule, wo man, wie ich hernach von unserem Hauswirth hörte, die hebräische, englische, französische und dänische Sprache lehrte, von welchen vier Sprachen ich, zu meiner Schande, nicht ein Wörtchen verstand. Ich wäre unter den vierzig Schülern dieses kleinen Gymnasiums der unterste gewesen, und nicht würdig, mit ihnen in den Schränken mit zwei Abtheilungen zu schlafen, worin die schwächeren in der ersten Nacht ersticken konnten.

In drei Stunden hatte ich nicht allein die Stadt, sondern auch ihre Umgebung gemustert. Im Allgemeinen ein höchst trauriger Anblick. Keine Bäume, so zu sagen keine Vegetation. Ueberall lebende Spitzen vulkanischen Gesteins. Die Hütten der Isländer sind aus Erde und Torf verfertigt, ihre Wände nach innen geneigt. Sie sehen wie Dächer aus, die unmittelbar auf dem Boden ruhen. Nur sind diese Dächer Wiesen, die einigermaßen ergiebig sind. In Folge der Wärme ihrer Bewohner sproßt das Gras darauf ziemlich gut, und man mäht es zur Zeit der Heuernte sorgfältig ab, sonst würden die Hausthiere auf den grünen Dächern weiden.

Während meines Spaziergangs begegneten mir wenig Leute. Auf dem Heimweg durch die gewerbliche Straße fand ich die meisten Einwohner beschäftigt, Kabljau zu trocknen, zu salzen und einzuladen; denn es ist dies der Hauptausfuhrartikel. Die Menschen scheinen kräftig, aber schwerfällig, Musterstücke von blonden Deutschen mit gedankenvollem Auge, die sich etwas außerhalb der menschlichen Gesellschaft fühlen, arme, in dieses Eisland verwiesene Verbannte, welche die Natur dazu verurtheilte, auf dieser Grenze des Polarkreises zu leben! Ich bemühte mich vergebens, ein Lächeln auf ihrem Antlitz zu gewahren; manchmal lachten sie wohl aus unwillkürlicher Muskelbewegung, niemals aber kam's zur Freundlichkeit des Lächelns.

Ihre Tracht bestand in einem groben Rock von schwarzer Wolle, die in den scandinavischen Ländern unter dem Namen „Vadmel“ bekannt ist, einem breitgerandeten Hut, Hosen mit rother Borde, und einem Stück Leder, das zu einer Art Fußbekleidung zusammengelegt ist.

Die Frauen, von traurigem Aussehen, zeigten ziemlich angenehme aber ausdruckslose Züge; ihr Anzug bestand aus Leibchen und Rock aus dunklem „Vadmel“; die Mädchen trugen ihr Haar in Zöpfen geflochten unter einem braunen gestrickten Häubchen; die Verheirateten hatten als Kopfbedeckung ein buntes Tuch, worüber eine Verzierung von weißer Leinwand.

Als ich nach einem hübschen Spaziergang in die Behausung des Herrn Fridrickson zurückkam, fand ich meinen Oheim bereits in Gesellschaft seines Hauswirths.

Zehntes Capitel - Professor Fridrickson

Das Mittagessen war bereit. Der Professor Lidenbrock verschlang es mit großem Appetit, denn sein Magen war in Folge des Fastens an Bord zu einem Schlund geworden. Diese mehr dänische, wie isländische Mahlzeit hatte an sich nichts Merkwürdiges; aber unser Wirth, der mehr Isländer wie Däne war, erinnerte mich an die antike Gastfreundschaft, welche den Gast mehr gelten läßt.

In die Unterhaltung, welche in der Landessprache geführt wurde, mischte mein Oheim deutsche Brocken, und Herr Fridrickson lateinische, damit auch mir etwas verständlich sei. Sie betraf wissenschaftliche Fragen, wie es bei Gelehrten passend ist; aber der Professor Lidenbrock hielt sich äußerst rückhaltend, und seine Augen befahlen mir bei jedem Satze unbedingtes Schweigen über unsere Zwecke an.

Zuerst erkundigte sich Herr Fridrickson bei meinem Oheim über das Resultat seiner Untersuchungen auf der Bibliothek.

„Ihre Bibliothek, bemerkte Letzterer, besteht nur aus verstümmelten Werken, aus fast leeren Fächern.

– Wie? erwiderte Herr Fridrickson, wir besitzen achttausend Bände, worunter viele werthvolle und seltene Werke in alt-scandinavischer Sprache, und alle neueren Erscheinungen, womit wir von Kopenhagen aus jährlich versorgt werden.

– Wo sind denn diese achttausend Bände? Meiner Schätzung nach ...

– Ei! Herr Lidenbrock, sie sind im Umlauf in Land. Man hat auf unserer alten Eisinsel Lust am Lesen! Es giebt keinen Bauer, keinen Fischer, der nicht lesen könnte und nicht liest. Wir meinen, Bücher seien bestimmt, anstatt hinter eisernen Gittern zu verschimmeln, unter den Augen der

Leser nützlich zu sein. So sind denn auch diese Bände von Hand zu Hand in Umlauf, werden durchblättert, gelesen und wieder gelesen; und manchmal sind sie ein Jahr oder zwei abwesend, bis sie wieder in ihr Fach kommen.

– Doch, erwiderte mein Oheim etwas ärgerlich, die Fremden ...

– Was meinen Sie! Die Ausländer haben in ihrer Heimat Bibliotheken, und vor Allem bedürfen unsere Landleute der geistigen Nahrung. Ich wiederhole, Freude an der Belehrung liegt dem Isländer im Blute. Auch haben wir 1816 eine literarische Gesellschaft gegründet, die in Blüthe ist; ausländische Gelehrte machen sich eine Ehre daraus, derselben anzugehören; sie veröffentlicht Schriften für Erziehung und Bildung unserer Landsleute, und leistet dem Land wirkliche Dienste. Wenn Sie, Herr Lidenbrock, uns als correspondirendes Mitglied angehören wollen, machen Sie uns damit ein großes Vergnügen."

Mein Oheim, der bereits hundert wissenschaftlichen Gesellschaften angehörte, nahm es freundlich an zur dankbaren Befriedigung des Herrn Fridrickson.

„Jetzt, fuhr dieser fort, geben Sie mir gefälligst die Bücher an, welche Sie auf unserer Bibliothek zu finden hofften, und ich kann Ihnen vielleicht darüber Auskunft geben."

Ich sah meinen Oheim an. Er zögerte mit der Antwort. Das berührte direct seine Pläne. Doch entschloß er sich, nach einiger Ueberlegung, zu reden.

„Herr Fridrickson, sagte er, ich möchte wissen, ob Sie unter Ihren alten Büchern auch die von Arne Saknussemm besitzen?

– Arne Saknussemm! erwiderte der Professor aus Reykjawik. Sie meinen den Gelehrten des sechzehnten Jahrhunderts, der ein großer Naturkundiger, Alchymist und Reisender war?

– Den eben meine ich.

– Eine der Zierden der Wissenschaft und Literatur Islands?

– Wie Sie sagen.

– Ein weltberühmter Mann?

– Ich geb's zu.

– Von eben so großem Muth, als Genie?

– Ich sehe, daß Sie ihn genau kennen."

Mein Oheim hörte mit Entzücken so von seinem Helden sprechen. Seine Blicke hingen unverwandt an Herrn Fridrickson.

„Nun! fragte er, seine Werke?

– Seine Werke haben wir nicht.

– Wie? Auf Island?

– Sie existiren weder auf Island, noch sonstwo.

– Und warum?

– Weil Arne Saknussemm als Ketzer verfolgt, und seine Werke im Jahre 1573 zu Kopenhagen durch Henkershand verbrannt wurden.

– Vortrefflich! rief mein Oheim, zum Aergerniß des Professors der Naturwissenschaften.

– Wie? fragte dieser.

– Ja! Alles erklärt sich, Alles verknüpft sich, Alles ist verständlich, und ich begreife, weshalb Saknussemm, nachdem seine Schriften verfolgt und er genöthigt worden, die Entdeckungen seines Geistes zu verbergen, sein Geheimniß in unverständliche Geheimschrift verhüllen mußte ...

– Was für ein Geheimniß? fragte lebhaft Fridrickson.

– Ein Geheimniß ... das ... erwiderte stotternd mein Oheim.

– Haben Sie vielleicht ein besonderes Document?

– Nein ... Es war bloße Vermuthung.

– Gut, versetzte Herr Fridrickson, der so freundlich war, als er seine Verlegenheit sah, nicht weiter in ihn zu dringen. Ich hoffe, fuhr er fort, Sie werden unsere Insel nicht verlassen, ohne aus ihren mineralogischen Schätzen zu schöpfen?

– Unfehlbar, erwiderte mein Oheim; aber ich komme etwas spät, es sind schon andere Gelehrte hier gewesen?

– Ja, Herr Lidenbrock; die auf königlichen Befehl ausgeführten Arbeiten der Herren Olafsen und Povelsen, die Studien Troil's, die wissenschaftliche Mission der Herren Gaimard und Robert an Bord der französischen Corvette 'La Recherche', und letzthin die Beobachtungen der auf der Fregatte La Reine Hortense befindlichen Gelehrten haben zur Kenntniß Islands sehr viel beigetragen. Aber, glauben Sie mir, sie haben noch etwas zu thun übrig gelassen.

– Sie meinen? fragte mein Oheim mit gutmüthiger Miene, indem er das Feuer seiner Augen zu mildern bemüht war.

– Ja. Was sind da für Berge, Gletscher, Vulkane, die noch wenig gekannt sind, zu erforschen! Sehen Sie da, um nicht weiter zu gehen, diesen Berg am Horizont emporragen. Das ist der Snäfields.

– So! sagte mein Oheim, der Snäfields!

– Ja, einer der merkwürdigsten Vulkane, dessen Krater selten besucht wird.

– Ist er erloschen?

– O! Seit fünfhundert Jahren.

– Nun denn! erwiderte mein Oheim, der, um nicht aufzuspringen, krampfhaft die Beine über einander schlug, ich habe Lust, meine geologischen Studien mit diesem Sessel ... Fessel ... wie sagten Sie? zu beginnen.

– Snäfields!“ fuhr der treffliche Herr Fridrickson fort.

Dieser Theil der Unterhaltung hatte in lateinischer Sprache stattgefunden; ich hatte Alles verstanden, und konnte kaum meine ernsthafte Miene bewahren, als mein Oheim seine freudige Befriedigung zu verbergen suchte, die aus ihm herausstrahlte. Indem er sich unschuldig stellen wollte, glich er einem alten Teufel.

„Ja, sagte er, Ihre Worte sollen mich bestimmen! Wir wollen den Snäfields zu ersteigen versuchen, vielleicht auch seinen Krater untersuchen!

– Ich bedauere sehr, erwiderte Herr Fridrickson, daß meine Geschäfte mir nicht gestatten, mich zu entfernen; ich würde Sie gerne dahin begleitet haben.

– O nein! nein! erwiderte lebhaft mein Oheim; wir wollen durchaus keine Störung machen, Herr Fridrickson; ich danke Ihnen herzlich. Die Betheiligung eines so gelehrten Mannes, wie Sie, wäre sehr nützlich, aber die Obliegenheiten Ihres Amtes ...“

Ich denke mir wohl, daß unser Wirth in der Unbefangenheit seiner isländischen Seele von der großen Schalkheit meines Oheims keinen Begriff hatte.

„Ich billige sehr, Herr Lidenbrock, sagte er, daß Sie mit diesem Vulkan anfangen. Sie werden da an merkwürdigen Beobachtungen eine reiche Ernte bekommen. Aber sagen Sie mir, wie denken Sie auf die Halbinsel des Snäfields zu kommen?

– Zur See, über die Bai. So geht's am schnellsten.

– Allerdings; aber das ist jetzt unmöglich.

– Weshalb?

– Weil wir nicht ein einziges Boot zu Reykjawik haben.

– Teufel!

– Sie müssen längs der Küste zu Land reisen. Das ist zwar ein Umweg, aber er ist interessant.

– Gut. Ich werde einen Führer zu bekommen suchen.

– Ich kann Ihnen gerade einen anbieten.

– Ist's ein zuverlässiger, verständiger Mann?

– Ja, ein Bewohner der Halbinsel. Es ist ein sehr geschickter Eiderjäger, mit dem Sie zufrieden sein werden. Er spricht geläufig dänisch.

– Und wann kann ich ihn sehen?

– Morgen, wenn's Ihnen beliebt.

– Warum nicht heute?

– Weil er erst morgen ankommt.

– Morgen also," erwiderte mein Oheim seufzend.

Kurz darauf endigte diese bedeutsame Unterhaltung, und der deutsche Professor dankte dem isländischen auf's Wärmste.

Mein Oheim hatte bei der Mahlzeit wichtige Dinge erfahren, unter anderem die Geschichte Saknussemm's und den Grund seines geheimnißvollen Documents, sowie die Aussicht, morgen einen Führer zur Verfügung zu haben.

Elftes Capitel - Hans Bjelke

Abends machte ich einen kleinen Spaziergang am Gestade von Reykjawik, kam frühzeitig zurück, und legte mich zu Bette, wo ich in tiefem Schlaf ausruhte.

Beim Erwachen hörte ich meinen Oheim im Nebenzimmer in lebhaftem Gespräch. Ich stand sogleich auf und beeilte mich zu ihm zu kommen.

Er sprach dänisch mit einem Manne von hohem, kräftigem Wuchs. Der große Bursche schien ungemein stark zu sein. Seine Augen in einem starken Kopf mit treuherzigen Zügen schienen verständig. Sie waren blau und tiefsinnig. Lange Haare, die selbst in England für roth gelten konnten, wallten über seine athletischen Schultern. Seine Bewegungen waren zwar geschmeidig, aber er regte wenig die Arme; die Sprache der Gesticulation war ihm unbekannt. In Allem sprach sich bei ihm das vollkommen ruhige, aber doch nicht gleichgiltige Temperament aus. Man fühlte, daß er von keinem Menschen etwas begehrte, daß er nach eigenem Ermessen arbeitete, und daß nichts in der Welt ihn in seiner Lebensphilosophie störte.

Die Schattirungen dieses Charakters nahm ich an der Art und Weise ab, wie der Isländer den leidenschaftlichen Wortschwall des Professors aufnahm.

Mit gekreuzten Armen blieb er inmitten der fortwährenden Gesticulation meines Oheims unbeweglich; zum Verneinen wandte er seinen Kopf von der Linken zur Rechten, zum Bejahen neigte er sich, aber so wenig, daß seine langen Haare sich kaum bewegten. Die Sparsamkeit an Bewegungen trieb er bis zum Geiz.

Beim Anblick dieses Mannes hätte ich sicher nicht geahnt, daß er seines Zeichens ein Jäger sei; dieser scheuchte gewiß sein Wild nicht auf, aber wie konnte er ihm nahe kommen?

Dies ward mir begreiflich, als ich von Herrn Fridrickson vernahm, dieser ruhige Mann sei nur ein „Eiderjäger". Um das Gefieder der Eidergans, „Eiderdaunen" genannt, worin ein großer Reichthum der Insel besteht, zu sammeln, bedarf's in der That keines großen Aufwandes von Bewegung.

In den ersten Sommertagen baut das Weibchen sein Nest zwischen die Felsen der Fjords, womit das Land ausgezackt ist und füttert sodann dasselbe mit den zarten Flaumfedern seines Leibes aus. Alsbald kommt nun der Jäger, oder vielmehr der Daunenhändler, nimmt das Nest weg, und das Weibchen beginnt seine Arbeit von Neuem. Dies dauert so lange, als sein Gefieder ausreicht. Ist es dessen entblößt, so kommt an das Männchen die Reihe. Da aber dessen rauhe und grobe Federn keinen Handelswerth haben, so nimmt nun der Jäger nicht mehr das Nest weg, worin dann das Weibchen seine Eier legt und ausbrütet. Im folgenden Jahre wird das Eiderdaunensammeln in gleicher Weise erneuert.

Da nun die Eidergans für ihr Nest nicht die steilen Felsen auswählt, sondern die leicht zugänglichen horizontalen, welche sich in's Meer verlaufen, so kann der Eiderjäger sein Geschäft ohne große Anstrengung seiner Glieder verrichten. Es ist also ein Bauer, der weder zu säen, noch die Ernte zu schneiden, sondern lediglich sie einzusammeln hat.

Dieser ernste, phlegmatische und schweigsame Mann hieß Hans Bjelke; er kam auf Herrn Fridrickson's Empfehlung und ward unser Führer. Sein Benehmen war eigenthümlich verschieden von dem meines Oheims.

Doch verständigten sie sich leicht. Keiner von beiden brachte den Preis in Anschlag; der eine bereit, zu nehmen, was man ihm bot, der andere zu geben, was verlangt wurde. Nie kam ein Handel leichter zu Stande.

Hans machte sich also verbindlich, uns bis zum Dorfe Stapi zu führen, das an der Südküste der Halbinsel des Snäfields, dicht am Fuße des Vulkans liegt. Dieser Weg wurde auf zweiundzwanzig Meilen berechnet, welche mein Oheim in zwei Tagen zurückzulegen meinte. Als er aber vernahm, daß es dänische Meilen von vierundzwanzigtausend Fuß seien, mußte er seinen Anschlag ändern und sich, in Betracht der mangelhaften Wege, auf sieben bis acht Tage gefaßt machen.

Vier Pferde mußten zur Verfügung sein, zwei zum Reiten für ihn und mich, die beiden anderen für das Gepäck zu tragen. Hans sollte nach seiner Gewohnheit zu Fuß gehen. Er kannte diese Gegend genau und versprach, den kürzesten Weg einzuschlagen.

Zur Zeit unserer Ankunft in Stapi trat derselbe nicht aus meines Oheims Dienst, sondern ließ sich von demselben für die ganze Dauer seiner wissenschaftlichen Unternehmung zum Preise von drei Reichsthalern anwerben. Nur wurde ausdrücklich ausbedungen, daß diese Summe ihm wöchentlich, am Samstag Abend, ausbezahlt würde.

Die Abreise wurde auf den 16. Juni festgesetzt. Mein Oheim wollte ihm ein Draufgeld geben, aber er lehnte es mit einem Wort ab.

„Efter, sagte er.

– Nachher“, übersetzte mir's der Professor.

Als der Vertrag gemacht war, zog sich Hans zurück.

„Ein famoser Mensch, rief mein Oheim aus, aber er ahnt gar nicht, was für eine Rolle zu spielen ihm vorbehalten ist.

– Er wird uns also begleiten bis ...

– Ja, Axel, bis nach dem Mittelpunkt der Erde.“

Achtundvierzig Stunden blieben uns noch bis zur Abreise; zu meinem großen Bedauern mußte ich sie auf die Vorbereitungen verwenden; unsere gesammten Geisteskräfte wurden in Anspruch genommen, jeden Gegenstand auf die angemessenste Weise zu ordnen, die Instrumente hierhin, die Waffen dorthin, die Werkzeuge in dies Packet, die Lebensmittel in jenes. Im Ganzen waren's vier Gruppen.

Die Instrumente bestanden aus:

1. Einem hunderttheiligen Thermometer von Eigel, mit einer Scala von hundertundfünfzig Grad, welches mir zu hoch oder zu niedrig vorkam. Zu hoch, wenn die Hitze unserer Umgebung diesen Grad erreicht, denn dann würden wir gebraten. Zu niedrig, wenn sich's darum handelte, die Temperatur der Quellen oder jedes anderen geschmolzenen Stoffs zu messen.

2. Ein Manometer für den Luftdruck, um die höheren Grade anzugeben, welche den der Atmosphäre auf dem Niveau des Meeres überstiegen. In der That würde das gewöhnliche Barometer nicht tauglich gewesen sein, da der Druck der Atmosphäre im Verhältniß unseres Hinabsteigens unter die Oberfläche der Erde zunehmen mußte.

3. Ein Chronometer vom jüngeren Boissonnas zu Genf, das nach dem Meridian Hamburgs genau gerichtet war.

4. Zwei Compasse für senkrechte und wagerechte Verwendung.

5. Ein Nachtfernrohr.

6. Zwei Rühmkorff'sche Apparate, welche vermittelst eines elektrischen Stroms ein leicht tragbares Licht gewähren, das sicher ist und wenig Raum einnimmt.

Die Waffen bestanden in zwei Karabinern von Purdley More & Co. und zwei Revolvern von Colt. Wofür denn Waffen? Wir hatten doch, denk' ich, weder Wilde noch Gewild zu fürchten. Aber mein Oheim schien an seinem Arsenal zu hängen, wie an seinen Instrumenten, besonders an einem gehörigen Vorrath von Schießbaumwolle, die von Feuchtigkeit nicht leidet, und deren Treibkraft weit stärker ist, als die des gewöhnlichen Pulvers.

Die Werkzeuge bestanden aus zwei Spitzhauen, zwei Hacken, einer Strickleiter von Seide, drei mit Eisen beschlagenen Stöcken, einem Beil, einem Hammer, einem Dutzend eiserner Keile und Ringschrauben, nebst langen Stricken mit Knoten. Das mußte wohl ein starkes Packet ausmachen, denn die Leiter war dreihundert Fuß lang.

Endlich waren auch Lebensmittel darin. Das nicht sehr große Packet enthielt an concentrirtem Fleisch mit Zwieback Vorrath für sechs Monat. Wachholderbranntwein war die einzige Flüssigkeit, an Wasser mangelte es gänzlich; aber wir hatten Kürbisflaschen, und mein Oheim rechnete auf Quellen, um sie damit zu füllen; die Einwendungen, welche ich über ihre Beschaffenheit, Temperatur, selbst ihr Vorhandensein zu machen hatte, waren fruchtlos geblieben.

Um die Liste unserer Reiseartikel vollständig zu geben, nenne ich noch eine Reiseapotheke mit stumpfen Scheeren, Schienen für einen Bruch, ein Stück Band von ungebleichtem Garn, Binden und Kompressen, Heftpflaster, ein Aderlaßbecken, ganz erschreckliche Dinge; ferner eine Anzahl Fläschchen mit Dextrin, Wundspiritus, Bleiessig, Aether, Essig und Salmiak, lauter Arzneimittel, die wenig beruhigen konnten; endlich den nöthigen Stoff für einen Rühmkorff'schen Apparat.

Mein Oheim vergaß auch nicht Tabak, Schießpulver und Zunder, desgleichen einen ledernen Gurt, welchen er um die Hüften trug, mit hinreichendem Vorrath an Gold-, Silber- und Papiergeld. Tüchtige Schuhe, die durch einen Ueberzug von Theer und elastischem Gummi wasserdicht gemacht waren, befanden sich, und zwar sechs Paare, unter dem Geräthe.

„Also ausgestattet und versehen, sagte mein Oheim, hat man keinen Grund, eine weite Reise zu scheuen."

Der 14. wurde ganz dazu verwendet, diese verschiedenen Gegenstände zu ordnen. Am Abend speisten wir bei dem Baron Trampe in Gesellschaft des Bürgermeisters von Reykjawik und des Doctors Hyallalin, dem obersten Arzt des Landes. Herr Fridrickson befand sich nicht unter den Gästen; später hörte ich, er sei mit dem Statthalter über einen Punkt der Verwaltung gespannt, und sie besuchten sich daher nicht. Es ging mir also die Gelegenheit ab, ein Wort von dem, was bei dieser halb-officiellen Mahlzeit gesprochen wurde, zu verstehen. Ich bemerkte nur, daß mein Oheim fortwährend sprach.

Den folgenden Tag, am 15., wurden die Vorbereitungen fertig. Unser Wirth machte dem Professor eine große Freude, indem er ihm eine Karte von Island zustellte, die ohne Vergleichung vollständiger war, als die Henderson'sche, nämlich die von Olaf Nicolas Olsen, im Maßstabe von 1:480,000, welche von der isländischen literarischen Gesellschaft nach den geodätischen Arbeiten Scheel Frisac's und der topographischen Aufnahme von Bjorn Gumlaugsonn herausgegeben worden war. Es war für einen Mineralogen ein kostbares Document.

Der letzte Abend wurde in vertraulichem Gespräch mit Herrn Fridrickson verbracht, zu dem ich mich mit lebhaftem Freundschaftsgefühl hingezogen fühlte; auf diese Unterhaltung folgte ein ziemlich unruhiger Schlaf, meinerseits wenigstens.

Um fünf Uhr weckte mich das Wiehern der vier Pferde, welche unter meinem Fenster stampften. Ich kleidete mich hastig an und kam herab auf die Straße. Hier war Hans beschäftigt unser Gepäck völlig aufzuladen, ohne dabei ein Wort hören zu lassen. Doch verfuhr er dabei mit ungewöhnlichem Geschick. Mein Oheim machte mehr Geräusch, als förderliche Arbeit, und der Führer schien sich wenig an seine Anweisungen zu kehren.

Um sechs Uhr war Alles fertig. Herr Fridrickson drückte uns die Hände. Mein Oheim dankte ihm in isländischer Sprache recht herzlich für seine wohlwollende Gastlichkeit. Ich ließ in meinem besten Latein einen herzlichen Gruß vernehmen; dann saßen wir auf und Herr Fridrickson rief uns zum Lebewohl den Vers Vergil's nach:

„Fahren wir denn getrost, wohin Fortuna uns führet!“

Zwölftes Capitel - Nach Snäfieldsnäß

Wir hatten bei der Abreise bedeckten Himmel, doch beständige Witterung, weder erschöpfende Hitze zu fürchten, noch verderblichen Regen.

Das Vergnügen, zu Pferd einen Ausflug durch's Land zu machen, erleichterte mir's, mich in die Unternehmung zu schicken. Ich fühlte so recht das Glück, in Freiheit seinen Wünschen zu leben, und fing an, der Sache die freundliche Seite abzugewinnen.

„Was ist übrigens, sagte ich mir, zu riskiren? Mitten in einem merkwürdigen Lande zu reisen! einen berühmten Berg zu erklimmen! im schlimmsten Fall in den erloschenen Krater desselben hinabzusteigen! Offenbar hat Saknussemm nichts anderes gethan. Daß ein verborgener Gang von da in's Centrum des Erdballs führe, pure Einbildung! rein unmöglich! So nehmen wir denn das Gute der Unternehmung hin, ohne zu handeln."

Unter solchen Gedanken waren wir aus Reykjawik herausgekommen.

Hans ging voran, mit raschem, gleichmäßigem, ausdauerndem Schritt. Hinter ihm die zwei Pferde mit unserm Gepäck, ohne daß man sie zu treiben brauchte. Mein Oheim und ich nahmen uns wirklich nicht übel aus auf unseren kleinen, aber kräftigen Thieren.

Island gehört zu den großen Inseln Europa's. Bei einem Flächeninhalt von vierzehnhundert Quadratmeilen zählt es nur sechzigtausend Bewohner. Die Geographen haben sie in vier Viertel getheilt, und wir mußten quer durch den Theil wandern, welcher Südwest-Viertel, „Sudvestr Fjordungr" heißt.

Hans hatte gleich von Reykjawik aus die Richtung längs des Meeresufers eingeschlagen. Wir ritten über mageres Weideland, das mehr gelb als grün aussah. Die runzeligen Gipfel der trachytischen Massen verwischten sich am Horizont im östlichen Nebel; mitunter sah man Schneestriche, welche das zerstreute Licht concentrirten, dieses schimmernd auf den Abhang fernerer Höhen zurückstrahlen; einzelne kühner empor strebende Spitzen durchbohrten das graue Gewölk und kamen über diesen beweglichen Dunstmassen gleich ragenden Klippen am klaren Himmel wieder zum Vorschein.

Oft liefen diese dürren Felsenketten in einer Spitze dem Meere zu und schnitten in das Weideland ein; aber es blieb dann noch hinreichender Raum für den Weg. Unsere Pferde suchten sich übrigens instinctmäßig die geeigneten Stellen, ohne dabei je langsamer vorwärts zu kommen. Mein Oheim hatte nicht einmal die Befriedigung, sein Reitthier durch Zuruf oder Peitsche anzutreiben; seine Ungeduld konnte sich nicht geltend machen. Ich wußte mich des Lächelns nicht zu enthalten, als ich ihn so groß auf so einem kleinen Pferde sah, daß seine langen Beine auf dem Boden strichen und er wie ein sechsfüßiger Centaur aussah.

„Braves Thier! Braves Thier! sagte er. Du wirst sehen, Axel, daß kein Thier das isländische Pferd an Verstand übertrifft. Schnee, Stürme, schlechte Wege, Felsen, Gletscher, nichts hält es auf; es ist wacker, behutsam, zuverlässig. Nie ein Fehltritt, nie ein Widerstreben. Ist ein Fluß, ein Fjord zu passiren, so stürzt es sich ohne Zaudern gleich einem Amphibium in's Wasser, um an das gegenüberliegende Ufer zu gelangen! Aber man darf es nicht hart anfahren, muß es gewähren lassen, und man wird eins in's andere gerechnet, täglich zehn Meilen mit ihm zurücklegen.

– Wir, allerdings, erwiderte, ich, aber der Führer?

– O! der kümmert mich nicht. Diese Leute kommen voran, ohne es zu merken. Dieser da rührt sich so wenig, daß er gar nicht müde wird. Uebrigens werd' ich nöthigenfalls ihm mein Thier abtreten. Ich würde bald Krämpfe bekommen, wenn ich nicht mehr Bewegung hätte.“

Inzwischen kamen wir raschen Schrittes vorwärts. Das Land war bereits etwas öde. Hier und da ein vereinzelter Pachthof, ein einzeln stehendes Bauernhaus von Holz, Erde, Lavastücken zeigte sich gleich einem Bettler am Rand eines Hohlwegs. Diese verfallenen Hütten sahen aus, als sprächen sie die Barmherzigkeit der Vorübergehenden an, und man fühlte sich versucht, ihnen ein Almosen zu geben. Es fehlte in diesem Land gänzlich an Straßen, selbst an Fußpfaden, und so langsam die Vegetation war, so vertilgte sie doch bald die seltenen Fußtritte der Reisenden.

Und doch gehörte dieser in aller Nähe der Hauptstadt gelegene Theil der Provinz zu den bewohnten und angebauten Strecken der Insel. Wie stand es demnach mit den Gegenden, welche noch öder waren, als diese Oede? Wir hatten erst eine halbe Meile zurückgelegt, und waren noch nicht auf einen Bauer an der Thüre seiner Hütte, noch auf einen wilden Schäfer gestoßen, der eine nicht so wilde Heerde hütete; nur einige sich selbst überlassene Kühe und Hämmel kamen uns zu Gesicht. Wie sollte es erst mit den von vulkanischen Ausbrüchen und Erdbeben heimgesuchten Gegenden stehen?

Wir sollten sie später kennen lernen; aber die Olsen'sche Karte belehrte mich, daß man ihnen auswich, indem man sich an das buchtige Gestade hielt. Die große plutonische Bewegung hatte sich besonders auf das Innere der Insel beschränkt; da finden sich denn auch die horizontal über einander geschichteten Felsen, in skandinavischer Sprache Trapps genannt, die trachytischen Ausbrüche von Basalt, Tuff und allen vulkanischen Conglomeraten, die Ergießungen von Lava und geschmolzenem Porphyr, welche dem Land ein übernatürlich schauderhaftes Aussehen geben. Ich hatte damals noch keine Ahnung von dem Anblick, den wir auf der Halbinsel des Snäfields haben sollten, wo diese Verheerungen einer wilden Natur ein furchtbares Chaos bilden.

Zwei Stunden nach unserer Abreise aus Reykjawik gelangten wir zu dem Flecken Gufunns, genannt „Aoalkirkja“, oder Hauptkirche. Es findet sich da nichts Merkwürdiges; die wenigen Häuser würden in Deutschland kaum einen Weiler bilden.

Hier machte Hans eine halbe Stunde Halt; er theilte unser frugales Frühstück mit uns, antwortete auf die Fragen meines Oheims über die Beschaffenheit des Weges mit Ja und Nein, und als man ihn fragte, wo er zu übernachten gedenke, sagte er nur:

„Gardar.“

Ich sah auf der Karte nach, und fand am Ufer des Hvalfjord, vier Meilen von Reykjawik, einen kleinen Flecken dieses Namens. Als ich ihn meinem Oheim zeigte, sprach er:

„Vier Meilen nur! vier Meilen von zweiundzwanzig! Das ist ein hübscher Spaziergang."

Er wollte dem Führer eine Bemerkung machen, der gab ihm aber keine Antwort und machte sich an die Spitze seiner Pferde wieder auf den Weg.

Drei Stunden später, indem wir stets den farblosen Rasen des Weidelandes durchzogen, mußten wir um den Kollafjord herum reiten, ein Umweg, der kürzer und leichter war, als eine Fahrt über den Busen. Darauf kamen wir in ein „Pingstaor", d.h. eine Bezirks-Gerichtsstelle, mit Namen Ejulberg, zur Mittagszeit, als die Glocke zwölf geschlagen haben würde, wenn überhaupt die isländischen Kirchen bemittelt genug wären, um eine Thurmuhr anzukaufen; so wie auch die Pfarrkinder keine Uhren tragen, weil sie keine besitzen.

Hier wurden die Pferde gefüttert; darauf ritten wir auf einem schmalen Uferweg zwischen einer Hügelreihe und dem Meer ununterbrochen weiter bis zu der „Aoalkirkja" Brantär, und eine Meile weiter nach Saurböer, einer Filialkirche, „Annexia", am südlichen Ufer des Hvalfjord.

Es war vier Uhr Abends, und wir hatten acht Meilen zurückgelegt.

Der Fjord war an dieser Stelle mindestens eine halbe Meile breit; die Meereswellen schlugen tosend wider die scharf gespitzten Felsen; der Golf erweiterte sich zwischen Felswänden, die dreitausend Fuß hoch senkrecht aufstiegen und durch braune Schichten zwischen röthlichen Tufflagern merkwürdig waren. So verständig unsere Pferde sein mochten, so ahnte ich nichts Gutes dabei, wenn wir es unternahmen auf dem Rücken eines Vierfüßlers über einen wirklichen Meeresarm zu setzen.

„Wenn sie verständig sind, sagte ich, so werden sie keinen Versuch machen überzusetzen. Jedenfalls übernehme ich's, an ihrer Statt verständig zu sein."

Aber mein Oheim wollte nicht warten. Er galopirte dem Ufer zu. Sein Reitthier witterte die Meereswellen und hielt an. Jener aber hatte seinen eigenen Instinct, und setzte ihm noch mehr zu. Das Pferd schüttelte den Kopf und weigerte sich abermals. Nun fluchte und peitschte er, aber das Thier schlug hinten aus und machte Miene seinen Reiter abzuwerfen. Schließlich beugte es seine Kniekehlen und schlüpfte unter den langen Beinen des Professors weg, so daß er aufrecht auf zwei Felsstücken stehen blieb, wie der Koloß auf Rhodus.

„Du verdammtes Thier! rief der Reiter, als er sich plötzlich zu Fuß sah, und schämte sich wie ein Reiterofficier, der zum Infanteristen gemacht werden soll.

– Farja, sagte der Führer, und klopfte ihm auf die Schulter.

– Wie? eine Fähre.

– Dort, erwiderte Hans und deutete auf ein Fahrzeug.

– Ja wohl, rief ich, da ist eine Fähre.

– Das hätte man sagen sollen! Nun, weiter!

– Tidvatten, fuhr der Führer fort.

– Was sagt er?

– Er meint die Ebbe, übersetzte mein Oheim das dänische Wort.

– Allerdings, wir müssen die Ebbe abwarten.

– Forbida? fragte jener.

– Ja.“

Mein Oheim stampfte mit dem Fuß, während die Pferde auf die Fähre zu gingen.

Es war mir wohl begreiflich, daß man, um überzusetzen, noch eine Weile warten müsse, bis das Wasser auf seinem Höhestand weder steigt noch fällt, weil dann die Strömung in keiner Richtung wirksam ist, so daß die Fähre nicht Gefahr läuft fortgerissen zu werden.

Dieser günstige Zeitpunkt trat erst um sechs Uhr Abends ein; mein Oheim, ich, der Führer, zwei Fährmänner und die vier Pferde hatten bereits in der etwas gebrechlichen flachen Barke Platz genommen. Da ich an die Dampffähren der Elbe gewöhnt war, so kamen mir die Ruder der Schiffer als ein armseliger Behelf vor. Wir brauchten über eine Stunde Zeit, um über den Fjord zu setzen; aber endlich kamen wir doch glücklich hinüber.

Nach einer halben Stunde erreichten wir Gardar.

Dreizehntes Capitel - Eine Bauernherberge

Es hätte nun dunkel werden sollen, aber unter dem vierundsechzigsten Breitegrad konnte die nächtliche Helle mich nicht in Verwunderung setzen; in Island geht die Sonne während des Juni und Juli nicht unter.

Doch war die Temperatur niedrig. Es fror mich und ich hatte Hunger. Da war nun das Bauernhaus willkommen, welches uns gastlich aufnahm.

Die Gastlichkeit dieses Bauers wog die eines Königs auf. Als wir ankamen, reichte uns der Besitzer die Hand entgegen und winkte uns ohne Weiteres ihm zu folgen.

Zu folgen, denn ihn zu begleiten war nicht möglich. Ein langer, schmaler, dunkler Gang führte in diese aus nothdürftig behauenen Balken errichtete Wohnung und bildete den Zugang zu den Gemächern; deren waren es vier: die Küche, die Weberwerkstätte, das Schlafzimmer der Familie, „Badstosa“ und das Fremdenzimmer, von allen das beste. Da man beim Bauen des Hauses nicht an die Größe meines Oheims gedacht hatte, so stieß er einigemal mit dem Kopf wider die Vorsprünge der Decke.

Man führte uns in unser Gemach, ein großes Zimmer mit einem Boden von gestampfter Erde und einem Fenster, dessen Scheiben aus wenig durchsichtigen Häutchen von Hammelfleisch gemacht waren. Das Bettzeug bestand aus dürrem Stroh, das man in zwei hölzerne, roth angestrichene und mit isländischen Sprüchen verzierte Verschläge geworfen hatte. Solch eines Comforts hatte ich mich nicht versehen; nur durchdrang das Haus ein starker Geruch getrockneter Fische, eingemachten Fleisches und saurer Milch. Meinem Geruchsorgan wollte dies nicht behagen.

Nachdem wir unsere Reiserüstung abgelegt hatten, lud uns der Hauswirth ein, in die Küche zu kommen, die einzige Stelle auch bei größter Kälte, wo Feuerung war.

Mein Oheim folgte ungesäumt der freundlichen Einladung, und ich schloß mich an.

Das Kamin der Küche war nach uraltem Muster eingerichtet; in der Mitte des Raums bildete ein einziger Stein die Feuerstätte; im Dach befand sich ein Loch als Rauchfang. Diese Küche diente auch als Speisesaal.

Bei unserm Eintritt grüßte uns unser Hauswirth, als habe er uns noch nicht gesehen, mit dem Wort „saellvertu“, d.h. seid glücklich, und küßte uns auf die Wange.

Nach ihm sprach seine Frau die nämlichen Worte, verbunden mit derselben Ceremonie; darauf legten sie die rechte Hand auf's Herz und machten eine tiefe Verbeugung.

Die Frau war Mutter von neunzehn Kindern, die alle, große wie kleine, mitten in dem Dunst des Heerdes, welcher das Gemach füllte, durcheinander wimmelten. Jeden Augenblick sah ich ein anderes blondes, etwas melancholisches Köpfchen aus diesem Nebel hervortauchen. Man hätte sie für eine Gruppe ungewaschener Engel halten können.

Wir begegneten dieser „Nestbrut“ recht freundlich, und bald hatten wir drei oder vier der Meerkätzchen auf unsern Schultern, ebensoviel auf dem Schooß, die übrigen zwischen den Beinen. Die sprechen konnten, ließen das „saellvertu“ in allen erdenklichen Tonarten vernehmen. Die noch nicht sprechen konnten, schrien um so mehr.

Das Concert wurde durch die Ankündigung der Mahlzeit unterbrochen. In diesem Augenblick trat der Eiderjäger ein, welcher inzwischen für

Fütterung der Pferde gesorgt hatte, d.h. er hatte sie sparsamer Weise, auf dem Felde zu weiden, losgezäumt; die armen Thiere mußten sich mit spärlichem Moos der Felsen und einigem wenig nahrhaften Seegras begnügen, um Tags darauf von selbst wieder zur Tagesarbeit zu kommen.

„Saellvertu", rief Hans.

Darauf folgte ruhig, automatisch, ohne daß ein Kuß lebhafter war als der andere, dieselbe Scene der Begrüßung von Seiten des Wirths, seiner Frau und der neunzehn Kinder.

Als die Ceremonie zu Ende war, setzte man sich zu Tische, vierundzwanzig an Zahl, folglich eins auf das andere, im wörtlichen Sinne. Wer nur zwei auf den Knieen hatte, kam dabei gut weg.

Jedoch als die Suppe kam, ward das Völkchen stille. Unser Wirth reichte uns eine Moossuppe, die nicht übel schmeckte, dann eine stattliche Portion getrockneten Fisch in Butter schwimmend, die seit zwanzig Jahren etwas scharf geworden und also nach isländischen Begriffen vorzüglicher war als frische Butter. Dazu gab es „Skyr", eine Art geronnener Milch, mit Zwieback und einer Brühe von Wachholderbeeren; endlich ein Trank, Molken mit Wasser gemischt, der „Blanda" genannt wird. Ob diese seltsame Nahrung gut war, oder nicht, kann ich nicht beurtheilen. Es hungerte mich, und zum Dessert verschlang ich einen dicken Haidekornbrei bis auf den letzten Mund voll.

Nach beendigter Mahlzeit verliefen sich die Kinder wieder; die erwachsenen Personen umgaben die Feuerstelle, wo sie Torf, Reiser, Kuhmist und Gräten getrockneter Fische brannten. Darauf, nachdem sie dergestalt sich gewärmt, begaben sich die einzelnen Gruppen wieder in ihre Gemächer. Die Wirthin erbot sich, der Gewohnheit gemäß, uns Strümpfe und Beinkleider auszuziehen; aber nach unserer höflichen Ablehnung bestand sie nicht darauf, und ich kam endlich dazu, mich auf mein Streulager zu kauern.

Am folgenden Morgen um fünf Uhr verabschiedeten wir uns von dem isländischen Bauer; mit Mühe konnte mein Oheim ihn bewegen, eine angemessene Vergütung anzunehmen, und Hans gab das Zeichen zur Abreise.

In einer Entfernung von hundert Schritten bekam die Gegend ein anderes Aussehen; der Boden wurde sumpfig und für die Reise weniger geeignet. Rechts zog sich die Gebirgsreihe unendlich hin, wie ein System natürlicher Festungswerke; oft stieß man auf Bäche, die man nothwendig durchwaten mußte, ohne daß jedoch das Gepäck allzu naß wurde.

Die Oede der Gegend nahm zu; mitunter jedoch schien eine menschliche Gestalt in der Ferne zu fliehen. Da wir auf einem Umwege unversehens einem dieser Gespenster nahe kamen, wandelte mich unwillkürlich ein Ekel an beim Anblick eines geschwollenen Kopfes ohne Haare mit glänzender Haut, und ekelhaften Wunden, die zwischen elenden Lumpen durch zu erkennen waren.

Das unglückselige Geschöpf reichte nicht seine Hand zum Gruß entgegen; vielmehr floh es so rasch, daß ihm Hans nicht sein „saellvertu“ zurufen konnte.

„Spetelsk, sagte er.

– Ein Aussätziger!“ verdeutschte mein Oheim.

Und dies einzige Wort wirkte so abstoßend. Diese erschreckliche Krankheit ist in Island gewöhnlich; sie ist nicht ansteckend, sondern angeerbt. Darum ist auch solchen Unglücklichen das Heiraten untersagt.

Diese Erscheinungen waren nicht geeignet, die traurige Landschaft heiterer zu machen. Die letzten Kräuter erstarben unter unseren Füßen; kein Baum, außer einigem Gestrüpp von Zwergbirken. Nicht ein Thier, außer etlichen Pferden, die, weil ihr Herr sie nicht füttern konnte, über die düsteren Ebenen schweiften. Bisweilen sah man einen Falken im grauen Gewölk schweifen und pfeilschnell nach dem Süden fliehen. Ich gab mich der Melancholie dieser wilden Natur hin, und meine Erinnerungen zogen mich heim in mein Geburtsland.

Bald mußten wir wieder einige unbedeutende Fjorde durchwaten, und endlich einen Golf; da das Meer dort eben im Stillstand war, konnten wir ohne zu warten hinüber kommen, und gelangten zu dem eine Meile weiter gelegenen Weiler Alstanes.

Nachdem wir einige an Austern und Hechten reiche Flüßchen, Alfa und Heta, durchwatet, mußten wir die Nacht in einem verlassenen Gemäuer hinbringen, das von allen Kobolden der skandinavischen Mythologie besucht zu werden verdiente: der Plagegeist der Kälte war dort sicherlich zu Hause, um uns die ganze Nacht zu quälen.

Den folgenden Tag begegnete uns nichts Besonderes. Stets derselbe Sumpfboden, dieselbe Einförmigkeit, dasselbe traurige Aussehen. Am Abend hatten wir die Hälfte des Weges zurückgelegt, und übernachteten in der Annexia Krösolbt.

Am 19. Juni hatten wir etwa eine Meile weit Lavagrund unter den Füßen; solcher heißt in der Sprache des Landes „Hraun“; die runzelige Lava zeigte an der Oberfläche die Gestalt von Ankertauen, die bald zusammen gerollt, theils auseinander gezogen schienen; ein ungeheurer Strom war den nahen Bergen herabgeströmt, nunmehr erloschenen Vulkanen, deren Trümmerreste von den früheren heftigen Ausbrüchen Zeugniß geben. Doch drang hier und da einiger Qualm heißer Quellen hervor.

Diese Erscheinungen zu beobachten mangelte uns die Zeit. Bald zeigte sich wieder unter den Füßen unserer Thiere der Sumpfboden, der von kleinen Seen unterbrochen war. Die Richtung unseres Weges war damals westlich; wir hatten in der That die große Bai Faxa umgangen, und der doppelte weiße Gipfel des Snäfields ragte in der Entfernung von nicht fünf Meilen empor.

Die Pferde gingen einen guten Schritt, ohne sich durch die Schwierigkeiten des Bodens aufhalten zu lassen. Ich meines Theils fing an sehr müde zu werden; mein Oheim blieb so fest und gerade, wie am ersten Tag; ich konnte nicht umhin, ihn zu bewundern, gleich dem Eiderjäger, der diese Reise wie einen Spaziergang ansah.

Samstags 20. Juni kamen wir Abends um sechs Uhr nach Büdir, einem kleinen Flecken am Meeresufer, und der Führer begehrte seine bedungene Zahlung. Mein Oheim rechnete mit ihm ab. Die Familie unseres Hans, nämlich seine Oheime und Vettern boten uns ihre Gastfreundschaft an; wir wurden wohl empfangen und ich hätte mich, ohne die Güte dieser wackeren Leute zu mißbrauchen, gerne bei ihnen von den Reisebeschwerden erholt. Aber mein Oheim, der selbst keine Erholung bedurfte, verstand's nicht so, und am folgenden Morgen mußten wir von Neuem aufsitzen.

Der Boden zeigte schon Spuren von der Nähe des Berges, dessen granitene Wurzeln wie die einer alten Eiche aus der Erde zum Vorschein kamen. Wir umgingen den ungeheuren Fuß des Vulkans. Der Professor verlor ihn nicht aus den Augen; er gesticulirte, als wenn er ihn herausfordere, und rief aus: „Da ist der Riese, den ich bezwingen will!“ Endlich, nach vier Stunden hielten die Pferde von selbst an dem Thore des Pfarrhauses zu Stapi.

Vierzehntes Capitel - Im Pfarrhaus

Stapi, ein kleiner Flecken von etwa dreißig Hütten, steht auf Lavagrund im Widerschein der von dem Vulkan reflectirten Sonnenstrahlen. Der kleine Fjord, woran derselbe liegt, ist von einer auffallend gebildeten Basaltmauer eingefaßt.

Bekanntlich ist der Basalt ein braunes Gestein vulkanischen Ursprungs, das regelmäßige Formen zeigt, welche durch ihre Eigenthümlichkeit überraschen. Die Natur verfährt hier geometrisch und arbeitet in menschlicher Weise, als hätte sie Winkelmaß, Zirkel und Senkblei in der Hand. Indem sie sonst überall ihre Kunst in großen unordentlichen Massen und seltsamer Verbindung der Linien gezeigt hat, so wollte sie hier ein Muster von Regelmäßigkeit geben und den Architekten der frühesten Jahrhunderte ein streng geregeltes Vorbild schaffen, das weder von der Herrlichkeit Babylons, noch von den Wundern Griechenlands je übertroffen worden ist.

Ich hatte wohl von dem Riesendamm in Island und der Fingalsgrotte auf einer der Hebriden reden hören, aber den Anblick eines basaltischen Unterbau's hatte ich noch nicht gehabt.

Zu Stapi nun zeigte sich ein solcher in voller Schönheit. Die Uferwand des Fjord, wie das ganze Ufer der Halbinsel besteht aus einer Reihe dreißig Fuß hoher, senkrechter Säulen. Ueber diesen geraden Schäften von reinen Verhältnissen zog sich ein Schwibbogengesims aus horizontalliegenden Säulen, die nach dem Meer hin vorsprangen. In gewissen Zwischenräumen gewahrte das Auge unter diesem natürlichen Schutzdach Oeffnungen von bewundernswerther Zeichnung, durch welche reichlich strömende Wogen schäumend eindrangen. Basaltblöcke, vom wüthenden Strom der Gewässer fortgerissen, lagen zerstreut auf dem Boden, wie Trümmer eines antiken Tempels, ewig junge Ruinen, unverletzt von darüber rollenden Jahrhunderten.

Dies war die letzte Etappe unserer Landreise. Hans hatte uns verständig geleitet, und ich beruhigte mich ein wenig bei dem Gedanken, daß er uns noch ferner begleiten sollte.

Als wir am Thore des Pfarrhauses ankamen, einer niedrigen Hütte, die weder schöner noch bequemer war, als die benachbarten, sah ich da einen Mann beschäftigt ein Pferd zu beschlagen, mit lederner Schürze und einem Hammer in der Hand.

„Saellvertu, sprach der Eiderjäger.

– Guten Tag, erwiderte in gutem Dänisch der Hufschmied.

– Kyrkoherde, sagte Hans zu meinem Oheim.

– Der Pfarrer! übersetzte dieser. Es scheint, Axel, dieser tapfere Mann da ist der Pfarrer.“

Während dessen setzte der Führer den Pfarrer in Kenntniß von der Lage der Dinge; dieser unterbrach seine Arbeit und stieß einen Schrei aus, wie er zwischen Pferden und Roßhändlern üblich sein mag, und sogleich kam eine große Furiengestalt aus der Hütte heraus. Maß sie nicht sechs Fuß, so fehlte doch nicht viel daran.

Ich fürchtete, sie möge den Reisenden den isländischen Gruß darbieten, aber ohne Grund; ja sie zeigte sich wenig freundlich, als sie uns in's Haus führte.

Das Fremdenzimmer schien mir das schlechteste von allen im Hause zu sein, enge, schmutzig und übelriechend. Man mußte genügsam sein. Dem Pfarrherrn schien durchaus nicht die Gastlichkeit der Urzeit eigen. Bevor der Tag zu Ende, erkannte ich, daß wir es mit einem Grobschmied, einem Fischer, Jäger, Zimmermann, und keineswegs mit einem geistlichen Herrn zu thun hatten. Allerdings war's ein Werktag; vielleicht stellte sich der Pfarrer am Sonntag ein.

Ich will die armen Priester nicht tadeln, die, Allem zufolge, sehr übel daran sind. Der Gehalt, welchen sie von der dänischen Regierung bekommen, ist äußerst gering, und dazu beziehen sie den vierten Theil des Zehntens ihrer Gemeinde, was keine sechzig Mark beträgt. Daher müssen sie für ihren Lebensunterhalt arbeiten; aber wenn man die Arbeit eines Fischers, Jägers, Schmieds verrichtet, nimmt man die Sitten und die Lebensart dieser ungebildeten Leute an; am Abend merkte ich gar, daß unser Wirth die Tugend der Nüchternheit nicht kannte.

Mein Oheim sah gleich, mit was für Leuten er zu thun hatte; es war ein grober, plumper Bauer statt eines würdigen Gelehrten. Um so rascher beschloß er sein großes Vorhaben in Angriff zu nehmen. Ohne Rücksicht auf die Beschwerden, nahm er sich vor, einige Tage im Gebirge zuzubringen.

Es wurden daher gleich den folgenden Tag nach unserer Ankunft zu Stapi die Vorbereitungen getroffen. Hans miethete drei Isländer, um anstatt der Pferde das Gepäck zu tragen; aber es wurde ausgemacht, daß, sobald wir auf dem Boden des Kraters angekommen, sie wieder zurückkehren sollten.

Bei dieser Gelegenheit gab mein Oheim Hans zu erkennen, daß er die Erforschung des Vulkans bis zum äußersten fortzusetzen beabsichtige. Hans nickte nur mit dem Kopf. Dahin oder sonst wohin, auf der Oberfläche oder in's Innere hinab, war ihm gleichgiltig. Ich meines Theils hatte bisher, durch die Reisebegegnisse zerstreut, die Zukunft ein wenig vergessen, jetzt aber ergriff mich der Gedanke um so lebhafter. Was war zu thun? Wenn ein Widerstand möglich, so war er zu Hamburg zu versuchen, nicht am Fuße des Snäfields.

Eine Idee quälte mich vor Allem, eine erschreckliche Idee, die auch unempfindliche Nerven erschüttern konnte.

„Wir besteigen, sagte ich bei mir, den Snäfields. Gut. Wir wollen in seinen Krater hinab. Andere haben das auch gethan, und haben dabei ihr Leben nicht eingebüßt. Aber dabei soll's nicht bleiben. Zeigt sich ein Weg, um in's Innere der Erde zu dringen, hat der unglückselige Saknussemm Wahrheit gesagt, so werden wir uns in den unterirdischen Gängen des Vulkans verlieren. Nun haben wir noch keine Gewißheit, daß der Snäfields erloschen ist! keinen Beweis, daß nicht ein Ausbruch bevorsteht! Und was soll dann aus uns werden?“.

Es verlohnte der Mühe, darüber nachzudenken. Ich dachte daran, und im Schlaf träumten meine Gedanken davon. Als Schlacke ausgeworfen zu werden, schien mir doch all zu arg.

Endlich entschloß ich mich, bei meinem Oheim die Sache zur Sprache zu bringen, so geschickt wie möglich in Form einer Hypothese.

Ich suchte ihn auf, theilte ihm meine Besorgnisse mit.

„Ich dachte schon selbst daran“, erwiderte er nur.

Was wollte das bedeuten? Sollte er wohl der Stimme der Vernunft Gehör geben?

Nach einer kleinen Pause fuhr er fort:

„Ich dachte daran. Seit unserer Ankunft zu Stapi hab' ich mich mit der Frage beschäftigt, denn tollkühn dürfen wir nicht sein.

Sechshundert Jahre sind's, daß der Snäfields stumm ist, aber die Sprache hat er doch nicht verloren. Den Ausbrüchen aber gehen immer gewisse Erscheinungen voraus, die genau bekannt sind. Ich habe die

Landesbewohner befragt, den Boden studirt, und kann Dir sagen, Axel, es steht kein Ausbruch bevor.“

Ueber diese Behauptung war ich bestürzt, hatte nichts darauf zu antworten.

„Zweifelst Du an meiner Versicherung? sagte mein Oheim; nun, so geh' mit mir.“

Ich folgte mechanisch. Wir verließen das Pfarrhaus, und der Professor schlug einen Weg ein, der durch eine Oeffnung der Basaltwand vom Meer abwärts führte. Bald befanden wir uns auf offenem Feld, wenn man eine ungeheure Anhäufung vulkanischer Auswürfe so nennen darf.

Ich sah hie und da Rauchwirbel emporsteigen; diese weißen Dünste, „Reykir“ im Isländischen genannt, rührten von heißen Quellen her, und zeigten durch ihre Heftigkeit die vulkanische Thätigkeit des Bodens an. Das schien meine Befürchtungen zu rechtfertigen. Wie war ich daher verblüfft, als mein Oheim sagte:

„Du siehst diese Rauchwirbel, Axel; sie beweisen, daß wir nichts vom Vulkan zu besorgen haben!

– Das wäre! rief ich aus.

– Merke Dir wohl, fuhr der Professor fort: Wenn ein Ausbruch bevorsteht, werden diese Ausströmungen erst lebhafter, um sodann während der Dauer desselben völlig zu verschwinden. Wenn also diese Ausströmungen in ihrem gewöhnlichen Zustand bleiben, ihre Energie nicht zunimmt, wenn ferner nicht, anstatt Wind und Regen, schwere und ruhige Luft sich einstellt, so kannst Du bestimmt sagen, daß kein Ausbruch in der Nähe bevorstehe.

– Aber ...

– Genug. Wenn die Wissenschaft ihren Ausspruch gethan hat, gilt nur Schweigen.“

Ich ließ die Ohren hängen, als wir in's Pfarrhaus zurückkehrten; mein Oheim hatte mich mit wissenschaftlichen Gründen zum Schweigen gebracht. Doch blieb mir noch eine Hoffnung, nämlich daß, wenn wir auf dem Grund des Kraters angekommen, dort ein in's Innere führender Gang nicht vorhanden, es also unmöglich sein würde, tiefer einzudringen, trotz aller Saknussemm auf der Welt.

Die folgende Nacht hatte ich schwer ängstigende Träume mitten in einem Vulkan und den Tiefen der Erde; ich fühlte mich als wie ein ausgeworfenes Felsstück in die Lüfte emporgeschleudert.

Am folgenden Morgen, 23. Juni, erwartete uns Hans mit seinen Kameraden, welche die Lebensmittel, Werkzeuge und Instrumente trugen. Zwei beschlagene Stöcke, zwei Gewehre, zwei Patrontaschen waren für meinen Oheim und mich vorgesehen. Hans hatte vorsichtig zu unserem Gepäck einen vollen Schlauch gefügt, welcher nebst unseren Flaschen uns für acht Tage mit Wasser versorgte.

Es war neun Uhr Morgens. Der Pfarrer und seine Furie warteten vor ihrem Thor; ohne Zweifel, um den Reisenden ein letztes Lebewohl zu sagen. Aber dieses Lebewohl erschien unversehens in Form einer fürchterlichen Rechnung, die sogar die verpestete Luft sich bezahlen ließ. Dies würdige Ehepaar schnürte uns, wie ein Gastwirth in der Schweiz, und brachte seine Gastfreundschaft hoch in Anschlag.

Mein Oheim zahlte, ohne zu handeln. Auf der Reise nach dem Mittelpunkt der Erde waren einige Reichsthaler nicht anzusehen.

Als dies geordnet war, gab Hans das Zeichen zum Aufbruch, und nach einigen Minuten hatten wir Stapi im Rücken.

Fünfzehntes Capitel - Auf dem Vulkan

Der Snäfields ist fünftausend Fuß hoch. Er schließt mit seinem zweifachen Kegel eine trachytische Kette ab, die sich von dem orographischen System der Insel sondert. Von dem Punkt unserer Abreise aus konnte man nicht sehen, wie seine beiden Spitzen auf dem grauen

Hintergrund des Himmels hervortraten. Ich gewahrte nur, daß eine enorme Schneekappe dem Riesen über die Stirn gedrückt war.

Wir gingen Einer hinter dem Anderen her, der Jäger voran, und dieser stieg enge Fußpfade hinan, wo zwei Personen nicht nebeneinander gehen können. Jede Unterhaltung war dadurch fast unmöglich.

Ueber der Basaltwand des Fjords Stapi zeigte sich zuerst ein krautartiger faseriger Torfboden, welcher aus der uralten Vegetation der Moorgründe der Halbinsel herrührte. Die Menge dieses noch unausgebeuteten Brennmaterials würde ausreichen, ein Jahrhundert lang der ganzen Bevölkerung Islands einzuheizen. Dies ungeheure Torflager war, vom Boden einiger Hohlwege aus gemessen, oft siebenzig Fuß hoch, und zeigte aufeinanderfolgende Schichten von verkohltem Gerölle, dazwischen Lagen von Bimssteintuff.

Als echter Neffe des Professors Lidenbrock und trotz meiner Befangenheiten beobachtete ich mit Interesse die mineralogischen Merkwürdigkeiten, welche in diesem ungeheuren naturhistorischen Cabinet zu schauen waren; zugleich wiederholte ich in meinem Geist die ganze geologische Geschichte Islands.

Diese merkwürdige Insel ist offenbar zu einer verhältnißmäßig neueren Epoche aus dem Meeresgrund emporgetaucht. Vielleicht auch erhebt sie sich allmälig noch mehr. Wenn dem so ist, so kann man ihren Ursprung nur dem Wirken unterirdischer Feuer zuschreiben. In diesem Fall gingen die Theorie Humphry Davy's, das Document Saknussemm, die Behauptungen meines Oheims sämmtlich in Rauch auf. Diese Hypothese brachte mich darauf, die Beschaffenheit des Bodens genau zu untersuchen, und ich gab mir sofort Rechenschaft über die nach einander folgenden Naturerscheinungen, welche zu seiner Bildung besonders mitwirkten.

Island, gänzlich ohne Niederschlagboden, enthält lediglich vulkanischen Tuff, d.h. eine Zusammenhäufung von Steinen und Felsstücken porösen Gewebes. Bevor die Vulkane entstanden, bestand sie aus einem Kern von Trapp, der durch den Druck centraler Kräfte allmälig aus den Fluthen emporgehoben wurde. Die Feuer des Inneren waren noch nicht zum Ausbruch gekommen.

Später entstand schräg von Südwest nach Nordost über die ganze Insel ein Spalt, durch welchen die trachytische Masse sich nach und nach ergoß.

Dieses vollzog sich damals ohne gewaltsamen Ausbruch; es fand ein enormer Ausfluß statt, und die geschmolzenen aus dem Inneren der Erde ausgeworfenen Stoffe breiteten sich ruhig aus in großen Streifen oder warzenartigen Massen. Zu dieser Epoche entstanden die Feldspathe, Syenite und Porphyre.

Aber in Folge dieser Ergießung nahm der Umfang der Insel bedeutend zu, und folglich ihre Widerstandskraft. Man begreift, welche Menge elastischer Flüssigkeiten eingeschlossen wurde, als sie nach dem Erkalten der trachytischen Kruste keinen Ausgang mehr hatte. Es kam daher ein Zeitpunkt, wo die mechanische Gewalt dieser Gase so stark wurde, daß sie die schwere Rinde emporhoben, und sich Auswege gleich Kaminen schufen. So entstanden aus dem Emporheben der Erdrinde Vulkane, und so bildete sich plötzlich die Krateröffnung an ihrer Spitze.

Auf die Ausbrüche erfolgten sodann vulkanische Erscheinungen. Durch die neu gebildeten Oeffnungen entluden sich zuerst die basaltischen Auswürfe, wovon die Ebene, worüber wir so eben gekommen waren, die merkwürdigsten Proben unseren Blicken darlegte. Unsere Schritte führten uns über die wuchtigen dunkelgrauen Felsblöcke, welche bei dem Erkalten Prismengestalt mit sechsseitiger Basis annahmen. In der Ferne sah man eine große Zahl abgeplatteter Kegel, welche vormals feuerspeiende Mündungen waren.

Hierauf, als der Basaltausbruch vorüber war, entlud der Vulkan Lavaströme nebst Asche- und Schlackenmassen, wovon ich lange Streifen gleich einem reichwallenden Haupthaar auf seine Seiten herabfallen sah.

Einer solchen Reihe von Naturbegebenheiten verdankt Island seinen Ursprung; sie rührten alle von der Wirkung innerer Feuer her, und es war Thorheit, anzunehmen, daß die innere Masse nicht in fortdauerndem

Zustand glühender Flüssigkeit sich befinde. Ja Wahnsinn war es, anzunehmen, man könne zum Mittelpunkt der Erde gelangen!

Ich beruhigte mich daher hinsichtlich des Ausgangs unserer Unternehmung, während wir den Snäfields hinandrangen.

Der Weg wurde immer schwieriger, bergan; die Felsstücke wankten und man mußte sorgfältig aufmerken, um einen gefährlichen Sturz zu vermeiden.

Hans ging ruhig, wie auf ebenem Boden, voran; manchmal verschwand er hinter großen Blöcken, und wir verloren ihn augenblicklich außer Augen; dann gab er mit hellem Pfeifen die Richtung an, auf der wir ihm zu folgen hatten. Oft auch stand er stille, las einige Felsstücke auf, ordnete sie auf leicht erkennbare Weise, und bildete so eine Richtschnur für die Rückkehr. Die Ereignisse, welche eintrafen, machten solche Vorsorge unnöthig.

In drei ermüdenden Wegstunden waren wir nur bis zum Fuß des Berges gekommen. Hans gab ein Zeichen, Halt zu machen, und ein leichtes Frühstück wurde von Allen eingenommen. Mein Oheim aß doppelte Portionen, um schneller fort zu kommen. Doch da diese Pause auch zum Ausruhen bestimmt war, so mußte er sich nach dem Führer richten, der erst nach einer Stunde das Zeichen zum Aufbruch gab. Die drei Isländer, welche so schweigsam waren, wie ihr Kamerad, der Eiderjäger, ließen kein Wort vernehmen, und aßen mäßig.

Wir fingen jetzt an, die Abhänge des Snäfields hinanzusteigen. Sein schneebedeckter Gipfel schien mir durch eine optische Täuschung, wie sie im Gebirge häufig vorkommt, sehr nahe, und doch, wie lange Stunden dauerte es noch, bis wir ihn erreichten! Und welche Beschwerden dazu! Die Steine, durch kein Bindemittel festgehalten, lösten sich unter unseren Füßen los und rollten so schnell wie eine Lawine auf die Ebene hinab.

An manchen Stellen bildeten die Seiten des Berges mit dem Horizont einen Winkel von mindestens sechsunddreißig Grad; es war unmöglich, hinan zu klimmen, und man konnte nicht ohne Schwierigkeit um die

Steinblöcke herum kommen. Wir unterstützten uns dabei gegenseitig mit unseren Stöcken.

Mein Oheim hielt sich mir so nahe wie möglich; er verlor mich nicht aus den Augen, und manchmal gewährte mir sein Arm eine tüchtige Stütze. Er seinerseits hatte wohl einen angeborenen Gleichgewichtssinn, denn er wankte und stolperte nicht. Die Isländer, obwohl mit Gepäck beladen, kletterten so gewandt, wie Bergbewohner.

Sah ich die Höhe des Gipfels an, so schien es mir unmöglich, von dieser Seite her hinauf zu kommen. Zum Glück gelangten wir nach einer Stunde voll Strapazen, mitten in der Schneedecke auf der Höhe des Vulkans unversehens zu einer Art Treppe, die unser Steigen sehr erleichterte. Sie war aus Steinen, die bei dem Ausbruch massenweise ausgeschleudert wurden, gebildet. Wären dieselben nicht beim Herabstürzen von der Bergwand aufgehalten worden, so wären sie in's Meer hinabgerollt, und hätten da neue Inseln gebildet.

So wie sie nun gefallen, waren sie uns sehr förderlich. Bei der zunehmenden Steilheit des Bergabhangs machten uns die Stufen dieser Steine das Hinaufsteigen leicht, und es ging dabei so rasch, daß ich, als ich eine kleine Weile hinter meinen Genossen stehen blieb, sie schon durch die Entfernung merklich verkleinert sah.

Um sieben Uhr Abends hatten wir die zweitausend Treppenstufen erstiegen, und wir befanden uns oben auf einer Anschwellung des Berges, einer Art Unterlage, worauf der eigentliche Kegel des Kraters sich stützte.

Das Meer war hier dreitausendzweihundert Fuß tief. Wir hatten die Grenze des ewigen Schnee's überschritten, welche in Island in Folge des beständig feuchten Klima's nicht sehr hoch ist. Es war grimmig kalt, und es wehte ein starker Wind. Ich war erschöpft. Der Professor sah wohl, daß meine Beine mir den Dienst versagten, und entschloß sich, trotz seiner Ungeduld, einen Halt zu machen. Er gab dem Jäger ein Zeichen; der schüttelte aber den Kopf und sagte:

„Osvansor.“

„Es scheint, sagte mein Oheim, wir müssen noch höher steigen.“

Darauf fragte er Hans um den Grund.

„Mistour“, war die Antwort.

– Ja, mistour, wiederholte einer der Isländer mit etwas erschrockenem Ton.

– Was bedeutet dieser Ausdruck? fragte ich unruhig.

„Sieh nur“, sagte mein Oheim.

Ich richtete meine Blicke nach der Ebene. Eine ungeheure Säule von gepulvertem Bimsstein, Sand und Staub erhob sich im Wirbel gleich einer Wetterhose; der Wind schlug sie nieder auf die Seite des Snäfields, wo wir uns befanden; dieser dunkle, vor die Sonne gespannte Vorhang verursachte einen tiefen Schatten, der über'm Gebirg lagerte. Wenn diese Trombe herabkam, mußte sie uns nothwendig in ihren Wirbel hineinziehen. Diese Naturerscheinung, die, wenn der Wind von den Gletschern herweht, ziemlich häufig vorkommt, heißt im Isländischen „Mistour“.

„Hastigt, hastigt“, rief unser Führer.

Ohne dänisch zu verstehen, leuchtete mir ein, daß wir Hans so schnell wie möglich nachfolgen sollten. Dieser fing an, um den Kegel des Kraters herum zu gehen, aber in schräger Richtung. Bald senkte sich die Windhose nieder auf den Berg, welcher erzitterte; die vom Wirbelwind mit fortgerafften Steine flogen, wie beim Ausbruch eines Vulkans, gleich Regen und Hagel. Wir befanden uns glücklicher Weise auf der entgegengesetzten Seite, und waren dadurch gegen die Gefahr gedeckt. Ohne die Vorsicht unseres Führers wären unsere Körper zerfetzt, in Staub zermalmt in der Ferne niedergefallen, wie das Product eines Meteors.

Doch hielt Hans nicht für gerathen, die Nacht auf der Außenseite des Kegels zuzubringen. Wir setzten unser Aufsteigen im Zickzack fort; die fünfzehnhundert Fuß, welche noch zu erklimmen waren, nahmen noch fast fünf Stunden in Anspruch; die Umwege und schrägen Wege betrugen mindestens drei Lieues. Ich konnte nicht weiter; ich erlag der Kälte und dem Hunger. Die etwas dünne Luft reichte nicht mehr aus für das Spiel meiner Lungen.

Endlich, um elf Uhr Abends, erreichten wir im dichten Dunkel den Gipfel des Snäfields. Bevor ich noch zu meinem Schutz mich in den Krater hinein begab, hatte ich noch Zeit, die „Mitternachtssonne“ an der niedrigsten Stelle ihres Umlaufs zu sehen, wo sie ihre bleichen Strahlen auf die zu meinen Füßen schlummernde Insel hinwarf.

Sechzehntes Capitel - In dem Krater

Das Abendessen wurde rasch verzehrt, und die kleine Truppe bettete sich so gut wie möglich. Das Lager war hart, das Obdach wenig solid, die Lage sehr peinlich, fünftausend Fuß über dem Meeresspiegel. Doch war mein Schlaf während dieser Nacht besonders ruhig, so gut, wie seither lange nicht. Ich träumte nicht einmal.

Den andern Morgen wachte man halb erfroren bei lebhafter Kälte im schönen Sonnenschein auf. Ich verließ mein Granitlager, um das prachtvolle Schauspiel vor meinen Augen zu genießen.

Ich befand mich auf dem Gipfel der südlichen Spitze des Snäfields, und mein Blick schweifte von da über den größten Theil der Insel. Wie auf allen sehr hohen Standpunkten ließ eine optische Täuschung die Gestade höher, die inneren Theile tiefer erscheinen. Ich sah zu meinen Füßen tiefe Thäler in allen Richtungen sich durchkreuzen; Abgründe sahen aus wie Brunnen, Seen wie Teiche, Flüsse wie Bäche. Zu meiner Rechten reiheten sich Gletscher an Gletscher und zahlreiche Bergspitzen; aus manchen derselben stiegen leichte Rauchsäulen empor. Die wellenförmigen Erhebungen dieser zahllosen Gebirge, welche bei ihrer Schneedecke wie schäumend aussahen, erinnerten an die Oberfläche eines stürmisch aufgeregten Meeres. Blickte ich nach Westen, so breitete sich vor meinen Augen majestätisch der Ocean aus als Fortsetzung der schafartigen Gipfel. Die Grenze zwischen Land und Meer war nicht zu erkennen.

Ich gab mich also der bezaubernden Entzückung hin, in welche man auf den erhabenen Standpunkten versetzt wird, und diesmal ohne Schwindel, denn ich hatte mich bereits an die Betrachtungen aus der Höhe gewöhnt. Meine geblendeten Blicke schwelgten in der durchsichtigen Ausstrahlung des Sonnenlichts. Berauscht von diesem Wonnegefühl des Höheren dachte ich nicht an die Tiefen, worin bald mein Schicksal mich versenken sollte. Aber die Ankunft des Professors nebst Hans, welche mich auf der Höhe aufsuchten, führte mich in die Wirklichkeit zurück.

Mein Oheim zeigte mir mit der Hand in westlicher Richtung einen leichten Dunst, einen Nebel, einen Anschein von Land, welches die Wogen begränzte.

„Das ist Grönland, sagte er.

– Grönland? rief ich.

– Ja, wir sind keine fünfunddreißig Meilen mehr davon entfernt, und zur Zeit des Thauwetters kommen die Eisbären auf Eisblöcken, die aus dem Norden herbeitreiben, bis nach Island. Aber das will nicht viel heißen. Wir sind nun auf dem Gipfel des Snäfields, und sehen hier zwei Spitzen, eine südliche und eine nördliche. Hans wird uns sagen, wie bei den Isländern der heißt, worauf wir eben stehen."

„Scartaris."

Mein Oheim sah mich triumphirend an.

„Zum Krater!" sprach er.

Der Krater des Snäfields stellte einen umgekehrten Kegel dar, und seine Mündung mochte einen Durchmesser von fünf Kilometer haben. Seine Tiefe schätzte ich auf etwa zweitausend Fuß. Wie mochte es in einem solchen Behälter aussehen, wenn er unter Donner und Blitz sich füllte. Der Trichter hatte unten schwerlich mehr als tausend Fuß Umfang, so daß man auf dem ziemlich sanften Abhang leicht hinunter gelangen konnte. Unwillkürlich verglich ich diesen Krater mit einer ungeheuren Donnerbüchse.

„In eine Donnerbüchse, die vielleicht geladen ist, und jeden Augenblick losgehen kann, hinabsteigen, das thuen nur Narren.“

Aber ich konnte nicht mehr zurück. Hans ging mit gleichgiltiger Miene voran. Ich folgte schweigend nach.

Um das Hinabsteigen zu erleichtern, machte Hans den Umweg großer Ellipsen. Man mußte mitten unter ausgeworfenen Felsen gehen, die mitunter aufgerüttelt in Sprüngen bis in den Grund der Tiefe hinabrollten. Laut hallendes Echo begleitete ihr Hinabstürzen.

An manchen Stellen des Kegels befanden sich innere Gletscher. Dann schritt Hans nur mit großer Vorsicht voran, indem er mit seinem beschlagenen Stock den Boden untersuchte, ob nicht Spalten vorkämen. An manchen bedenklichen Stellen mußte man uns mit einem langen Tau an einander binden, damit der, dessen Fuß unversehens zu straucheln anfing, von seinen Genossen Beistand haben konnte. Dies war zwar vorsichtig ersonnen, sicherte aber nicht gegen alle Gefahr.

Inzwischen glückte das Hinabsteigen, trotz der dem Führer nicht bekannten Schwierigkeiten ohne Unfall, außer daß ein Pack Stricke, der den Händen eines Isländers entfiel, den kürzesten Weg in die Tiefe hinabrollte.

Mittags zwölf Uhr kamen wir unten an. Ich blickte aufwärts nach der Mündung des Kegels, welche nur ein äußerst kleines Stückchen Himmel umrahmte. An einem Punkt nur hob sich die Spitze des Scartaris davon ab.

Auf dem Boden des Kraters befanden sich drei offene Kamine, woraus zur Zeit der Ausbrüche des Snäfields das Centralfeuer seine Laven und seine Dünste auswarf. Jeder dieser Kamine hatte ungefähr hundert Fuß Durchmesser; sie klafften zu unsern Füßen. Ich hatte nicht den Muth, hinein zu blicken. Der Professor Lidenbrock hatte ihre Lage schnell untersucht; er war athemlos, lief von Einem zum Andern, gesticulirte, ließ unverständliche Worte hören. Hans mit seinen Kameraden sah auf einem Lavablock sitzend ihm zu; sie hielten ihn offenbar für närrisch.

Plötzlich stieß mein Oheim einen Schrei aus. Ich meinte, sein Fuß sei ihm eingesunken und er sei im Begriff, in einen der drei Schlünde hinabzufallen.

Doch nein. Ich sah, wie er mit ausgebreiteten Armen, gespreizten Beinen vor einem Granitfelsen stand, der auf der Mitte des Kraters lag, wie ein enormes Fußgestell für eine Statue Pluto's. Seine Haltung zeigte einen ganz vom Staunen bestürzten Mann, aber seine Bestürzung wich bald vor einer unsinnigen Freude.

„Axel, Axel! rief er aus, komm'! komm'!"

Ich eilte zu ihm. Hans und die Isländer rührten sich nicht.

„Sieh' nur", sagte der Professor.

Und mit gleichem Staunen, wo nicht gleicher Freude, las ich auf der Westseite des Felsblocks in Runenschrift, die halb von der Zeit zerfressen war, den tausendmal verwünschten Namen

„Arne Saknussemm! rief mein Oheim aus, wirst Du jetzt noch zweifeln?"

Ich hatte keine Antwort darauf, und kam verstört zu meiner Lavabank zurück. Der Augenschein hatte mich niedergeschmettert.

Wie lange ich so in Gedanken versunken war, weiß ich nicht. Nur das weiß ich, daß ich, als ich den Kopf wieder aufrichtete, meinen Oheim und Hans allein vor mir sah. Die Isländer waren verabschiedet worden, und stiegen bereits auf dem Heimwege nach Stapi den äußeren Abhang des Snäfields hinab.

Hans schlief ruhig am Fuß eines Felsblocks in einer Lavarinne, wo er sich eine Lagerstätte eingerichtet hatte; mein Oheim kehrte auf den Boden des Kraters zurück, wie ein Stück Rothwild in der Fallgrube eines Jägers.

Ich hatte weder Lust noch Kraft aufzustehen, folgte dem Beispiel des Führers und sank in einen schmerzlichen Schlummer, denn es war mir, als hörte ich Getöse, und fühlte ein Schauern im Schooße des Berges.

So verging diese erste Nacht im Innern des Kraters.

Am folgenden Morgen drückte der Himmel grau, umwölkt, schwer auf der Spitze des Kegels. Ich merkte es nicht sowohl an der Düsterheit des Schlundes, als am Zorne meines Oheims.

Ich begriff die Ursache, und es kam wieder ein Rest von Hoffnung in's Herz, aus folgendem Grund.

Von den drei Wegen, welche unseren Füßen sich öffneten, hatte Saknussemm nur einen eingeschlagen. Nach der Angabe des weisen Isländers mußte man ihn an dem in der Geheimschrift angeführten Kennzeichen herausfinden, daß der Schatten des Scartaris in den letzten Tagen des Juni seinen Rand küssen werde. Man konnte in der That diesen spitzen Gipfel wie den Zeiger einer ungeheuren Sonnenuhr ansehen, dessen Schatten an einem bestimmt angegebenen Tag den Weg nach dem Mittelpunkt der Erde zeigen werde.

Nun aber, wenn die Sonne nicht schien, gab's auch keinen Schatten; dann fehlte also das Merkzeichen. Es war am 25. Juni. Blieb der Himmel sechs Tage lang bedeckt, so mußte die Beobachtung auf ein anderes Jahr verschoben werden.

Den ohnmächtigen Zorn des Professors Lidenbrock zu schildern verzichte ich. Der Tag verstrich, ohne daß ein Schatten in den Grund des Kraters hinab fiel. Hans rührte sich nicht vom Platz; doch mußte er sich fragen, worauf wir warteten, wenn er überhaupt sich eine Frage stellte! Nicht ein einziges Wort gönnte mir mein Oheim. Seine unveränderlich nach dem Himmel gerichteten Blicke verloren sich in der grauen und nebeligen Farbe.

Am 26. noch nichts. Den ganzen Tag über fiel Regen mit Schnee vermischt. Hans errichtete aus Lavastücken eine Hütte. Ich ergötzte mich ein wenig an der Betrachtung der tausend an den Seiten des Kegels improvisirten Cascaden, indem jeder Stein das betäubende Getöse vermehrte.

Mein Oheim konnte sich nicht mehr ruhig halten. Auch ein geduldigerer Mensch mußte darüber aufgebracht werden; denn es war wirklich ein Scheitern im Hafen.

Aber der Himmel knüpft an den großen Schmerz unablässig auch die große Freude, und ließ dem Professor Lidenbrock eine Befriedigung zu Theil werden, die seiner verzweifelnden Unlust entsprach.

Auch am folgenden Tage war der Himmel noch bedeckt; aber Sonntags, 28. Juni, am vorletzten Tag des Juni, brachte der Mondwechsel auch einen Wechsel der Witterung.

Die Sonne ergoß reichliche Strahlen in den Krater. Der geringste Berg, jeder Felsen, jeder Stein und jede Erhöhung nahm Theil an der Bestrahlung und warf sofort seinen Schatten auf den Boden. Der des Scartaris zeichnete sich ab wie eine belebte Spitze, die zugleich mit dem strahlenden Gestirn unmerklich sich drehete.

Mein Oheim drehte sich zugleich mit.

Um zwölf Uhr, da er am kürzesten war, beleckte er sanft den Rand des mittleren Kamins.

„Hier ist's! rief der Professor aus. Hier geht's nach dem Mittelpunkt des Erdballs!“ fügte er dänisch bei.

Ich blickte auf Hans.

„Forüt! sagte ruhig der Führer.

– Vorwärts!“ erwiderte mein Oheim.

Es war ein Uhr dreizehn Minuten Nachmittags.

Siebenzehntes Capitel - In den Schlund hinab

Nun begann erst die wahre Reise. Bisher gingen die Beschwerden über die Schwierigkeiten; jetzt sollten diese im wahren Sinn des Wortes uns unter den Füßen aufwachsen.

Ich hatte meinen Blick noch nicht in den unergründlichen Schlund gesenkt, in welchen ich mich hinabwagen sollte. Jetzt war der Moment gekommen, an dem Vorhaben entweder mich zu betheiligen oder dies zu verweigern.

Aber ich schämte mich, von dem Jäger mich hierin übertreffen zu lassen. Hans gab sich bei dem gewagten Unternehmen zufrieden, so ruhig, so gleichgiltig, so unbekümmert um jede Gefahr, daß ich mich schämte, weniger tapfer zu sein, als er. In seiner Gegenwart unterließ ich also, Einwendungen zu machen; ich erinnerte mich meiner hübschen Vierländerin und trat zu der mittleren Oeffnung heran.

Dieselbe maß, wie gesagt, hundert Fuß im Durchmesser, oder dreihundert im Umfang. Ich bog mich über einen Felsblock und blickte hinein. Die Haare sträubten sich mir, es kam mir der Schwindel; ich fühlte wie ein Trunkener, daß der Schwerpunkt in mir sich änderte. So ein Abgrund äußert eine gefährliche Anziehungskraft, ich war im Begriff, hinabzufallen. Da hielt mich Hans mit starker Hand. Sicherlich hätte ich zu Kopenhagen noch mehr Schwindel-Lectionen haben sollen.

So kurze Zeit ich in den Schlund hinabgeblickt, hatte ich mir doch gemerkt, wie er beschaffen war. An seinen fast senkrechten Wänden befanden sich zahlreiche Vorsprünge, welche das Hinabsteigen erleichtern mußten. Aber gebrach's auch nicht an einer Leiter, so fehlte es an einem Geländer. Ein an der Mündung befestigtes Seil konnte wohl hinreichend stützen, aber wie sollte man es los machen, wenn man unten war?

Dafür gab's ein einfaches Mittel, welches mein Oheim in Anwendung brachte. Er nahm ein zolldickes, vierhundert Fuß langes Seil, und ließ es erst zur Hälfte hinab, dann schlang er es um einen vorspringenden Lavablock, und warf die andere Hälfte nach. Nun konnte jeder von uns, indem er die beiden Hälften des Seiles in die Hand faßte, sich beim Hinabsteigen dadurch unterstützen; war man aber in der Tiefe von zweihundert Fuß angelangt, so war es höchst leicht, indem man das eine Ende los machte, das ganze Seil hinabzuziehen. Dieses Verfahren konnte man so oft wiederholen, als es beliebte und erforderlich war.

Als diese Vorbereitungen fertig waren, sagte mein Oheim: „Jetzt machen wir uns an das Gepäck; es wird in drei Päcke vertheilt, wovon jeder von uns eines auf seinen Rücken nimmt; ich meine nur die zerbrechlichen Gegenstände."

Offenbar zählte der kühne Professor uns nicht zu den letzteren.

„Hans, fuhr er fort, wird die Werkzeuge mit einem Theil der Lebensmittel übernehmen; Du, Axel, ein zweites Drittel des Proviants nebst den Waffen; ich den Rest und die feineren Instrumente.

– Aber, sagte ich, die Kleider, die Menge Taue und Leitern, wer soll die hinab schleppen?

– Die kommen schon von selbst hinab.

– Wie so? fragte ich.

– Du wirst's gleich sehen."

Und sogleich schritt er zur Ausführung. Hans machte aus allen nicht zerbrechlichen Gegenständen einen einzigen Pack, verschnürte ihn tüchtig, dann wurde er ohne Weiteres in den Abgrund geworfen.

Ich vernahm ein lautes Getöse, womit der Pack hinab polterte. Mein Oheim beugte sich vor, und begleitete mit befriedigtem Blick das rollende Gepäck, so lange er es wahrnehmen konnte.

„Gut, sagte er. Jetzt kommt die Reihe an uns."

Ich frage jeden aufrichtigen Menschen, ob man solche Worte ohne Schaudern anhören kann.

Der Professor nahm den Pack mit den Instrumenten auf seinen Rücken, Hans den mit dem Geräthe, ich die Waffen. Beim Hinabsteigen ging Hans voran, dann kam mein Oheim, zuletzt ich. Es ging dabei ganz stille her, nur daß man zuweilen Felsstücke, die sich los machten, in den Abgrund rollen hörte.

Ich rutschte, so zu sagen, hinab, indem ich mit der einen Hand krampfhaft das doppelte Tau faßte, mit der andern der Stütze des Stocks mich bediente. Ich hatte große Besorgniß, es möge der Stützpunkt mangeln. Das Tau schien mir zu schwach, um die drei Personen zu tragen. Daher bediente ich mich desselben so wenig wie möglich, indem ich auf den Lavastücken, die mein Fuß aufsuchte, mir das Gleichgewicht zu erhalten bemüht war.

Als eine von diesen Stufen hinabgleitend dem Hans unter die Füße gerieth, sagte er ruhig!

„Gif Akt!

– Acht gegeben!“ wiederholte mein Oheim.

Nach einer halben Stunde waren wir auf einem Felsen angelangt, der fest in der Wand des Schlundes stak.

Hans zog an einem Ende des Taues, während das andere in die Höhe glitt; nachdem es oben über den Felsen, um den es geschlungen war, gezogen worden, fiel es hinab, indem es Steine und Lavastücke gleich einem Regen oder vielmehr wie ein gefährlicher Hagel mit sich fortriß.

Indem ich mich über unsern schmalen Ruheplatz vorbog, bemerkte ich, daß der Boden des Schachtes noch nicht sichtbar war.

Wir brachten von Neuem das Tau in Anwendung, und nach einer halben Stunde waren wir wieder um zweihundert Fuß weiter gekommen. Ich meines Theils kümmerte mich wenig um die Bodenbeschaffenheit, aber der Professor stellte Beobachtungen an und machte sich Notizen, denn an einem Haltepunkt sprach er zu mir:

„Je weiter ich komme, desto zuversichtlicher bin ich. Die Beschaffenheit des vulkanischen Erdreichs rechtfertigt durchaus die Theorie Davy's. Der Boden, worauf wir uns befinden, ist durch und durch ursprünglicher Boden, worin die chemische Operation der Metalle vorging, welche bei der Berührung mit Luft und Wasser in Gluth und Flammen geriethen. Ich weise unbedingt das System einer centralen Wärme zurück. Uebrigens, wir werden's schon sehen.“

Stets die nämliche Folgerung. Man begreift, daß ich zum Disputiren keine Lust hatte. Mein Schweigen wurde als Zustimmung gedeutet, und das Hinabsteigen begann von Neuem.

Nach Verlauf von drei Stunden konnte ich noch nicht den Boden des Schlundes erkennen. Als ich aufwärts blickte, gewahrte ich, wie seine Mündung merklich kleiner geworden war. Seine Wände zeigten das Streben, sich näher zu kommen. Allmälig ward es dunkler.

Inzwischen stiegen wir immer weiter hinab; es schien mir, als sei das Anprallen der losgelösten Steine, welche hinab rollten, schon matter, und als müßten sie schon bald auf den Grund kommen.

Da ich genau notirt hatte, wie oft wir das Tau in Anwendung brachten, so konnte ich die Tiefe, welche wir erreicht, und die verbrauchte Zeit berechnen.

Wir hatten nun vierzehnmal die Verrichtung vorgenommen, welche jedesmal eine halbe Stunde dauerte. Das machte im Ganzen sechs und eine halbe Stunde. Nachdem wir um ein Uhr angefangen, mußte es jetzt elf Uhr sein. Die Tiefe, zu der wir gelangt waren, berechnete sich mit vierzehnmal zweihundert Fuß auf zweitausendachthundert.

In diesem Augenblick ließ Hans sich vernehmen:

„Halt!“ rief er.

Ich hielt plötzlich an, als ich eben im Begriff war, meinem Oheim auf den Kopf zu treten.

„Wir sind am Ziel, sagte er.

– Wo? fragte ich, indem ich zu ihm glitt.

– Auf dem Boden der senkrechten Schlucht.

– Ist nicht ein anderer Ausgang da?

– Ja, ich sehe eine Art Gang zur rechten Hand. Das werden wir morgen sehen. Jetzt wollen wir speisen, hernach schlafen.“

Es war noch nicht völlig dunkel. Man öffnete den Proviantsack und aß, dann legte sich jeder so gut er konnte, auf ein Lager von Steinen und Lavabrocken.

Und als ich, auf dem Rücken liegend, die Augen aufschlug, bemerkte ich am Ende des dreitausend Fuß langen Tubus eines riesenhaften Fernrohrs einen glänzenden Punkt.

Es war ein Stern ohne alles Flimmern; meiner Berechnung nach mußte es σ im kleinen Bären sein.

Darauf schlief ich ein und genoß einen tiefen Schlaf.

Achtzehntes Capitel - Durch die Lavagalerie

Um acht Uhr Morgens drang ein Strahl Tageslicht zu uns hinab und weckte uns. Die tausend Facetten der Lava der Wände fingen ihn auf und zerstreuten ihn gleich einem Funkenregen.

Dieser Schimmer reichte hin, um die Gegenstände der Umgebung zu unterscheiden.

„Nun, Axel, was sagst Du dazu? rief mein Oheim, indem er sich die Hände rieb. Hast Du je in unserm Hause in der Königsstraße eine so ruhige Nacht hingebracht! Da ist kein Wagengerassel, Geschrei der Kaufleute, Rufen der Bootsleute!

– Allerdings sind wir hier sehr ruhig auf dem Boden dieses Schachts, aber es liegt doch etwas Erschreckendes darin.

– Aber, rief mein Oheim, erschrickst Du jetzt schon, wie wird's da später gehen? Wir sind noch keinen Zoll weit in's Innere der Erde gedrungen.

– Was meinen Sie?

– Ich meine, wir sind erst bis auf den Boden der Insel gelangt. Diese lange senkrechte Röhre, die im Krater des Snäfields mündet, endigt etwa in der Höhe des Meeresspiegels.

– Wissen Sie dies gewiß?

– Sehr gewiß. Befrage nur den Barometer.“

Wirklich, das Quecksilber, welches im Verhältniß, wie wir hinabkamen, allmälig gestiegen, war bei neunundzwanzig Zoll stehen geblieben.

„Du siehst, fuhr der Professor fort, wir haben erst den Druck einer Atmosphäre, und ich bin ungeduldig, den Barometer durch den Manometer zu ersetzen.“

Jenes Instrument mußte in der That von dem Augenblick an unbrauchbar werden, wo das Gewicht der Luft den Druck derselben, wie er auf dem Meeresspiegel stattfindet, überschreitet.

„Aber, sagte ich, ist nicht zu besorgen, dieser stets zunehmende Druck werde peinlich werden?

– Nein. Wir kommen langsam abwärts, und unsere Lungen gewöhnen sich, eine dichtere Atmosphäre einzuathmen. Den Luftschiffern mangelt's am Ende an Luft, wenn sie in die höheren Schichten kommen, und wir bekommen vielleicht zu viel. Aber das ist besser. Verlieren wir nun keinen Augenblick Zeit. Wo ist der Pack, welchen wir zuvor hinabgeworfen haben?“

Ich erinnere mich, daß wir Abends zuvor vergeblich danach gesucht hatten. Mein Oheim fragte Hans, der mit seinem Jägerauge sich umsah.

„Der huppe? fragte er.

– Dort oben.“

Wirklich, der Pack war an einem Felsenvorsprung etwa hundert Fuß über unserem Kopf hängen geblieben. Und der behende Isländer kletterte gleich einer Katze hinan und holte in einigen Minuten denselben herunter.

„Jetzt, sagte mein Oheim, wollen wir frühstücken, aber wie Leute, die vielleicht eine weite Fahrt zu machen haben."

Zum Zwieback und getrocknetem Fleisch wurden einige Schluck Wasser mit Wachholderbranntwein genommen.

Als das Frühstück zu Ende war, zog mein Oheim sein Notizbüchlein aus der Tasche, nahm nach einander die verschiedenen Instrumente, und zeichnete auf:

Montag, 1. Juli.

Chronometer: 8 Uhr 17 M. Vorm.
Barometer: 29'7''.
Thermometer: 6°.
Richtung: O.-S.-O.

Diese letztere Angabe des Compasses bezog sich auf den dunkeln Gang.

„Jetzt, Axel, rief der Professor begeistert aus, jetzt werden wir erst recht in's Innere des Erdballs dringen. Nun beginnt eigentlich erst unsere Reise."

Und unverzüglich faßte mein Oheim mit der einen Hand einen an seinem Halse hängenden Rühmkorff'schen Apparat, brachte mit der andern den elektrischen Strom in Verbindung mit der Serpentine in der Laterne, und helles Licht zerstreute das Dunkel des Ganges.

Der zweite Apparat, welchen Hans trug, wurde ebenfalls in Thätigkeit gesetzt. Diese sinnreiche Anwendung der Elektricität setzte uns in Stand, durch Schöpfung künstlichen Tageslichts selbst mitten durch entzündliche Gase weiter zu dringen.

„Marsch!" sagte mein Oheim.

Jeder nahm wieder seinen Pack, Hans übernahm es, den mit den Kleidern und Stricken vor sich her zu stoßen, und wir traten alle drei in die Galerie.

Im Augenblick, als wir uns hinein begaben, blickte ich empor, und sah zum letztenmal durch den unermeßlichen Tubus den Himmel Islands, „den ich nicht wieder sehen sollte.“

Die Lava hatte sich bei ihrem Ausbruch im Jahre 1229 einen Weg durch diesen Tunnel gebrochen. Sie überzog das Innere mit einem dichten glänzenden Ueberzug, wovon das elektrische Licht mit hundertfacher Stärke reflectirt wurde.

Die Schwierigkeit des Weges bestand hauptsächlich darin, daß man über eine in einem Winkel von fünfundvierzig Grad geneigte Fläche nicht allzu rasch hinabglitt; zum Glück konnten manche zerfressene oder hervorragende Stellen als Stufen dienen, und das Gepäck brauchten wir nur an einer langen Leine uns nachzuziehen.

Aber, was unter unseren Füßen die Stufen abgab, wurde an den anderen Wänden zum Tropfstein. Die an manchen Stellen löcherige Lava bildete kleine runde Blasen; Krystalle von dunklem Quarz, mit klaren Glastropfen geziert, hingen wie Lüstres vom Gewölbe herab, schienen bei unserer Ankunft angezündet zu werden. Man konnte meinen, die unterirdischen Geister illuminirten ihren Palast, um die Gäste von der Oberwelt zu empfangen.

„Wie prachtvoll ist das! rief ich unwillkürlich aus. Welch ein Anblick! Zum Staunen diese Nuancen der Lava, die in unmerklichen Abstufungen aus dem Rothbraunen in's glänzende Gelb übergehen! Und diese Krystalle sehen aus wie leuchtende Kugeln!

– Ach! jetzt kommst Du darauf, Axel! erwiderte mein Oheim. Ah, Du hältst das für prächtig, lieber Junge! Du wirst noch ganz andere Dinge zu schauen bekommen, hoff' ich. Nur vorwärts! vorwärts!“

Der Compaß, den ich häufig befragte, wies unveränderlich strenge die Richtung Südost. Dieser Lavastrom wich nach keiner Seite hin von der geraden Linie ab.

Inzwischen nahm die Wärme nicht merkbar zu. Dies bestätigte Davy's Theorie, und ich befragte öfters mit Verwunderung den Thermometer.

Zwei Stunden nach unserer Abreise zeigte er nur 10°, das heißt eine Steigerung von 4°. Dies veranlaßte zu der Annahme, daß wir uns mehr horizontal, als vertical bewegten. Wie tief wir hinabgekommen, war leicht zu bestimmen. Der Professor maß die Winkel der senkrechten und wagerechten Richtung des Weges, aber das Ergebniß seiner Beobachtungen hielt er geheim.

Abends um acht Uhr gab er das Zeichen zum Anhalten. Hans setzte sich sogleich nieder. Die Lampen wurden an einem Lavavorsprung befestigt. Wir befanden uns in einer Art Höhle, wo es an Luft nicht mangelte. Im Gegentheil, wir spürten einigen Luftzug. Woher rührte diese atmosphärische Bewegung? Diese Frage mir zu lösen, unterließ ich jetzt, da Hunger und Ermüdung mir die Fähigkeit zu denken benahmen. Das Hinabsteigen während sieben Stunden hintereinander hatte meine Kräfte erschöpft, und ich hörte mit Vergnügen den Ruf „Halt!“ Hans breitete auf einem Lavablock einige Lebensmittel aus, und wir aßen mit Appetit. Doch beunruhigte mich ein Umstand: unser Wasservorrath war zur Hälfte verzehrt. Mein Oheim hatte darauf gerechnet, ihn aus unterirdischen Quellen zu ergänzen, aber bisher mangelten diese gänzlich. Ich konnte nicht umhin, diesen Punkt seiner Beachtung zu empfehlen.

„Ist Dir dieser Mangel an Quellen befremdlich? sagte er.

– Allerdings, und er beunruhigt mich sogar. Wir haben nur noch auf fünf Tage Wasser.

– Sei ruhig, Axel, ich stehe Dir dafür, daß wir Wasser finden werden, und mehr als uns lieb sein wird.

– Wann?

– Wenn wir aus diesen Lavaschichten heraus sind. Wie ist's möglich, daß Quellen durch diese Wände dringen?

– Aber vielleicht zieht sich dieser Gang bis zu großen Tiefen hin. Es scheint mir, wir sind senkrecht noch nicht so tief hinab gekommen.

– Worauf stützest Du diese Voraussetzung?

– Weil, wenn wir innerhalb der Erdrinde weit vorwärts gekommen wären, die Wärme stärker wäre.

– Nach Deinem System, erwiderte mein Oheim. Was zeigt der Thermometer?

– Kaum fünfzehn Grad, also nur neun Grad mehr seit unserer Abreise.

– Nun folgere.

– Ich folgere also. Nach den genauesten Beobachtungen beträgt die Steigerung der Temperatur im Innern der Erde einen Grad auf hundert Fuß. Aber diese Ziffer kann wohl unter gewissen Bedingungen der Oertlichkeit sich ändern. So hat man zu Jakutzk in Sibirien wahrgenommen, daß die Steigerung um einen Grad schon bei sechsunddreißig Fuß stattfand. Dieser Unterschied hängt offenbar von der Leitfähigkeit der Felsen ab. Ich füge ferner bei, daß man in der Nähe eines erloschenen Vulkans und durch den Gneis wahrgenommen hat, daß die Steigerung der Temperatur nur bei hundertfünfunddreißig Fuß einen Grad betrug. Halten wir uns nun an diese letztere Annahme, die sich am günstigsten ausspricht, und rechnen wir.

– Rechne nur, lieber Junge.

– Das ist nicht schwer, sagte ich, und schrieb die Ziffern in mein Notizbuch. Neun mal hundertfünfundzwanzig Fuß machen elfhundertfünfundzwanzig Fuß Tiefe.

– Sehr genau ausgerechnet.

– Nun?

– Nun, nach meinen Beobachtungen befinden wir uns nun zehntausend Fuß unter dem Meeresspiegel.

– Ist's möglich?

– Ja, oder die Ziffern gelten nicht mehr!“

Des Professors Berechnung stand richtig. Wir waren bereits um sechstausend Fuß tiefer gekommen, als bisher den Menschen gelungen war, zum Beispiel in den Gruben zu Kitz-Bühel in Tyrol und zu Kuttenberg in Böhmen.

Die Temperatur, welche an dieser Stelle einundachtzig Grad hätte betragen sollen, betrug kaum fünfzehn. Das gab sonderlich Stoff zum Nachdenken.

Neunzehntes Capitel - Auf dem Irrweg

Am folgenden Tag, Dienstags, 30. Juni, um sechs Uhr, setzten wir die Reise fort.

Wir folgten stets der Lavagalerie, welche in mäßigem Fall abwärts führte, wie die geneigten Flächen, die noch in manchen alten Häusern sich an Stelle der Treppen finden. So ging's bis zwölf Uhr siebenzehn Minuten, als wir Hans, der stehen geblieben war, einholten.

„Ah! rief mein Oheim aus, da sind wir ja am Ende des Ganges!"

Ich sah mich um. Wir befanden uns mitten auf einem Kreuzweg, wo zwei Wege mündeten, beide düster und enge. Welchen sollten wir einschlagen?

Mein Oheim, welcher vor mir und dem Führer nicht den Anschein haben wollte, als schwanke er, bezeichnete den östlichen Tunnel, und alsbald gingen wir in denselben hinein. Uebrigens würde jede Unschlüssigkeit bezüglich dieses Weges sehr lange gedauert haben, denn es war kein Anzeichen vorhanden, welches die Wahl des einen oder des andern bestimmen konnte; wir mußten uns ganz dem Zufall anheim geben.

Diese neue Galerie hatte kaum merkbaren Fall, und sehr ungleichen Durchschnitt. Mitunter hatten wir eine Reihe von Gewölbebogen vor uns, die dem Nebenschiff einer gothischen Cathedrale glichen. Die Baukünstler des Mittelalters hätten da alle Formen der religiösen Architektur, welche aus dem Spitzbogen sich entwickelt hat, studieren können. Eine Meile weiter hatten wir unter den gedrückten Bogen des romanischen Styls den Kopf zu beugen, und mächtige Pfeiler in den Grundmauern stützten die Gewölbe mit ihren Unterlagen. An manchen Stellen sah man statt ihrer niedrige Unterbauten, die den Werken der Biber glichen, und wir glitten durch enge Gänge kriechend hinab.

Die Wärme hielt sich stets auf einem erträglichen Höhegrad. Unwillkürlich verglich ich damit, wie unendlich stark dieselbe gewesen, als die vom Snäfields ausgeworfenen Lavaströme auf diesem jetzt so ruhigen Weg durchbrachen. Ich dachte mir, wie an den Ecken der Galerie die Feuerströme sich brachen, und in diesem engen Raum die übermäßig heißen Dämpfe sich häuften.

„Wenn es nur, dachte ich, dem alten Vulkan nicht wieder einfällt, loszubrechen!"

Gegen meinen Oheim sprach ich diesen Gedanken nicht aus; er hätte ihn nicht begriffen. Sein einziger Gedanke war: Vorwärtsdringen. Er ging, rutschte, purzelte mit einer Ueberzeugung, die man doch bewundern mußte.

Um sechs Uhr Abends waren wir, wenig ermüdet, 2 Meilen südlich vorwärts gekommen, aber in die Tiefe kaum eine Viertelmeile.

Mein Oheim gab das Zeichen zum Ausruhen. Wir aßen, ohne viel zu reden, und schliefen, ohne uns allzuviel Gedanken zu machen.

Unsere Einrichtung für die Nacht war sehr einfach; unser ganzes Bett bestand in einer Reisedecke, womit man sich umhüllte. Wir hatten weder Kälte, noch Belästigung durch einen Besuch zu fürchten. In den Wüsten Afrika's, in den Waldungen der neuen Welt sind die Reisenden genöthigt, während des Schlafs sich einander Wache zu halten. Hier dagegen vollständige Einsamkeit, vollkommene Sicherheit. Weder Wilde, noch reißende Thiere waren zu fürchten.

Den andern Morgen setzten wir frisch und rüstig die Reise fort. Wir hatten denselben Lavagrund, wie Tags zuvor; die Beschaffenheit des Erdreichs, welches sie umgab, war unmöglich zu erkennen. Der Tunnel aber zog sich nicht mehr tiefer hinab, sondern ward allmälig ganz horizontal; ja ich glaubte zu bemerken, er führe wieder aufwärts, der Erdoberfläche zu. Gegen zehn Uhr Vormittags zeigte sich dies ganz offenbar; das Gehen wurde ermüdend, und ich mußte schon meinen Schritt mäßigen.

„Nun, Axel? sagte der Professor ungeduldig.

– Nun, ich kann nicht rascher, erwiderte ich.

– Wie? Nach drei Stunden auf einem so leichten Weg!

– Leicht, will ich nicht in Abrede stellen, aber doch ermüdend.

– Wie? Wir gehen ja nur abwärts!

– Aufwärts, erlauben Sie!

– Aufwärts! sagte mein Oheim, und zuckte die Achseln.

– Allerdings. Seit einer halben Stunde hat sich die Neigung des Weges geändert, und wenn's so fortgeht, kommen wir sicherlich wieder auf die Oberfläche.“

Der Professor schüttelte den Kopf, da er sich nicht überzeugen lassen wollte. Ich brachte von Neuem die Rede darauf, er gab mir aber keine Antwort. Ich sah wohl, daß sein Schweigen nur von übler Laune herrührte.

Inzwischen hatte ich meinen Bündel wieder auf den Rücken genommen, und folgte eilig Hans nach, der vor meinem Oheim her ging. Es war mir darum zu thun, daß ich nicht zurück blieb; und meine Hauptsorge war, daß ich meine Gefährten nicht aus den Augen verlöre. Ich schauderte bei dem Gedanken, daß ich mich in den Tiefen dieses Labyrinths verirren könne.

Uebrigens, wenn der nun aufwärts führende Weg ermüdender war, so tröstete ich mich darüber mit dem Gedanken, daß uns derselbe der Erdoberfläche näher brachte. Darin lag eine Hoffnung. Jeder Schritt bestätigte es, und ich erquickte mich schon bei dem Gedanken, mein liebes Gretchen wieder zu sehen.

Zur Mittagszeit gewährten die Wände der Galerie einen andern Anblick. Ich merkte es an der schwächeren Rückstrahlung des elektrischen Lichts. An Stelle der Lavaverkleidung trat jetzt das lebendige Gestein. Der Grundstock bestand aus geneigten, oft vertical geordneten Schichten. Wir befanden uns mitten in der Uebergangsepoche, in der silurischen Periode.

„Es ist augenscheinlich klar, rief ich aus, der Schiefer, der Kalk- und der Sandstein entstanden in der zweiten Epoche der Erdbildung aus dem Niederschlag der Gewässer! Wir kehren jetzt dem Granitkern den Rücken! Wir machen's jetzt wie die Hamburger, welche über Hannover nach Lübeck reisen wollen."

Ich hätte meine Beobachtungen für mich behalten sollen. Aber meine Anlage zum Geologen überwog die Klugheit, und Onkel Lidenbrock hörte meine Ausrufungen.

„Was hast Du denn vor? sprach er.

– Sehen Sie! erwiderte ich, und zeigte ihm die abwechselnde Reihe des Sand- und Kalksteins, und der ersten Spuren des Schieferbodens.

– Nun?

– Wir sind in die Periode gekommen, in welcher die ersten Pflanzen und Thiere zum Vorschein kamen.

– So! meinst Du?

– Aber schauen Sie nur, untersuchen, beobachten Sie!"

Ich nöthigte den Professor, seine Lampe an die Wände der Galerie zu halten. Ich versah mich seinerseits eines Ausrufs. Aber er sagte kein Wort, ging schweigend seines Weges weiter.

Hatte er mich verstanden, oder nicht? Wollte er, aus Eigenliebe des Oheims und des Gelehrten, nicht zugeben, daß er sich geirrt habe, indem er den östlichen Tunnel wählte, oder hatte er sich vorgenommen, diesen Gang bis an sein Ende zu verfolgen? Es lag klar, daß wir aus dem durch die Laven ziehenden Weg heraus gekommen waren, und daß dieser Weg unmöglich zum Herd des Snäfields führen konnte.

Doch fragte ich mich, ob ich nicht dieser Aenderung des Bodens eine zu große Bedeutung beigelegt habe. Hab' ich mich nicht selbst geirrt? Wandern wir wirklich durch diese Schichten von Gestein, welches über dem Granitgerippe liegt?

„Habe ich Recht, dacht' ich, so muß ich einige Trümmer von Urpflanzen finden, und man hat sich wohl an den Augenschein zu wenden. So wollen wir suchen.“

Ehe ich hundert Schritte machte, boten sich meinen Augen unverwerfliche Beweise dar. Das mußte wohl der Fall sein, denn in der silurischen Epoche befanden sich in den Meeren über fünfzehnhundert Arten von Pflanzen oder Thieren. Meine Füße, die bisher harten Lavaboden unter sich gehabt, traten nun plötzlich auf einen Staub aus Pflanzenresten und Muscheln. An den Wänden sah man deutlich Abdrücke von Meergräsern und Lykopodien. Der Professor Lidenbrock konnte nun unmöglich mehr irren; aber er schloß die Augen, denk' ich, und schritt unabänderlich weiter.

Es war das ein Eigensinn über alle Grenzen. Jetzt hielt ich mich nicht länger zurück. Ich nahm eine vollkommen wohl erhaltene Muschel, die einem Thier angehört hatte, das ungefähr einer jetzigen Assel glich; darauf ging ich zu meinem Oheim und sagte zu ihm:

„Sehen Sie!

– Nun! erwiderte er ruhig, es ist die Muschel eines Thiers von der jetzt verschwundenen Gattung der Trilobiten. Weiter nichts.

– Aber folgern Sie nicht daraus? ...

– Was Du folgerst? Ja wohl. Wir sind aus der Schichte des Granits und der Lava herausgekommen. Möglich, daß ich irre; aber ich bin nicht eher von meinem Irrthum überzeugt, als bis wir an's Ende dieser Galerie gekommen sind.

– Sie verfahren mit Recht so, lieber Oheim, und ich würde Ihnen Beifall geben, hätten wir nicht eine immer mehr drohende Gefahr zu fürchten gehabt.

– Und welche?

– Wassermangel.

– Nun! Wir werden uns auf Rationen setzen, Axel.“

Zwanzigstes Capitel - Verlegenheiten

In der That, man mußte den Trunk beschränken. Unser Vorrath konnte nur noch drei Tage dauern. Das erkannte ich Abends beim Essen. Und dazu hatten wir wenig Aussicht, in diesem Uebergangsgebirge auf eine lebende Quelle zu stoßen.

Während des ganzen folgenden Tages vor unsern Schritten nichts als die unübersehbaren Gewölbe. Wir gingen ohne fast nur ein Wort zu reden: wir theilten die Schweigsamkeit unsers Hans. Aufwärts führte der Weg nicht, wenigstens unmerkbar. Manchmal schien er sogar sich abwärts zu neigen.

Der Schiefer, der Kalkboden und der alte rothe Sandstein der Wände schimmerten glänzend im elektrischen Licht. Man hätte denken können, man befinde sich in einer Grube zu Devonshire, woher diese Bodengattung benannt ist. Prachtvolle Musterstücke von Marmor deckten die Wände, hier von grauem Achat mit weißen Adern launisch durchzogen, dort fleischfarben oder gelb mit rothen Flecken; weiter hin dunkelfarbig, roth und braun gefleckt.

Die meisten dieser Marmor zeigten Abdrücke von Thieren aus der Urzeit. Seit Tags zuvor hatte die Schöpfung offenbar einen Fortschritt gemacht. An Stelle der Kerbthiere früherer Bildung sah ich Reste einer höheren Stufe; unter anderen solche, in welchen das Auge des Paläontologen die ersten Formen der Reptilien entdecken konnte. Die Meere von Devonshire waren von einer großen Anzahl Thiere dieser Gattung bewohnt, und setzten sie tausendweise auf den Felsen neuerer Bildung ab.

Offenbar befanden wir uns auf der Stufenleiter des Thierlebens, worauf der Mensch die höchste einnimmt.

Aber der Professor Lidenbrock schien darauf nicht zu achten. Er wartete auf zwei Dinge: entweder, daß ein senkrechter Schacht sich ihm vor den Füßen öffne, um wieder abwärts zu dringen, oder daß ein Hinderniß ihm die Fortsetzung auf diesem Weg versagte. Aber es kam der Abend heran, ohne daß sich diese Hoffnung verwirklichte.

Freitags, nachdem ich schon eine Nacht hindurch die Qual des Durstes ausgestanden, setzten wir unsere Irrfahrt in den Gängen der Galerie fort.

Nachdem wir zwei Stunden gegangen, bemerkte ich, daß der Widerschein unserer Lampen an den Wänden bedeutend schwächer wurde. An Stelle des Marmors, Schiefers, Kalk- oder Sandsteins trat eine dunkle glanzlose Wand. Als einmal der Tunnel sehr enge ward, griff ich links an dieselbe; als ich die Hand zurückzog, war sie ganz schwarz. Ich sah sie näher an. Wir befanden uns mitten in einer Kohlengrube.

„Eine Kohlenmine! rief ich aus.

– Eine Grube ohne Grubenleute, erwiderte mein Oheim.

– Nun, wer weiß?

– Ich meines Theils weiß, versetzte der Professor kurz, und bin fest überzeugt, daß dieser durch diese Kohlenschichte ziehende Gang nicht das Werk von Menschenhand ist. Aber, sei's ein Werk der Natur, oder nicht, daran liegt mir wenig. Nun ist's Zeit zum Abendessen. Machen wir uns daran."

Hans bereitete einige Speisen. Ich aß wenig, und trank die wenigen Tropfen meiner Ration. Nur noch die Flasche des Führers halb voll, das war Alles, was noch vorhanden war, um drei Menschen den Durst zu stillen.

Nach der Mahlzeit streckten sich meine beiden Gefährten auf ihre Decken und erholten sich durch einen guten Schlaf von ihren Strapazen. Ich aber konnte nicht schlafen und zählte die Stunden bis zum Morgen.

Am Samstag um sechs Uhr frühe gingen wir weiter. Nach zwanzig Minuten kamen wir in eine große Aushöhlung; ich erkannte sogleich, daß diese Grube nicht von Menschenhand gemacht sein konnte; sonst hätten sie die Gewölbe mit Stützen versehen, und diese standen nur durch ein Wunder von Gleichgewicht fest.

Diese Art von Höhle war hundert Fuß breit und hundertundfünfzig hoch. Das Erdreich war durch eine unterirdische Erschütterung gewaltsam weggerissen. Der feste Grundbau der Erde hatte sich, einem mächtigen Druck nachgebend, verschoben, so daß dieser weite Raum, wohin nun zum ersten Mal Bewohner der Erde drangen, leer blieb.

Die ganze Geschichte der Kohlenperiode war auf diesen dunkeln Wänden verzeichnet, und ein Geolog konnte daran leicht die verschiedenen Entwickelungsstufen verfolgen. Die Kohlenlager waren durch feste Schichten Sandstein oder Thon geschieden und wie durch die oberen Lagen zerdrückt.

Zu der Zeit, welche der zweiten Epoche vorausging, ward die Erde in Folge der Wirkung einer tropischen Wärme und einer dauernden Feuchtigkeit mit einer ungeheuren Vegetation bedeckt. Eine Atmosphäre von Dünsten umgab den Erdball von allen Seiten und entzog ihm noch dazu die Sonnenstrahlen.

Daher die Folgerung, daß die hohen Temperaturen nicht von diesem neuen Herd herrührten. Vielleicht auch war das Tagesgestirn nicht bereit seine glänzende Rolle zu spielen. Die Klima existirten noch nicht, und eine versengende Hitze verbreitete sich über die ganze Oberfläche der Erde, an den Polen ebenso wie am Aequator. Woher kam sie? Aus dem Inneren des Erdkörpers.

Trotz der Theorien des Professors Lidenbrock glühte ein gewaltiges Feuer in den Tiefen der Erde, dessen Wirkung bis zu den äußersten Schichten der Erdrinde sich fühlbar machte; die Pflanzen, welche der wohlthätigen Bestrahlung der Sonne beraubt waren, trieben weder Blüthen, noch dufteten sie Wohlgerüche, aber ihre Wurzeln schöpften kräftiges Leben aus dem heißen Boden der ersten Tage.

Es gab wenig Bäume, nur krautartige Pflanzen, unermeßliche Rasen, Farrenkräuter, Lykopodien und andere seltene Familien, deren Gattungen damals nach Tausenden zählten.

Gerade dieser überreichen Vegetation verdankt die Kohle ihren Ursprung. Die noch elastische Rinde des Erdkörpers gab den Bewegungen der flüssigen Masse, wovon er bedeckt war, nach. Daher zahlreiche Spalten, Einsenkungen. Die unter die Gewässer fortgerissenen Pflanzen bildeten allmälig beträchtliche Anhäufungen.

Dann kam die Einwirkung der natürlichen Chemie dazu; auf dem Meeresgrund wurden die pflanzlichen Stoffe zuerst Torf; dann gestalteten sie sich durch Einfluß der Gase und unter dem Feuer der Gährung vollständig zu Mineralien.

Also entstanden die unermeßlichen Kohlenlager, welche jedoch durch einen übermäßigen Verbrauch, wenn die Industrie nicht vorsorgt, in drei Jahrhunderten erschöpft werden müssen.

Diese Gedanken kamen mir in den Sinn, während ich die in dieser Gegend aufgehäuften Kohlenschätze betrachtete. Diese hier werden allerdings nie in Verbrauch kommen. Die Ausbeutung dieser entlegenen Minen würde zu bedeutende Opfer erfordern und auch nicht nöthig sein, so lange die Kohle noch nächst der Oberfläche der Erde in so vielen Gegenden zu finden ist.

Inzwischen gingen wir weiter, und ich vergaß die Länge des Wegs, um mich in geologischen Betrachtungen zu verlieren. Die Temperatur blieb merklich dieselbe, wie wir sie mitten durch die Laven und Schiefer getroffen hatten. Nur fiel meiner Nase ein sehr starker Geruch von kohlenstoffhaltigem Wasserstoffgas auf, und ich erkannte sogleich, daß in dieser Galerie eine ansehnliche Menge von dem gefährlichen Fluidum vorhanden war, welches so oft durch Explosion erschreckliche Katastrophen herbeigeführt hat.

Zum Glück waren wir mit dem sinnreichen Rühmkorff'schen Apparat versehen. Hätten wir unvorsichtiger Weise diese Galerie mit Fackeln in der Hand untersucht, so hätte eine fürchterliche Explosion der Reise ein vernichtendes Ende gemacht.

Wir gingen in der Kohlenmine fort bis zum Abend. Mein Oheim konnte seine Ungeduld über den horizontalen Weg kaum zurück halten. Die Dunkelheit hinderte, die Länge der Galerie zu schätzen, und ich fing schon an sie für unendlich zu halten, als wir plötzlich, um sechs Uhr, uns vor einer Wand befanden. Rechts und links, oben und unten kein Ausweg. Wir waren in eine Sackgasse gerathen.

„Nun, um so besser! rief mein Oheim, ich weiß denn wenigstens, woran ich mich zu halten habe. Wir sind nicht auf Saknussemm's Weg, und es bleibt uns nichts übrig als umzukehren. Wir wollen eine Nacht ausruhen, und vor Ablauf von drei Tagen werden wir wieder an der Stelle sein, wo die beiden Galerien zusammenstoßen.

– Ja, sagte ich, wenn unsere Kräfte ausreichen!

– Und warum nicht?

– Weil morgen das Wasser uns völlig ausgehen wird.

– Und der Muth auch?“ sagte der Professor mit einem strengen Blick.

Ich getraute nicht zu antworten.

Einundzwanzigstes Capitel - Wassermangel

Am folgenden Tage brachen wir in aller Frühe auf. Eile war nöthig. Wir waren fünf Tagereisen von dem Kreuzweg entfernt.

Ueber die Leiden unseres Rückwegs will ich kurz sein. Mein Oheim ertrug sie mit dem Zorne eines Mannes, der einer Uebermacht weichen muß; Hans mit der Ergebung seiner friedlichen Natur; ich muß ich gestehen, mit Klagen und in Verzweiflung: gegen solches Mißgeschick konnte ich nicht den Muth finden.

Wie bereits erwähnt, ging uns das Wasser bereits am Ende des ersten Tages gänzlich aus. Wir waren zum Trunk auf den

Wachholderbranntwein angewiesen, aber der brannte höllisch die Kehle, und ich konnte ihn nicht einmal ansehen. Die Temperatur war mir zum Ersticken, meine Kräfte waren gelähmt, ich war mitunter nahe daran regungslos hinzufallen. Man machte dann Halt; mein Oheim und der Isländer stärkten mich wieder, so gut sie vermochten. Aber ich bemerkte bereits, daß der Erstere gegen die äußerste Ermüdung und die Qualen des Durstes eine peinliche Wirkung übte.

Endlich, Dienstag, 8. Juli, gelangten wir, auf den Knieen, auf den Händen uns fortschleppend, halbtodt an dem Vereinigungspunkt der beiden Galerien an. Hier blieb ich wie eine träge Masse auf dem Lavaboden ausgestreckt liegen. Es war zehn Uhr vormittags.

Hans und mein Oheim versuchten mir einige Brocken Zwieback beizubringen. Lange Seufzer entfuhren meinen aufgeschwollenen Lippen. Ich fiel in tiefen Schlummer.

Nach einer Weile kam mein Oheim heran und nahm mich in seine Arme.

„Armer Junge!“ murmelte er mit dem Ton wahren Mitleidens.

Diese Worte rührten mich, da ich bei dem harten Professor Zärtlichkeiten nicht gewöhnt war. Ich ergriff seine zitternden Hände mit den meinigen. Er ließ es geschehen und blickte mich an. Seine Augen waren feucht.

Darauf nahm er seine Flasche, die ihm an der Seite hing. Zu meinem Erstaunen hielt er sie an meine Lippen:

„Trink“, sprach er.

Konnte ich meinen Ohren trauen? War mein Oheim nicht bei Sinnen? Ich sah ihn starr an. Ich mocht' es nicht begreifen.

„Trink“, wiederholte er.

Und er nahm seine Flasche und leerte sie ganz aus in meinen Mund.

O! unendliche Erquickung! Ein Schluck Wasser benetzte meinen glühenden Mund; ein einziger, der aber genügte, das entfliehende Leben mir wieder zu geben.

Ich dankte meinem Oheim mit gefalteten Händen.

„Ja, sagte er, der letzte Tropfen! der letzte! verstehst Du wohl? Der letzte! Ich hatte ihn sorgfältig in meiner Flasche aufbewahrt. Zwanzigmal, hundertmal mußte ich meinem erschrecklichen Verlangen widerstehen! Aber mein Axel, ich hob es für Dich auf.

– Lieber Oheim! stammelte ich, und Thränen quollen aus meinen Augen.

– Ja, armer Junge, ich dachte mir, bei Deiner Ankunft an diesem Kreuzweg würdest Du halb todt hinsinken, und habe meinen letzten Tropfen aufgehoben, Dich wieder zu beleben.

– Dank! Dank!“ rief ich aus.

So wenig auch mein Durst gestillt war, einige Kraft hatte ich doch wieder gefunden. Meine bereits zusammen geschrumpften Kehlmuskeln erweiterten sich wieder, die Entzündung meiner Lippen war beschwichtigt. Ich vermochte zu reden.

„Sehen wir, sagte ich, jetzt haben wir keine andere Wahl; wir haben kein Wasser, müssen also denselben Weg zurück.“

Während ich sprach, mied mein Oheim meinen Blick; er senkte den Kopf, seine Augen wichen den meinigen aus.

„Wir müssen rückwärts, rief ich aus, und wieder den Weg nach dem Snäfields einschlagen. Wenn uns Gott nur die Kraft verleiht, wieder bis zur Höhe des Kraters zu gelangen!

– Zurückkehren! rief mein Oheim, als antworte er sich selbst, und nicht mir.

– Ja, zurück, und ohne einen Augenblick zu verlieren.“

Es entstand eine ziemlich lange Pause.

„Also, Axel, fuhr der Professor mit seltsamem Ton fort, diese Tropfen Wasser haben Dir Muth und Thatkraft nicht wieder belebt?

– Den Muth!

– Ich sehe Dich so muthlos, wie zuvor, und auch Worte der Verzweiflung!“

Was für ein Mann, mit dem ich zu thun hatte, und was für Projecte hegte sein verwegener Geist immer noch!

„Wie? Sie wollen nicht? ...

– Verzichten auf die Unternehmung, im Augenblick, wo Alles anzeigt, daß sie gelingen kann! Niemals!

– So müssen wir uns entschließen, das Leben hinzugeben?

– Nein, Axel, nein! Geh' nur. Deinen Tod will ich nicht. Hans mag Dich begleiten. Lasse mich allein!

– Sie verlassen!

– Lasse mich, sag' ich Dir! Ich hab' die Reise unternommen, und werde sie bis zu Ende führen, oder ich kehre nicht zurück. Geh' nur! Axel, geh' nur!“

Mein Oheim sprach mit größter Aufregung. Seine Stimme, die eine Weile weich geworden, ward wieder hart, drohend. Er rang mit düsterer Energie gegen das Unmögliche! Ich wollte ihn nicht in der Tiefe dieses Abgrunds verlassen, und dagegen drängte mich der Selbsterhaltungstrieb, ihn zu fliehen.

Hans begriff, was zwischen uns vorging, aber er zeigte doch wenig Antheil an der Frage, wobei sein eigenes Dasein im Spiel war; er war bereit, nach dem Winke seines Herrn weiter zu gehen oder zu bleiben.

Wir beide hätten wohl den hartnäckigen Professor zur Einsicht bringen, zur Rückkehr nöthigen können. Ich trat zu ihm, legte meine Hand in die seinige; er rührte sich nicht. Ich zeigte ihm den Weg nach dem Krater; er blieb unbeweglich. In meinem Angesicht waren alle meine Leiden zu lesen. Der Isländer schüttelte sanft den Kopf und wies ruhig auf meinen Oheim und sprach „Master."

– „Der Herr, rief ich aus! Unsinnig! Nein, er ist nicht Deines Lebens Herr! wir müssen fliehen! ihn mit fortreißen! Hörst Du? verstehst Du mich?"

Ich faßte Hans beim Arm, rang mit ihm. Mein Oheim legte sich in's Mittel.

„Ruhig, Axel, sprach er. Bei diesem unerschütterlichen Diener wirst Du nichts ausrichten. So höre, was ich Dir vorzulegen habe."

Ich kreuzte die Arme und sah meinem Oheim in's Angesicht.

„Der Mangel an Wasser ist das einzige Hinderniß der Ausführung meiner Projecte. In dieser östlichen Galerie, die aus Lava, Schiefer, Kohlen besteht, haben wir nicht einen Tropfen gefunden. Möglich aber ist, daß wir in dem westlichen Tunnel glücklicher sind."

Ich schüttelte ungläubig den Kopf.

„Höre mich bis zu Ende an, fuhr der Professor mit gehobener Stimme fort. Während Du regungslos da lagst, hab' ich diesen Gang untersucht. Er führt direct in's Innere, und in wenig Stunden mitten in den Kern des Granit. Da müssen wir reichlich Quellen finden. Die Felsart bringt es mit sich, und der Instinct geht einig mit der Logik zu Gunsten meiner Ueberzeugung. Dies also ist mein Vorschlag. Columbus hat von seiner Schiffsmannschaft drei Tage begehrt, um die neue Welt zu entdecken. Ich begehre von Dir nur noch einen Tag. Stoßen wir nicht binnen dieser Zeit auf das mangelnde Wasser, so schwöre ich Dir, daß wir nach der Oberfläche zurückkehren werden."

Trotz meiner Gereiztheit rührten mich diese Worte, und die Gewalt, welche mein Oheim sich anthat, eine solche Sprache zu führen.

„Nun denn! rief ich, ich füge mich Ihrem Wunsch, und Gott möge Ihre übermenschliche Energie lohnen! Es sind nur wenige Stunden. Also vorwärts!"

Zweiundzwanzigstes Capitel - Noth

Wir gingen also durch die neue Galerie wieder abwärts, Hans, wie gewöhnlich, voran. Wir waren noch keine hundert Schritte weit, als der Professor, die Lampe an der Wand, ausrief:

„Hier ist Urgebirg! Wir sind auf dem rechten Weg! Vorwärts! Vorwärts!"

Als in der ersten Epoche der Welt die Erde allmälig erkaltete, veranlaßte die Verringerung des Umfangs in ihrer Rinde Verschiebungen, Risse, Klüfte und Spalten. Der eben betretene Gang war ein Spalt dieser Art, durch welchen ehemals der ausgeworfene Granit seinen Weg fand. Seine unzähligen Wendungen bildeten ein verworrenes Labyrinth im ursprünglichen Boden.

Im Verhältniß, wie wir abwärts kamen, zeigten sich klarer die aufeinanderfolgenden Schichten, woraus das Urgestein besteht. Die Geologie sieht dieses als die Unterlage der mineralischen Rinde an, und hat erkannt, daß es aus drei verschiedenen Schichten besteht, dem Schiefer, Gneis und Glimmerschiefer, welche auf dem unerschütterlich festen Granit lagern.

Nun befanden sich nie Mineralogen in einer so merkwürdig günstigen Lage, um die Natur an Ort und Stelle zu studiren. Was die Sonde, die rohe Maschine ohne Intelligenz über das innere Gefüge nicht zu Tage fördern konnte, waren wir im Begriff mit eigenen Augen zu sehen, mit Händen zu greifen.

Quer durch die Lage des Schiefergesteins in schönen grünen Schattirungen zogen Erzgänge, Kupfer, Braunstein und etliche Spuren von Platina und Gold. Ich dachte mir, wie die Habgier der Menschen von diesen so tief vergrabenen Schätzen nie einen Genuß haben wird. Sie sind bei dem Durcheinanderrütteln jener Urzeit so tief versenkt worden, daß sie von Schaufel und Hacke nicht zu erreichen sind.

An die Schiefer reiheten sich die Gneis, von geschichtetem Bau, merkwürdig durch regelmäßig parallele Blätter, sodann die

Glimmerschiefer in großen Stücken, welche durch das Funkeln des weißen Glimmers in die Augen sprangen.

Das Licht der Apparate, von den kleinen Facetten der Felsenmasse zurückgeworfen, kreuzte seine Feuerstrahlen unter allen Winkeln, so daß man denken konnte, man reise durch einen hohlen Diamanten, worin tausendfach blendend die Strahlen sich brachen.

Gegen sechs Uhr fing dieser Glanz an merklich schwächer zu werden, fast zu verschwinden; die Wände nahmen eine krystallisirte, aber düstere Färbung; der Glimmer mischte sich inniger mit dem Feldspath und Quarz, um das allerhärteste Gestein zu bilden, welches, ohne zerdrückt zu werden, die vier Stockwerke des Erdreichs trägt. Wir befanden uns mitten im Granit.

Es war Abends acht Uhr. Immer noch kein Wasser. Ich litt fürchterlich. Mein Oheim schritt immer voran, wollte nicht stehen bleiben. Er lauschte mit dem Ohre das Murmeln einer Quelle zu erhaschen. Vergebens!

Inzwischen versagten mir meine Beine den Dienst. Ich widerstand meinen Qualen, um nicht meinen Oheim zum Stillestehen zu nöthigen, Es wäre für ihn ein Verzweiflungsschlag gewesen, denn der Tag lief zu Ende, der letzte, welcher ihm gehörte.

Endlich gingen mir die Kräfte aus. Ich fiel nieder mit einem Schrei: „Hilfe! ich sterbe!“

Mein Oheim kam augenblicklich herbei. Er sah mich an mit gekreuzten Armen; dann murmelte er dumpf: „Es ist Alles aus!“

Eine fürchterlich zornige Bewegung war das letzte, was ich sah, als ich die Augen schloß.

Beim Wiederaufschlagen derselben gewahrte ich meine Gefährten unbeweglich in ihre Decken gewickelt. Schliefen sie? Ich meines Theils konnte nicht einen Augenblick in Schlaf kommen. Ich litt allzu sehr, zumal bei dem Gedanken, daß nicht zu helfen sein solle. Meines Oheims letzte Worte, „Alles ist aus!“ hallten in meinem Ohre wieder, denn bei dem hohen Grade meiner Schwäche war kein Gedanke, wieder auf die Erdoberfläche zu kommen.

Wir befanden uns anderthalb Meilen in der Tiefe!

Es war mir, als laste diese ganze Masse auf meinen Schultern. Ich fühlte mich wie zerschmettert und strengte mich vergebens an, mich auf meinem Granitlager umzudrehen.

So verflossen einige Stunden. Tiefe Stille herrschte um uns, Grabesstille. Kein Laut drang durch diese zum Mindesten fünf Meilen dicken Mauern.

Inzwischen glaubte ich mitten in meinem Schlummer ein Geräusch zu vernehmen. Es war dunkel im Tunnel. Als ich recht achtsam blickte, schien mir's, als sähe ich den Isländer mit der Lampe in der Hand verschwinden.

Weshalb entfernt er sich? Will Hans uns verlassen? Mein Oheim schlief. Ich wollte schreien; die Stimme versagte mir zwischen den ausgetrockneten Lippen. Es war völlig dunkel geworden, und das letzte Geräusch war verstummt.

„Hans verläßt uns! schrie ich. Hans! Hans!“

So rief ich, jedoch nur im stillen Innern. Inzwischen, nach der ersten Anwandlung des Schreckens, schämte ich mich wieder meines Verdachts gegen den braven Menschen. Unmöglich wollte er fliehen. Er ging die Galerie abwärts, nicht nach oben, wohin üble Absicht ihn gezogen hätte. Dabei beruhigte ich mich ein wenig, und ich kam auf andere Gedanken. Hans, dieser friedliche Mann, mußte einen wichtigen Beweggrund haben, der ihn vom Lager trieb. Ging er, um eine Quelle zu finden? Hatte er in der Stille der Nacht ein Murmeln gehört, das nicht bis zu meinem Ohr gedrungen war?

Dreiundzwanzigstes Capitel - Der Hansbach

Eine Stunde lang überdachte ich in meinem wahnsinnigen Gehirn alle Gründe, welche den phlegmatischen Jäger zum Handeln treiben konnten.

Die absurdesten Ideen verwickelten sich in meinem Kopf. Ich glaubte, ich sei im Begriff, ein Narr zu werden!

Doch endlich vernahm man Fußtritte aus der Tiefe des Ganges. Hans kam zurück. Das Licht fing an unstät an den Wänden zu schimmern, dann kam es an der Mündung des Tunnels zum Vorschein. Hans erschien, trat nahe zu meinem Oheim, legte ihm die Hand auf die Schulter und weckte ihn sanft. Er richtete sich auf und rief:

„Was giebt's?

– Vatten“, erwiderte der Jäger.

Man muß annehmen, daß jeder Mensch, wenn ihn heftige Schmerzen anregen, alle Sprachen versteht. Ich verstand nicht ein einziges Wörtlein dänisch, und doch begriff ich instinctmäßig das Wort unsers Führers.

„Wasser! Wasser! rief ich aus, klaschte mit den Händen, geberdete mich wie wahnsinnig.

– Wasser! wiederholte mein Oheim. 'Hwar?' fragte er den Isländer.

– Nedat“, antwortete Hans.

Wo? Unten! Ich verstand Alles. Ich ergriff des Jägers Hand und drückte sie; er sah mich ruhig an.

Ohne uns mit Vorbereitungen aufzuhalten, waren wir flugs auf dem Weg, in einem Gang von zwei Fuß Fall per Klafter.

Nach einer Stunde hatten wir bei tausend Klaftern zurückgelegt und waren zweitausend Fuß abwärts gekommen.

In diesem Augenblick vernahm ich deutlich einen ungewohnten Ton seitwärts in der Granitwand, eine Art dumpfes Brausen gleich fernem Donner. Während der ersten halben Stunde unsers Wegs, da wir noch nicht auf die angekündigte Quelle stießen, überkam mich wieder die Angst; nun aber belehrte mich mein Oheim über den Ursprung des Geräusches, welches man vernahm.

„Hans hat sich nicht geirrt, sagte er; was Du da hörst, ist das Rauschen eines Baches.

– Ein Bach? rief ich aus.

– Ohne allen Zweifel. Ein unterirdischer Fluß strömt in unserer Nähe!“

Wir beschleunigten unsere Schritte, von Hoffnung gespornt. Ich fühlte keine Müdigkeit mehr. Bereits das Rauschen eines murmelnden Wassers erquickte mich. Es wurde merklich stärker. Nachdem wir den Bach lange Zeit über unserm Kopf gehört, floß er jetzt in der linken Seitenwand, brausend und sprudelnd. Ich hielt öfters meine Hand wider den Felsen, in Hoffnung, Spuren von durchsickernder Feuchtigkeit zu finden. Aber vergebens.

Eine halbe Stunde verfloß noch. Eine halbe Lieue wurde noch zurückgelegt.

Es zeigte sich nun klar, daß der Jäger, als er abwesend war, sein Suchen nicht weiter hatte fortsetzen können. Geleitet von einem den Bergbewohnern eigenthümlichen Instinct, erkannte er im Gefühl diesen Bach durch den Felsen hindurch, gesehen aber hatte er das köstliche Naß sicherlich nicht, seinen Durst nicht damit gestillt.

Bald ergab sich auch, daß wir, wenn wir weiter fort gingen, uns von dem fließenden Wasser, dessen Rauschen schwächer zu werden anfing, wieder entfernen würden.

Wir gingen also wieder zurück. Hans blieb genau an der Stelle stehen wo der Bach am nächsten zu sein schien.

Ich setzte mich neben der Wand nieder, während das Wasser in einer Entfernung von zwei Fuß sehr reißend strömte. Aber eine Granitwand trennte uns noch.

Ohne nachzudenken, ohne mich zu fragen, ob es nicht irgend ein Mittel gebe, dieses Wasser sich zu verschaffen, gab ich mich im ersten Augenblick einer Verzweiflung hin.

Hans sah mich an, und ich glaubte ein Lächeln auf seinen Lippen zu bemerken.

Er stand auf und nahm seine Lampe. Ich folgte ihm nach. Er ging nach der Wand hin; ich sah ihm zu, was er machte. Er hielt sein Ohr ganz nahe an den bloßen Stein, fuhr mit demselben daran vorbei, sorgfältig lauschend. Ich begriff, daß er genau die Stelle suchte, wo man den Bach am lautesten rauschen hörte. Diese Stelle fand er in der linken Wand, drei Fuß über dem Boden.

Ich war in großer Bewegung! Ich wagte nicht zu rathen, was der Jäger thun würde. Aber ich konnte nicht umhin, ihn zu begreifen, zu beglückwünschen, mit Liebesbezeigungen zu überschütten, als ich ihn zur Spitzhaue greifen sah, um sich an den Felsen selbst zu machen.

„Retten Sie! rief ich aus.

– Ja, wiederholte mein Oheim wie wahnsinnig, Hans hat Recht! Der wackere Jäger! Wir wären nicht darauf gekommen!“

Ich glaub's wohl! So einfach ein solches Mittel auch war, es wäre uns nicht in den Sinn gekommen. Es war doch höchst gefährlich, mit der Hacke in dies Gerüste des Erdballs einzuhauen? Es konnte ein Einsturz erfolgen, der uns zermalmte! Der Bach konnte, nachdem er durchgebrochen, uns verschlingen. Diese Gefahren hatten nichts Grillenhaftes; aber damals konnte die Besorgniß vor Einsturz oder Ueberschwemmung uns nicht abhalten, denn unser Durst war stark.

Hans machte sich an die Arbeit, die weder mein Oheim, noch ich fertig gebracht hätte. Die Ungeduld hätte uns die Hand geführt, so daß der Felsen unter wiederholten Schlägen zertrümmert worden wäre. Der Führer dagegen, ruhig und bedächtig, hieb den Felsen mit öfter wiederholten kleinen Schlägen an, und grub so ein sechs Zoll breites Loch. Es dauerte nicht lange, so war die Haue schon zwei Fuß in die Granitwand gedrungen. Die Arbeit währte über eine Stunde. Ich zappelte vor Ungeduld! Mein Oheim wollte es mit Macht angreifen; ich konnte ihn kaum zurückhalten, und schon griff er zur Haue, als man plötzlich ein Zischen vernahm. Ein Wasserstrahl brach aus der Wand vor, und schlug wider die Wand der entgegengesetzten Seite.

Hans, den der Stoß bald umgeworfen hätte, konnte einen Schmerzensschrei nicht unterdrücken. Ich begriff es, als ich meine Hände in den Strahl tauchte, und schrie ebenfalls laut auf. Das Wasser war siedend heiß.

„Das Wasser ist hundert Grad heiß! rief ich.

– Nun, es wird schon kalt werden“, erwiderte mein Oheim.

Der Gang füllte sich mit Dämpfen, und es entstand ein Bach, der sich in Krümmungen verlief; wir konnten bald unsern Trunk daraus schöpfen.

Ach! welche Lust! welch' unvergleichliche Erquickung! Woher kam das Wasser? daran lag wenig. Es war Wasser, das, wenn auch warm, das schon entschwindende Leben doch dem Herzen wieder zuführte. Ich trank ohne einzuhalten, ohne nur zu kosten.

Erst nachdem ich mich eine Minute erquickt, rief ich aus: „Aber das Wasser ist eisenhaltig!

– Das ist für den Magen vortrefflich, versetzte mein Oheim; und es hat viel Mineralgehalt! Es könnte eine Reise nach Spaa oder Teplitz sparen!

– Und wie gut schmeckt's!

– Ich glaub's wohl, ein Wasser, das man zwei Meilen unter der Erde schöpft. Es hat einen Tintengeschmack, doch nichts Unangenehmes. Hans hat uns da eine famose Erquickungsquelle verschafft. Darum schlag ich auch vor, dem heilsamen Bach seinen Namen zu geben.

– Gut!“ rief ich aus.

Und der Name „Hansbach“ wurde gleich angenommen.

Hans ward dadurch nicht stolzer. Nachdem er sich ein wenig erquickt, setzte er sich mit gewohnter Ruhe in einen Winkel.

„Jetzt, sagte ich, sollte man dies Wasser nicht sich verlaufen lassen?

– Zu welchem Zweck? erwiderte mein Oheim, ich vermuthe, die Quelle ist unerschöpflich.

– Gleichviel! Füllen wir unseren Schlauch und die Flaschen, und versuchen dann die Oeffnung zu stopfen.“

Man folgte meinem Rath. Hans versuchte mit Granitsplittern und Werch die gehauene Oeffnung zu stopfen. Das war nicht leicht, weil man sich die Hände verbrannte, ohne den Zweck zu erreichen. Der Druck war zu stark und die Versuche mißglückten.

„Offenbar liegt die Quelle dieses Stromes sehr hoch.

– Ohne Zweifel, versetzte mein Oheim. Wenn dieser Wasserstrahl aus einer Höhe von zweiunddreißigtausend Fuß kommt, so ist's ein Druck von tausend Atmosphären. Aber es fällt mir etwas ein.

– Was?

– Warum setzen wir uns in den Kopf die Oeffnung zu verstopfen?

– Weil ...“

Ich war in Verlegenheit, einen Grund zu finden.

„Wenn unsere Flaschen leer sind, werden wir sie wieder füllen können?

– Nein, offenbar.

– Nun, so lassen wir dies Wasser fließen! Es wird seinen natürlichen Lauf abwärts nehmen, uns den Weg zeigen und zugleich erfrischen!

– Ein guter Gedanke! rief ich aus, und in Begleitung dieses Baches haben wir um so mehr Grund für das Gelingen unsers Vorhabens.

– Ah! Jetzt kommst Du darauf, lieber Junge, sagte der Professor lachend.

– Noch besser, ich bin schon darauf.

– Einen Augenblick! Ruhen wir erst einige Stunden aus.“

Ich hatte wirklich vergessen, daß es Nacht war. Der Chronometer zeigte mir's. Bald verfielen wir, hinlänglich gestärkt und erquickt, in tiefen Schlummer.

Vierundzwanzigstes Capitel - Weiter hinab

Am folgenden Morgen hatten wir schon die bestandenen Leiden vergessen. Ich war erstaunt, daß ich keinen Durst mehr hatte, und fragte nach dem Grund. Der zu meinen Füßen rieselnde Bach gab mir murmelnd die Antwort.

Man frühstückte und trank dies köstliche Stahlwasser. Ich fühlte mich wieder ganz gekräftigt und entschlossen zur weiteren Reise. Warum sollte ein Mann von Ueberzeugung, wie mein Oheim, nebst einem sinnreichen Führer, wie Hans, und einem „entschlossenen" Neffen, wie ich, nicht zum Ziel gelangen? So schöne Gedanken schlichen nun in meinen Kopf! Hätte man mir jetzt den Vorschlag gemacht, nach der Höhe des Snäfields zurück zu kehren, ich hätte ihn mit Unwillen zurück gewiesen.

Es handelte sich aber nur um's Hinabsteigen.

„Vorwärts!" rief ich, und rief durch enthusiastische Betonung die alten Echo der Erde wach.

Freitags um acht Uhr frühe wurde die Reise fortgesetzt. Der Granitgang zog sich in krummen Umwegen mit unerwarteten Winkeln labyrinthähnlich hin; doch im Ganzen in der Hauptrichtung nach Südost. Mein Oheim befragte unaufhörlich auf's Sorgfältigste den Compaß, um über den zurückgelegten Weg klar zu sein.

Die Galerie lief fast horizontal mit höchstens zwei Zoll Fall per Klafter. Der Bach floß zu unseren Füßen gemächlich murmelnd. – Mein Oheim verwünschte das Horizontale der Richtung. Sein Weg zog sich unendlich in die Länge, und anstatt längs dem Erdradius hinabzugleiten, machte er, wie er sich ausdrückte, den Weg der Hypothenuse. Aber wir hatten keine andere Wahl, und so lange man nur abwärts dem Centrum näher kam, wenn auch langsam, durfte man sich nicht beklagen. Doch nahm von Zeit zu Zeit der Fall zu; unser Bach eilte brausend, und wir gelangten mit ihm mehr in die Tiefe.

Im Ganzen lief diesen und den folgenden Tag der Weg meistentheils horizontal, und verhältnißmäßig wenig vertical.

Am 10. Juli, Freitag Abends, mußten wir unserer Schätzung nach uns dreißig Meilen südöstlich von Reykjawik, und in einer Tiefe von zweieinhalb Meilen befinden.

Damals öffnete sich vor unseren Füßen ein etwas erschrecklicher Schacht. Mein Oheim konnte sich nicht enthalten in die Hände zu klatschen, als er die steilen Wände in Berechnung zog.

„Dieser wird uns weit führen, rief er aus, und leicht, denn die Felsenvorsprünge bilden eine wirkliche Leiter!“

Die Stricke wurden von Hans derart verwendet, daß jeder Unfall dadurch verhütet wurde. Wir begannen hinabzusteigen. Ich getraue mir nicht, es gefährlich zu nennen, denn ich war mit dergleichen Uebungen bereits vertraut.

Dieser Schacht war eine enge, in dem Grundbau angebrachte Spalte von der Art, welche man „faille“ nennt. Offenbar war derselbe durch Zusammenziehung des Gerippes der Erde zur Zeit ihrer Erkaltung entstanden. Wenn vormals die von dem Snäfields ausgeworfenen Gegenstände durch denselben ihren Weg fanden, so war mir unerklärlich, warum diese keine Spur davon darin zurück ließen. Wir stiegen eine Art von Wendeltreppe hinab, die man für ein Werk menschlicher Hände hätte halten können.

Von Viertelstunde zu Viertelstunde mußte man anhalten, um gehörig auszuruhen, daß unsere Kniekehlen ihre Elasticität wieder gewannen. Man setzte sich dann auf einen Vorsprung und ließ die Beine hängen, man plauderte beim Essen und trank dazu aus dem Bach.

Es versteht sich, daß der Hansbach zum Wasserfall geworden war und sich dabei sein Umfang vermindert hatte; aber er war noch mehr als hinreichend, um unsern Durst zu stillen; übrigens bekam er an minder rauhen Stellen seinen gewöhnlichen ruhigen Lauf.

Am 6. und 7. Juli folgten wir den Windungen dieses Ganges, und drangen dabei wieder zwei Meilen in der Erdrinde weiter vor, das machte fast fünf Meilen unter dem Meeresspiegel. Aber am 8. gegen Mittag bekam derselbe in südöstlicher Richtung einen weit sanfteren Abfall, von etwa fünfundvierzig Grad.

Der Weg wurde sodann bequem und völlig einförmig. Es hätte auch nicht leicht anders sein können; es war keine Landschaft da, welche hätte Abwechselung gewähren können.

Endlich, Mittwoch 15., befanden wir uns sieben Meilen unter der Erde, und etwa fünfzig Meilen vom Snäfields entfernt. Obwohl wir etwas ermüdet waren, so hielt sich doch unsere Gesundheit in gutem Zustand, und die Reise-Apotheke war noch unberührt.

Mein Oheim verzeichnete von Stunde zu Stunde die Angaben des Compasses, des Chronometers, Manometers und Thermometers, dieselben, welche er in dem wissenschaftlichen Bericht von seiner Reise veröffentlicht hat. Er konnte sich daher von seiner Lage genaue Rechenschaft geben. Als er mir mittheilte, wir befänden uns horizontal fünfzig Meilen entfernt, konnte ich einen lebhaften Ausdruck meines Staunens nicht zurückhalten.

„Was hast Du vor? fragte er.

– Nichts, ich machte nur eine Bemerkung.

– Welche, mein Lieber?

– Sind Ihre Berechnungen richtig, so befinden wir uns nicht mehr unter Island.

– Meinst Du?

– Wir können uns leicht davon überzeugen.“

Ich maß mit dem Zirkel auf der Karte.

„Ich irrte nicht, sagte ich. Wir sind über Cap Portland hinaus, und die fünfzig Meilen in südöstlicher Richtung versetzen uns mitten unter's Meer.

– Unter'm Meer, versetzte mein Oheim und rieb sich die Hände.

– Also, rief ich aus, haben wir den Ocean über unserem Kopf!

– Bah! Axel, ganz natürlich! Ziehen nicht zu Newcastle die Kohlengruben weit unter dem Meere hin?“

Der Professor fand wohl diese Lage sehr einfach; aber der Gedanke, daß ich unter der Masse des Meeres wandelte, machte mir doch etwas Sorge. Jedoch, ob die Ebenen und Gebirge Islands über unserm Kopf waren, oder die Wogen des Atlantischen Meeres, machte im Ganzen wenig Unterschied, wenn nur der Granitbau fest war. Uebrigens gewöhnte ich mich bald an diesen Gedanken; denn der Gang, welcher bald geradaus, bald in Krümmungen launenhaft hinzog, führte doch immer südöstlich und stets weiter in die Tiefe hinab.

Vier Tage darauf, Samstags, 18. Juli, kamen wir Abends in einer Art von geräumiger Grotte an; mein Oheim stellte Hans seine wöchentlichen drei Reichsthaler zu, und es wurde beschlossen, morgen solle Rasttag sein.

Fünfundzwanzigstes Capitel - Rasttag

Ich wachte am Sonntag Morgen mit dem gewohnten Gedanken sofortiger Abreise auf. Und, obwohl im tiefsten Abgrund, war es doch immer angenehm. Uebrigens waren wir bereits förmliche Troglodyten geworden, und ich dachte gar nicht mehr an Sonnen- und Mondenschein und Sternenlicht, an Bäume, Häuser, Städte und alle diese Ueberflüssigkeiten des irdischen Lebens, woraus die Leute unter'm Mond sich Nothwendigkeiten geschaffen haben. In unserer Eigenschaft als Fossilien spotteten wir über diese unnützen Wunderdinge.

Die Grotte bildete einen geräumigen Saal. Auf seinem Granitboden floß gemüthlich der treue Bach. So weit von seiner Quelle entfernt hatte sein Wasser keinen höheren Wärmegrad mehr, wie seine Umgebung, so daß man's leicht trinken konnte.

Nach dem Frühstück verwendete der Professor einige Stunden darauf, seine täglichen Notizen in Ordnung zu bringen.

„Für's Erste, sagte er, will ich Berechnungen anstellen, um unsere Lage genau aufzunehmen: ich möchte nach unserer Rückkehr eine Karte von unserer Reise entwerfen, eine Art von senkrechtem Erddurchschnitt, welche das Profil der Expedition geben wird.

– Das wird sehr merkwürdig sein, lieber Oheim; aber werden Ihre Aufzeichnungen dafür hinlänglich genau sein?

– Ja. Ich habe die Neigungen und Winkel sorgfältig gemessen, und ich kann mich darauf verlassen, daß ich nicht irre. Sehen wir nun zuerst, wo wir uns befinden. Nimm den Compaß und merke die Richtung, welche er angiebt.“

Ich betrachtete das Instrument, und antwortete, nachdem ich's genau geprüft:

„Ost-Quart-Süd-Ost.

– Recht! sagte der Professor, indem er die Angabe aufzeichnete, und einige flüchtige Berechnungen hinwarf. Ich entnahm daraus, daß wir fünfundachtzig Meilen seit unserer Abreise zurückgelegt hatten.

– Also reisen wir unter'm atlantischen Meere?

– Ganz richtig.

– Und in diesem Augenblick bricht vielleicht ein Sturm los, und Schiffe werden über unserm Kopf von Sturm und Wogen gerüttelt?

– Wohl möglich.

– Und die Wallfische werden mit ihrem Schwanz wider die Wände unseres Gefängnisses schlagen?

– Sei ruhig, Axel, es wird ihnen nicht gelingen, es zu erschüttern. Aber kehren wir zu unseren Berechnungen zurück. Wir befinden uns im Südosten, fünfundachtzig Meilen vom Snäfields, und meinen Notizen nach in einer Tiefe von sechzehn Meilen.

– Sechzehn Meilen! rief ich aus.

– Allerdings.

– Aber das ist ja die äußerste Linie, welche die Wissenschaft für die Dicke der Erdrinde angenommen hat.

– Ich stelle das nicht in Abrede.

– Und es sollte, nach dem Gesetz für die steigende Temperatur, hier eine Wärme von fünfzehnhundert Grad sein.

– Es 'sollte', lieber Junge.

– Und all dieser Granit könnte sich nicht in festem Zustand halten, und wäre in vollem Schmelzen begriffen.

– Du siehst, daß nichts daran ist, und daß, wie gewöhnlich, die Theorien durch die Thatsachen Lügen gestraft werden.

– Ich muß es zugeben, aber es setzt mich doch in Erstaunen.

– Was giebt der Thermometer an?

– Siebenundzwanzig und sechs Zehntel Grad.

– Es fehlen also noch vierzehnhundertvierundsiebenzig Grad und vier Zehntel an dem, was die Gelehrten behaupten. Folglich beruht das verhältnißmäßige Steigen der Temperatur auf einem Irrthum. Folglich irrte Humphry Davy nicht. Folglich darf ich ihm Gehör leihen. Was hast Du darauf zu antworten?

– Nichts.“

Zwar hätte ich viel darauf zu sagen gehabt. Ich ließ die Theorie Davy's in keiner Hinsicht gelten, ich hielt stets an der Centralwärme fest, obwohl ich ihre Wirkungen nicht spürte. Eher ließ ich wirklich gelten, daß dies Kamin eines erloschenen Vulkans, mit seinem störrigen Lava-Ueberzug die Wärme nicht durch seine Wände dringen ließ.

Aber anstatt mich mit Aufsuchen neuer Beweise aufzuhalten, beschränkte ich mich darauf, die Lage der Dinge zu nehmen, wie sie war.

„Lieber Oheim, fuhr ich fort, ich halte alle Ihre Berechnungen für genau, aber gestatten Sie mir eine strenge Folgerung daraus zu ziehen.

– Thu's, Lieber, nach Belieben.

– An dem Punkt, wo wir uns befinden, unter der Breite Islands, beträgt der Erdradius ungefähr fünfzehnhundertdreiundachtzig meilen?

– Fünfzehnhundertdreiundachtzig ein Drittel.

– Nehmen wir nun sechzehnhundert Meilen. Von diesen haben wir zwölf zurückgelegt.

– So ist's.

– Und zwar um den Preis von fünfundachtzig Meilen Diagonale?

– Richtig.

– Binnen zwanzig Tagen etwa?

– Ja.

– Nun machen sechzehn Meilen den hundertsten Theil des Erdradius aus. Fahren wir so fort, so brauchen wir noch zweitausend Tage, oder nächst fünf und ein halb Jahr, um hinunter zu kommen!“

Der Professor hatte nichts darauf zu erwidern.

„Ohne in Anschlag zu bringen, daß, wenn eine verticale Linie von sechzehn Meilen durch eine horizontale von achtzig gewonnen wird, dies achttausend Meilen in südöstlicher Richtung beträgt, und daß man also viel Zeit braucht, um von einem Punkt des Umfangs zum Centrum zu gelangen!

– Zum Teufel mit Deinen Berechnungen! entgegnete mein Oheim zornig. Zum Teufel mit Deinen Hypothesen! Worauf beruhen sie denn? Wer sagt Dir denn, daß dieser Gang nicht direct bis zu unserm Ziel führt? Zudem hab' ich zu meinen Gunsten einen Vorgänger. Was ich unternehme, hat schon ein Anderer ausgeführt, und was ihm glückte, wird auch mir glücken.

– Ich hoff' es; aber schließlich darf ich doch ...

– Du darfst schweigen, Axel, wenn Du in der Weise aburtheilen willst.“

Ich sah wohl, daß der fürchterliche Professor unter der Haut des Oheims wieder zum Vorschein zu kommen drohte, und ich ließ mir's gesagt sein.

„Jetzt, fuhr er fort, befrage den Manometer. Was zeigt er an?

– Einen sehr bedeutenden Druck.

– Gut. Du siehst, daß, wenn man allmälig abwärts kommt, man sich nach und nach an die dichtere Atmosphäre gewöhnt, so daß man gar nicht darunter zu leiden hat.

– Gar nicht, abgerechnet etwas Ohrenschmerzen.

– Das will nichts heißen, und Du wirst dies Uebel beseitigen, wenn Du die äußere Luft rasch mit der in Deinen Lungen enthaltenen in Verbindung bringst.

– Ganz recht, versetzte ich, entschlossen, meinem Oheim nicht mehr zu widersprechen. Es ist sogar eine rechte Lust, sich in diese dichtere Atmosphäre zu tauchen. Haben Sie bemerkt, mit welcher Stärke sich darin der Ton fortpflanzt?

– Gewiß. Ein Tauber würde da trefflich zum Gehör gelangen.

– Aber diese Dichtheit wird ohne Zweifel zunehmen?

– Ja, nach einem noch wenig festgestellten Gesetz. Es steht richtig, daß die Schwerkraft im Verhältniß, wie man abwärts kommt, geringer wird. Du weißt, daß ihre Wirksamkeit am meisten auf der Erdoberfläche fühlbar ist, und daß im Centrum der Erde die Gegenstände kein Gewicht mehr haben.

– Ich weiß es; aber sagen Sie mir, wird die Luft nicht endlich an Dichtigkeit dem Wasser gleich kommen?

– Allerdings, bei einem Druck von siebenhundertundzehn Atmosphären.

– Und unterhalb dieser Grenze?

– Wird die Dichtigkeit stets zunehmen.

– Wie können wir aber dann abwärts kommen?

– Nun, da stecken wir uns Steine in die Taschen.

– Wahrhaftig, Oheim, Sie haben auf Alles eine Antwort."

Ich wagte auf dem Feld der Hypothesen nicht weiter vorzugehen; ich wäre vielleicht noch auf eine Unmöglichkeit gestoßen, wobei der Professor außer sich gekommen wäre.

Es war jedoch klar, daß die Luft unter einem Druck, der auf Tausende von Atmosphären steigen konnte, am Ende in einen festen Zustand übergehen würde, und dann mußte man, vorausgesetzt, daß unsere Körper Widerstand zu leisten fähig wären, Halt machen, trotz alles Disputirens auf der Welt.

Aber ich machte diesen Grund gar nicht geltend. Mein Oheim hätte mir abermals seinen Saknussemm vorgehalten. Dieses Beispiel eines Vorgängers ist aber ohne Gewicht, denn hält man auch die Reise des gelehrten Isländers für echt, so gab es doch darauf einen sehr einfachen Einwand.

Im sechzehnten Jahrhundert waren Barometer und Manometer noch nicht erfunden; wie konnte dann Saknussemm sein Anlangen im Mittelpunkt der Erde feststellen?

Aber ich behielt diesen Beweisgrund für mich, und wartete die Ereignisse ab.

Der übrige Theil des Tages verfloß in Berechnungen und Unterhaltungen. Ich war stets mit dem Professor Lidenbrock gleicher Ansicht, und beneidete Hans um seine vollkommene Leidenschaftslosigkeit, indem er, ohne viel nach Ursache und Wirkung zu fragen, sich blind vom Verhängniß leiten ließ.

Sechsundzwanzigstes Capitel - Verirrt

Offen gestanden, die Dinge standen bisher gut, und ich durfte mich nicht beklagen. Wenn die Schwierigkeiten nicht „im Durchschnitt" zunahmen, so konnte es nicht fehlen, daß wir unser Ziel erreichten. Und welcher Ruhm dann! Ich war so weit gekommen, daß ich à la Lidenbrock urtheilte. Ernstlich. Gehörte das mit zu der seltsamen Umgebung, worin ich lebte? Vielleicht.

Während einiger Tage führte uns ein vermehrt abschüssiger Weg, der mitunter selbst erschrecklich senkrecht war, tief in's Innere des Erdkerns. An manchen Tagen kam man eine und eine halbe bis zwei Meilen dem Centrum näher. Das Hinabsteigen war gefährlich, aber die Geschicklichkeit unseres Hans und seine merkwürdige Kaltblütigkeit kamen uns dabei sehr zu statten. Dieser Isländer von unverwüstlichem Gleichmuth opferte sich ohne Umstände auf, und wir hatten es ihm zu danken, daß wir über manchen schlimmen Fall hinaus kamen, was uns allein nicht möglich gewesen wäre.

Während der beiden Wochen nach unserer letzten Unterhaltung fiel nichts besonders Merkwürdiges vor. Nur ein einziges Ereigniß von ernstester Bedeutung ist mir unvergeßlich, und aus gutem Grund. Nicht den kleinsten Umstand dabei hätte ich aus dem Sinn verlieren können.

Am 7. August waren wir allmälig bis zu einer Tiefe von dreißig Meilen gelangt, das heißt über unserem Kopf waren dreißig Meilen an Felsen, Ocean, Festland und Städten. Wir mußten damals zweihundert Meilen von Island entfernt sein.

Diesen Tag zeigte sich im Tunnel sehr wenig Fall.

Ich ging voran. Mein Oheim trug einen der beiden Rühmkorff'schen Apparate, ich den andern. Ich betrachtete die Granitschichten.

Auf einmal, als ich mich umsah, fand ich mich allein.

„Gut, dachte ich, ich bin zu rasch gegangen, oder Hans und mein Oheim sind stehen geblieben. So muß ich sie aufsuchen. Zum Glück geht der Weg nicht merklich aufwärts.“

Ich ging also meinen Weg zurück, eine Viertelstunde lang. Ich sah um mich. Kein Mensch. Ich rief. Keine Antwort. Meine Stimme verhallte unter einer Menge Echo's, welche sie plötzlich wach rief.

Jetzt ward ich unruhig; es überlief mich ein Schauder am ganzen Körper.

„Nur ruhig, sagte ich laut. Sicherlich werde ich meine Gefährten wieder finden. Es giebt ja nur einen Weg! Da ich voran war, muß ich wieder rückwärts."

Eine halbe Stunde lang ging ich in dieser Richtung. Ich horchte, ob man mir nicht zuriefe, und in dieser dichten Atmosphäre konnte ich schon von weitem her es hören. Todesstille herrschte in dem unermeßlichen Gang.

Ich blieb stehen. Ich konnte nicht glauben, daß ich mich ganz allein befand. Verirrt wollte ich wohl sein, nicht verloren. Verirrt, da findet man sich wieder.

Ich sagte mir wiederholt: „Da es nur einen Weg giebt und da sie diesen gehen, so muß ich wieder zu ihnen kommen. Ich brauche nur ferner rückwärts zu gehen, es sei denn, daß sie, als sie mich nicht sahen und nicht daran dachten, daß ich vorausging, auf den Gedanken kamen, zurück zu gehen. Nun, selbst in diesem Fall, wenn ich eile, werd' ich sie wieder finden. Das ist klar!"

Ich wiederholte mir diese letzten Worte, wie ein Mensch, der nicht überzeugt ist. Uebrigens brauchte ich lange Zeit, um diese so einfachen Gedanken zu verbinden und in Form eines Urtheils zu bringen.

Nun kam mir ein Zweifel. War ich wirklich voran? Gewiß, Hans folgte mir nach hinter meinem Oheim her. Er war sogar einige Augenblicke stehen geblieben, um sein Gepäck auf seiner Schulter wieder zu befestigen. An alles dies erinnerte ich mich. Ich hätte in dem Augenblick weiter gehen müssen.

„Uebrigens, dacht' ich, hab' ich ja ein sicheres Mittel, mich nicht zu verirren, meinen treuen Bach, der mich in dem Labyrinth leiten kann. Ich brauche nur an ihm aufwärts zurück zu gehen, so muß ich nothwendig meinen Gefährten auf die Spur kommen."

Diese Gedanken gaben mir wieder Muth, und ich beschloß, ohne einen Augenblick Zeitverlust mich auf den Weg zu machen.

Wie pries ich da meines Oheims Vorsicht, als er den Jäger hinderte, das für die Quelle in die Wand gehauene Loch wieder zuzumachen. Also sollte die heilsame Quelle, nachdem sie uns unterwegs erquickt, mich durch die Irrgänge der Erdrinde hindurch führen.

Bevor ich mich aufmachte, wollte ich mich etwas abwaschen.

Ich bückte mich, um im Hansbach mein Angesicht zu netzen.

Man denke sich meine Bestürzung! Ich griff nur auf dürren und rauhen Granit! Der Bach floß nicht mehr zu meinen Füßen.

Siebenundzwanzigstes Capitel - Im dunkeln Labyrinth

Meine Verzweiflung war unbeschreiblich. Kein Wort der menschlichen Sprache könnte meine Gefühle ausdrücken. Ich war lebendig begraben; unter den Qualen des Hungers und Durstes hinzusterben war mein Loos.

Unwillkürlich berührte ich mit meinen brennenden Händen den Boden. Wie trocken schien dieser Fels!

Aber wie hab' ich den Lauf des Baches verfehlt? Denn kurz, er war nicht mehr da! Nun begriff ich den Grund der auffallenden Stille, als ich zum letzten Mal horchte, ob nicht ein Ruf meiner Gefährten zu meinem Ohr dringe. Also hatte ich, als ich den ersten unvorsichtigen Schritt auf diesem Wege ging, die Abwesenheit des Baches nicht bemerkt. Offenbar hatte sich der Weg vor mir gabelförmig getheilt, und ich schlug die eine Richtung ein, während der Hansbach, den Launen einer andern folgend, mit meinen Genossen unbekannten Tiefen zueilte!

Wie konnte ich zurückkommen? Spuren gab's keine. Auf diesem Granit drückte sich der Fuß nicht ein. Ich zerbrach mir den Kopf, die Lösung des unlöslichen Problems zu finden. Meine Lage war in dem einzigen Wort begriffen: verloren!

Ja! Verloren in einer Tiefe, die unermeßlich schien!

Diese dreißig Meilen dicke Erdrinde lastete mit fürchterlichem Gewicht auf meinen Schultern. Ich fühlte mich zermalmt.

Ich versuchte meine Gedanken auf die Angelegenheiten der Oberwelt zu richten. Kaum war es mir möglich. Hamburg, das Haus der Königsstraße, mein armes Gretchen, diese ganze Welt über mir, ging rasch vor meiner verstörten Erinnerung vorüber. In lebhaftem Träumen überblickte ich die Begebnisse der Reise, die Ueberfahrt, Island, Herrn Fridrickson, den Snäfields! Ich sagte mir, wenn ich in meiner Lage noch einen Schatten von Hoffnung bewahrte, sei es ein Zeichen des Wahnsinns, und da sei Verzweiflung noch besser!

In der That, welche Menschenmacht konnte mich auf die Oberfläche der Erde zurück führen, diese enormen Bögen zerspalten, welche sich über meinem Kopfe wölbten? Wer konnte mich auf den Heimweg leiten und mit meinen Gefährten wieder zusammen bringen?

„O! mein Oheim!" rief ich in Verzweiflung.

Dies Wort war der einzige Vorwurf, der über meine Lippen kam, denn ich begriff, was der unglückliche Mann leiden mußte, indem auch er mich suchte.

Als ich mich so von aller menschlichen Hilfe verlassen sah, unfähig, etwas für meine Rettung vorzunehmen, dachte ich an den Beistand des Himmels.

Die Erinnerungen aus meinen Kinderjahren, an meine Mutter, die ich nur in frühesten Jahren gekannt, lebten mir wieder auf. Ich wendete mich zum Gebet, so wenig Ansprüche ich machen konnte, daß Gott, zu dem ich so spät mich wendete, mein heißes Flehen erhören werde. Diese Hinwendung zur Vorsehung machte mich etwas ruhig, und ich vermochte alle meine Geisteskräfte auf meine Lage zu concentriren.

Ich hatte Lebensmittel auf drei Tage, und eine gefüllte Flasche. Länger konnte ich allein nicht existiren. Aber mußte ich auf- oder abwärts?

Aufwärts ohne Zweifel; immer aufwärts!

So mußte ich an die Stelle gelangen, wo ich von der Quelle abgekommen war, zu der unseligen Spaltung des Weges. Dort, hatte ich einmal den

Bach zu meinen Füßen, konnte ich immer weiter nach oben, bis zur Höhe des Snäfields gelangen.

Wie hab' ich doch nicht früher daran gedacht! Darin lag doch offenbar eine Aussicht auf Rettung. Am dringendsten war's also, den Hansbach wieder zu finden.

Ich richtete mich auf und ging, auf meinen Stock gestützt, den Gang hinaus. Der Abhang war ziemlich steil. Ich schritt mit Hoffnung und ohne Verlegenheit, wie ein Mensch, der keine andere Wahl hat.

Eine halbe Stunde lang stieß ich auf kein Hinderniß. Ich versuchte, meinen Weg an der Form des Tunnels, an dem Vorsprung gewisser Felsen, an der Eigenthümlichkeit der Krümmungen wieder zu erkennen. Aber es fiel mir durchaus kein besonderes Zeichen auf, und ich erkannte bald, daß mich diese Galerie nicht zu jener Wegespaltung führen konnte. Sie war ohne Ausgang. Ich stieß wider eine undurchdringliche Wand, und fiel auf den Felsboden.

Welch' fürchterlicher Schrecken, welche Verzweiflung mich da ergriff, kann ich nicht ausdrücken. Ich war vernichtet. Meine letzte Hoffnung zerschellte an dieser Granitwand.

Verloren in diesem Labyrinth, dessen Irrgänge sich in allen Richtungen kreuzten, konnte ich ein unmögliches Entrinnen nicht mehr versuchen. Ich mußte den jämmerlichsten Tod erleiden! Und seltsamer Weise kam mir in den Sinn, es werde, wenn mein fossil gewordener Körper einmal aufgefunden würde, eine bedeutende wissenschaftliche Streitfrage darüber entstehen, daß man dreißig Meilen im Schooße der Erde ihn vorgefunden!

Ich wollte laut reden, aber es kamen nur rauhe Töne von meinen trockenen Lippen. Ich keuchte.

Mitten in dieser großen Angst befiel ein neuer Schrecken meinen Geist. Meine Lampe hatte beim Fallen Schaden gelitten und ich war nicht im Stande, sie zu repariren. Ihr Licht wurde bleicher und drohte mir auszugehen!

Ich sah, wie der Lichtstrom in der Serpentine des Apparats schwächer wurde. Auf den dunkeln Wänden entwickelte sich eine Procession beweglicher Schatten. Ich wagte nicht mehr, mein Auge zu schließen, in Besorgniß, das geringste Atom dieser entfliehenden Helle zu verlieren! Jeden Augenblick kam mir's vor, als wolle es erlöschen, und dunkle Nacht würde mich dann umfangen.

Endlich zitterte ein letzter Schimmer in der Lampe. Ich folgte ihm, fing ihn mit den Blicken auf, sammelte alle Kraft meiner Augen auf ihn, als sei das die letzte Lichtempfindung, welche ihnen vergönnt würde, und ich war versenkt in unermeßliche Finsterniß.

Ein fürchterlicher Schrei entfuhr mir! Oben auf der Erde, inmitten des tiefsten Dunkels der Nächte, verliert das Licht niemals ganz seine Rechte! Es ist zerstreut, es ist fein; aber, so wenig davon noch übrig ist, die Netzhaut des Auges faßt es endlich auf! Hier, nichts! Die absolute Dunkelheit machte aus mir einen Blinden in vollem Sinn des Worts.

Nun verlor ich den Kopf. Ich stand auf und streckte die Hände aus, versuchte mit Schmerzen zu tasten. Ich fing an zu fliehen, stürzte in dem wirren Labyrinth auf's Gerathewohl stets abwärts, wie ein unterirdischer Höhlenbewohner, rief, schrie, heulte, quetschte mich an den Felsenvorsprüngen, fiel und stand blutend wieder auf, stets gewärtig, auf eine nicht bemerkte Wand zu stoßen und mir den Kopf daran zu zerschellen.

So lief ich unsinnig, ohne zu wissen, wohin. Nach einigen Stunden, ganz erschöpft an Kräften, fiel ich wie eine träge Masse bewußtlos neben der Wand nieder.

Achtundzwanzigstes Capitel - Ein Spiel der Akustik

Als ich wieder zum Bewußtsein kam, war mein Angesicht naß, von Thränen benetzt. Wie lange dieser Zustand dauerte, kann ich nicht sagen. Ich hatte gar kein Mittel mehr, mir Rechenschaft von der Zeit zu geben.

Nie gab's eine Einsamkeit gleich der meinigen, nie eine so vollständige Verlassenheit!

Nach meinem Fall hatte ich viel Blut verloren. Ach! ich jammerte, daß ich nicht gestorben war, „daß ich noch zu sterben hatte!“ Ich wollte nicht mehr denken, wies jeden Gedanken von mir, überwältigt von Jammer wälzte ich mich auf dem Boden.

Bereits fühlte ich mich wieder einer Ohnmacht und damit der völligen Vernichtung nahe, als ein starkes Getöse in mein Ohr drang. Es glich einem anhaltenden Donnern, ich vernahm, wie die Tonwellen sich allmälig in fernen Tiefen verloren.

Woher dies Getöse? Es kam ohne Zweifel von einer Naturerscheinung im Schooße des Erdbaues her! Von einer Gasexplosion, dem Herabsturz einer gewaltigen Steinschichte!

Ich lauschte, um zu vernehmen, ob sich das Getöse wiederhole. So verlief eine Viertelstunde in völliger Stille. Ich hörte nicht einmal mehr mein Herzklopfen.

Plötzlich glaubte ich, als mein Ohr zufällig an die Wand kam, unbestimmte, unvernehmliche Worte in weiter Ferne zu hören. Ich zitterte.

„Eine Sinnentäuschung!“ dachte ich.

Doch nein. Als ich achtsamer lauschte, hörte ich wirklich Stimmengemurmel. Aber zu vernehmen, was man sagte, war mir aus Schwäche nicht möglich. Doch waren's Worte, die man sprach, ganz gewiß.

Eine Weile fürchtete ich, es seien meine eigenen Worte, die mir ein Echo zurückwarf. Hatte ich wohl ohne mein Wissen geschrieen? Ich preßte meine Lippen fest zusammen und lehnte mein Ohr abermals wider die Wand.

„Ja, sicherlich, man spricht! man spricht!“

Als ich längs der Wand einige Fuß weiter ging, hörte ich deutlicher. Es gelang mir unbestimmte, seltsame, unbegreifbare Worte zu vernehmen. Sie drangen zu mir, als seien sie leise gesprochen, sozusagen gemurmelt. Oefters wiederholt mit schmerzlicher Betonung hörte ich das Wort: „förlorad".

Wer sprach? Offenbar Hans oder mein Oheim. Aber wenn ich sie hörte, konnten auch sie mich hören.

„Hilfe! zu Hilfe!" schrie ich aus Leibeskräften.

Ich horchte, lauschte nach einer Antwort, einem Schreien, einem Seufzer. Kein Laut ließ sich vernehmen einige Minuten lang. Eine Welt von Gedanken erschloß sich in meinem Geist. Ich dachte, meine Stimme sei zu schwach, um bis zu meinen Gefährten zu dringen.

„Denn sie sind's unfehlbar, wiederholte ich. Wer sonst, dreißig Meilens unter der Erde?"

Ich horchte abermals. Als ich mein Ohr längs der Wand fortbewegte, kam ich auf einen mathematischen Punkt, wo die Stimmen ihren Höhegrad an Stärke zu erreichen schienen. Abermals drang das Wort „förlorad" zu meinen Ohren; dann wieder so ein Donnergeroll, wie das, welches mich aus meiner Erstarrung geweckt hatte.

„Nein, sagte ich, nein. Quer durch die Grundmassen kann man diese Stimmen nicht vernehmen. Die Granitwand würde den stärksten Ton nicht hindurchdringen lassen! Die Töne kommen aus der Galerie selbst! Es muß dabei eine ganz besondere Wirkung der Akustik im Spiel sein!"

Ich horchte abermals, und diesesmal ja! hörte ich meinen Namen deutlich hinaus gerufen!

Mein Oheim rief! Er sprach mit dem Führer, von dem das dänische „förlorad" herrührte.

Jetzt begriff ich Alles. Um mir vernehmlich zu werden, mußte ich hart neben der Wand sprechen, welche meine Stimme, wie der elektrische Draht, fortleitete.

Aber ich hatte keine Zeit zu verlieren. Entfernten sich meine Gefährten noch eine kurze Strecke, so war die Akustik nicht mehr möglich. Ich trat also nahe an die Wand heran, und sprach so deutlich, wie möglich, die Worte:

„Mein Oheim Lidenbrock!"

Ich wartete in höchster Spannung. Der Ton läuft nicht äußerst schnell, und die dichtere Luft erhöht nicht seine Schnelligkeit, sondern nur seine Stärke. Einige Secunden verflossen, bis endlich diese Worte zu meinem Ohr drangen:

„Axel, Axel! Bist Du's?"

. . . .

„Ja! ja!" erwiderte ich.

. . . .

„Mein Kind, wo bist Du?"

. . . .

„Verloren, im tiefsten Dunkel!"

. . . .

„Aber Deine Lampe?"

. . . .

„Verloschen."

. . . .

„Und der Bach?"

. . . .

„Verschwunden."

. . . .

„Axel, armer Axel, fasse wieder Muth!"

. . . .

„Warten Sie ein wenig, ich bin erschöpft! Habe nicht mehr die Kraft zu antworten. Aber sprechen Sie zu mir!“

. . . .

„Muth, fuhr mein Oheim fort. Rede nicht, lausche mir. Wir haben Dich auf- und abwärts in der Galerie gesucht; konnten Dich nicht finden. Ich habe sehr um Dich geweint, mein Kind! Endlich, in Voraussetzung, Du seist noch längs dem Hansbach, sind wir wieder abwärts gegangen und haben unsere Flinten abgefeuert. Jetzt können unsere Stimmen zwar akustisch zusammen kommen, aber die Hände noch nicht sich berühren! Doch verzweifle nicht, Axel! Sich hören zu können, ist schon Etwas!“

. . . .

Während dessen hatte ich überlegt. Eine gewisse, noch unbestimmte Hoffnung kam mir wieder. Vor Allem war mir ein Punkt von Wichtigkeit. Ich hielt meine Lippen an die Wand und sprach:

„Mein Oheim?“

. . . .

„Mein Kind? hörte ich nach einer kleinen Weile.“

. . . .

„Vor Allem, wie weit sind wir von einander?“

„Das kann man leicht erfahren.“

. . . .

„Haben Sie Ihren Chronometer?“

. . . .

„Ja.“

. . . .

„Nun, nehmen Sie ihn. Sprechen Sie meinen Namen und verzeichnen genau die Secunde. Ich will ihn wiederholen, sobald er zu mir gelangen wird, und Sie verzeichnen ebenso genau den Augenblick, wo meine Antwort eintreffen wird.“

. . . .

„Gut, und die Hälfte der Zeit zwischen meiner Frage und Deiner Antwort wird angeben, wieviel meine Stimme braucht, um bis zu Dir zu gelangen.“

. . . .

„Richtig, Oheim.“

. . . .

„Bist Du bereit?“

. . . .

„Ja.“

. . . .

„Nun, gieb Acht, ich spreche Deinen Namen.“

. . . .

Ich hielt mein Ohr an die Wand, und sobald das Wort „Axel“ bei mir anlangte, antwortete ich unverzüglich „Axel“, dann wartete ich.

. . . .

„Vierzig Secunden“, sagte darauf mein Oheim. Vierzig Secunden verflossen zwischen den beiden Worten; der Ton brauchte also zwanzig Secunden, um zu mir zu gelangen. Nun, da tausendundzwanzig Fuß auf die Secunde kommen, so macht das zwanzigtausendvierhundert Fuß, d.i. eine und fünf achtel Meilen.

. . . .

„Anderthalb Meilen!“ murmelte ich.

. . . .

„Nun, das kann man schon fertig bringen, Axel!“

„Aber, muß ich auf- oder abwärts?“

. . . .

„Abwärts, und zwar deshalb: Wir sind an einen weiten Raum gekommen, wo eine Menge Galerien münden. Ohne Zweifel wird die, welche Du eingeschlagen hast, Dich dahin führen, denn es scheint, alle diese Spalten, diese Risse im Erdkörper, bilden einen Strahl um die ungeheure Höhle, wo wir uns befinden. Mache Dich auf und setze Deinen Weg fort. Gehe, schleppe Dich fort; wenn's Noth thut, rutsche über steile Abhänge, und Du wirst unsere Arme finden, Dich am Ende des Weges aufzunehmen. Auf, mein Kind, auf den Weg!“

. . . .

Diese Worte belebten mich wieder.

„Adieu, Oheim, rief ich; ich gehe. Sobald ich diese Stelle verlassen habe, können wir nicht mehr durch Worte verkehren. Adieu also!“

. . . .

„Auf Wiedersehen, Axel! auf Wiedersehen!“

. . . .

Dies waren die letzten Worte, welche ich hörte. Diese merkwürdige Unterredung, welche mitten durch die Masse der Erde in einer Entfernung von mehr als einer Meile geführt wurde, schloß mit diesen Worten voll Hoffnung. Ich dankte Gott im Gebet, denn er hatte mich in dem unermeßlichen Dunkel an den Punkt geleitet, der vielleicht der einzige war, wo die Stimme meiner Gefährten zu mir gelangen konnte.

Diese sehr erstaunliche Wirkung der Akustik ist durch die Gesetze der Physik leicht zu erklären; sie rührte von der Form des Ganges und der Leitungsfähigkeit des Gesteins her. Es giebt manche Beispiele solcher Fortpflanzung der Töne, welche in dem Zwischenraum nicht vernehmbar sind. Ich erinnere mich, daß diese Naturerscheinung an manchen Stellen beobachtet worden ist, unter anderen in der inneren Galerie der Paulskirche zu London, und besonders mitten in den merkwürdigen

Höhlen Siciliens, den Latomien bei Syrakus, von welchen die merkwürdigste unter dem Namen „Ohr des Dionysius“ bekannt ist.

Diese Erinnerungen kamen mir in den Kopf, und es war mir klar, daß, weil meines Oheims Stimme bis zu mir drang, kein Hinderniß zwischen uns lag. Indem ich dem Weg des Tones mich anschloß, so mußte ich logisch ebenso wohl, wie er, ankommen, wenn mir die Kräfte nicht ausgingen.

Ich richtete mich also auf und schleppte mich fort. Der Abhang war ziemlich jäh; ich ließ mich hinabgleiten.

Bald nahm die Schnelligkeit, womit ich hinabrutschte, in erschreckendem Verhältniß zu, und drohte ein wirkliches Fallen zu werden. Es fehlte mir die Kraft mich zurückzuhalten.

Plötzlich schwand mir der Boden unter den Füßen. Ich fühlte, daß ich über die Unebenheiten einer senkrechten Galerie abprallend hinabrollte. Mein Kopf schlug wider einen spitzen Felsen und ich verlor das Bewußtsein.

Neunundzwanzigstes Capitel - Rettung

Als ich wieder zu mir kam, befand ich mich in einem halbdunkeln Raum auf dicken Decken gelagert. Mein Oheim wachte und forschte auf meinem Angesicht nach einem Rest von Leben. Bei meinem ersten Aufathmen ergriff er meine Hand, bei meinem ersten Blick stieß er ein Freudengeschrei aus.

„Er lebt! er lebt! rief er.

– Ja, versetzte ich mit schwacher Stimme.

– Mein Kind, sagte mein Oheim, und drückte mich an seine Brust, Du bist also gerettet!“

Der Ton, womit er diese Worte sprach, rührte mich lebhaft, und mehr noch die Sorge, womit sie begleitet waren. Aber es bedurfte auch solcher Prüfungen, um bei dem Professor solche Ergießungen hervorzurufen.

In dem Augenblick kam Hans dazu. Er sah meine Hand in der meines Oheims; ich darf versichern, daß seine Augen eine lebhafte Befriedigung ausdrückten.

„God dag, sprach er.

– Guten Tag, Hans, guten Tag, murmelte ich. Und jetzt, lieber Oheim, laß mich wissen, wo wir uns eben befinden.

– Morgen, Axel, morgen; heute bist Du noch zu schwach; ich habe Deinen Kopf mit Bäuschchen umgeben, die man nicht aus der Ordnung bringen darf! schlaf' nur, lieber Junge, und morgen sollst Du alles hören.

– Aber wenigstens, fuhr ich fort, wie viel Uhr, welcher Tag ist's?

– Elf Uhr Abends, und heute ist Sonntag, 9. August. Jetzt erlaube ich Dir nicht, vor dem 10. d.M. mich weiter zu fragen."

Ich war wirklich sehr schwach, und meine Augen schlossen sich unwillkürlich.

Ich mußte mich eine Nacht ausruhen; ich ließ mich also mit dem Gedanken beruhigen, daß meine Trennung vier lange Tage gedauert hatte.

Am folgenden Morgen beim Erwachen blickte ich um mich her. Mein Lager, aus allen Reisedecken bereitet, befand sich in einer reizenden Grotte, die mit prächtigen Tropfsteinen verziert war, der Boden mit feinem Sand bestreut. Es war darin Halbdunkel. Keine Lampe oder Fackel brannte, und doch kam einige unerklärliche Helle von außen, durch eine enge Oeffnung der Grotte eindringend. Ich hörte auch ein unbestimmtes Murmeln gleich leisem Wellenschlag wider ein Ufer, und mitunter ein Windessausen.

Ich fragte mich, ob ich völlig wach sei, ob ich noch träume, ob nicht etwa mein Gehirn von dem Fall Schaden gelitten, so daß dies nur Einbildungen seien. Jedoch, weder meine Augen noch Ohren konnten in der Hinsicht sich täuschen.

„Es ist ein Strahl vom Tageslicht, dacht' ich, welches durch diese Felsspalte hinabdringt! Aber der Wellenschlag, und das Wehen des Windes! Irre ich mich, oder sind wir wieder zur Erdoberfläche gekommen? Hat mein Oheim sein Vorhaben aufgegeben, oder ist er damit glücklich zu Ende?".

Ich stellte mir diese unlösbare Frage, als der Professor dazu kam.

„Guten Morgen, Axel! sagte er freudig. Ich wollte wetten, daß Dir's gut geht!

– O ja, sagt' ich, und richtete mich auf.

– Das konnte nicht fehlen, denn Du hast ruhig geschlafen. Wir haben, Hans und ich, abwechselnd gewacht, und gesehen, daß Deine Genesung merklich fortschritt.

– Ich fühle mich wirklich wieder kräftig, und zum Beweis will ich dem Frühstück, das Sie mir freundlich zukommen lassen, Ehre machen!

– Du sollst zu essen haben, lieber Junge! Du bist frei vom Fieber. Hans hat Deine Wunden mit einer Salbe, die bei den Isländern ein Geheimniß ist, gerieben, und sie sind auffallend rasch vernarbt. Es ist doch ein wackerer Mensch, unser Jäger."

Während er sprach, bereitete mir mein Oheim einige Nahrung, die ich, trotz seiner Mahnungen, gierig verschlang. Inzwischen überhäufte ich ihn mit Fragen, welche er mir zu beantworten beflissen war.

Nun hörte ich, daß ich durch göttliche Fügung gerade an das Ende einer fast senkrechten Galerie gefallen war. Da ich mitten in einem Strom von Steinen herab kam, von welchen der kleinste mich hätte zerquetschen können, so war daraus abzunehmen, daß ein Theil der Steinmasse mit mir gerutscht war. Auf diese erschreckliche Art gelangte ich bis in die Arme meines Oheims, in welche ich bewußtlos und mit Blut bedeckt fiel.

„Wahrhaftig, sagte er, es ist zum Staunen, daß Du nicht hundertmal um's Leben gekommen bist. Aber, um's Himmels willen! jetzt wollen wir uns nimmer trennen, denn wir würden Gefahr laufen, uns nie wieder zu sehen."

„Wir wollen uns nimmer trennen!“ Also war die Reise noch nicht zu Ende? Ich machte große Augen vor Staunen. Mein Oheim fragte sofort:

„Was hast Du denn, Axel?

– Eine Frage an Sie. Sie sagen, ich sei gesund und wohl?

– Ohne Zweifel.

– Alle meine Glieder sind wohl behalten?

– Ganz gewiß.

– Und mein Kopf?

– Dein Kopf steht, einige Quetschungen abgerechnet, in völliger Ordnung zwischen Deinen Schultern.

– Ich bin in Sorge, mein Gehirn habe gelitten.

– Gelitten?

– Ja. Sind wir nicht wieder auf der Erdoberfläche?

– Nein, gewiß nicht!

– Dann muß ich ein Narr sein, denn ich bemerke Tageslicht, ich höre Windeswehen und Wellenschlag!

– Ah! Nichts weiter?

– Können Sie mir das erklären? ...

– Ich erkläre Dir nichts, was nicht zu erklären; aber Du wirst sehen und begreifen, daß die Geologie noch nicht ihr letztes Wort gesprochen hat.

– So wollen wir ausgehen, rief ich, und richtete mich rasch auf.

– Nein, Axel, nein! Die freie Luft würde Dir schaden.

– Die freie Luft?

– Ja, der Wind ist ziemlich stark. Du darfst Dich ihm nicht so aussetzen.

– Aber ich versichere, daß ich mich zum Staunen wohl fühle.

– Ein wenig Geduld, lieber Junge. Ein Rückfall würde uns hemmen, und es ist keine Zeit zu verlieren, denn die Ueberfahrt kann lang dauern.

– Die Ueberfahrt?

– Ja, ruhe Dich heute noch aus, und wir können morgen zu Schiffe gehen.

– Zu Schiff?“

Dies Wort brachte mich außer mir.

Wie? Zu Schiffe gehen! Hatten wir denn einen Fluß, See, ein Meer zur Verfügung? Lag ein Fahrzeug in einem Hafen vor Anker?

Meine Neugierde war im höchsten Grad gespannt. Vergeblich suchte mein Oheim mich zurück zu halten. Als er sah, daß meine Ungeduld mir mehr schaden würde, als die Befriedigung meiner Wünsche, gab er nach.

Ich kleidete mich rasch an. Zur Vorsicht hüllte ich mich in eine der Decken und ging aus der Grotte heraus.

Dreißigstes Capitel - Das Meer Lidenbrock

Anfangs konnte ich nichts sehen. Meine des Lichts entwöhnten Augen schlossen sich unverzüglich. Als ich sie wieder zu öffnen vermochte, war ich noch mehr bestürzt als erstaunt.

„Das Meer! rief ich aus.

– Ja, erwiderte mein Oheim, das Meer Lidenbrock, und ich glaube gern, kein Seefahrer wird mir die Ehre der Entdeckung streitig machen, und das Recht, ihm meinen Namen beizulegen.“

Eine große Wasserfläche, der Anfang eines See's oder Meeres, breitete sich vor unsern Blicken bis über die Grenzen des Gesichtskreises aus. Das buchtenreiche Ufer bot den letzten Wellenschlägen einen feinen Sand dar voll kleiner Muscheln, welche den ersten Wesen der Schöpfung zur Behausung gedient hatten. Die Wellen brachen sich daran mit dem lauten Gemurmel, welches den umschlossenen Räumen eigenthümlich ist. Beim Wehen eines mäßigen Windes flog ein leichter Schaum auf, und es benetzten einige Flocken desselben mein Gesicht. An diesem flachen

Ufer, hundert Klaftern vom Rande der Wellen, verliefen sich die Strebemauern enormer Felsen, welche zu einer unmeßbaren Höhe sich erhoben. Einige zerrissen mit scharfer Kante das Ufer und bildeten Vorgebirge, welche der Wellenschlag benagte. Weiter hinaus verfolgte das Auge ihre klar gezeichnete Masse auf dem nebeligen Hintergrund des Horizonts.

Es war ein wirkliches Meer mit der eigenwilligen Gestalt der Ufer auf der Oberwelt, aber öde und von erschrecklich wildem Aussehen.

Meine Blicke konnten sich weithin über dieses Meer ergehen, weil ein ganz besonderes Licht es bis auf's kleinste Detail erleuchtete. Nicht das Sonnenlicht mit seinen glänzenden Büscheln und seiner prachtvollen Strahlenergießung, noch das blasse und unstete des Nachtgestirns, das ein rückgestrahltes ohne Wärme ist. Nein. Die Leuchtkraft dieses Lichtes, seine zitternde Verbreitung, seine klare und trockene Weiße, die geringe Höhe seiner Temperatur, sein Glanz, der an Gehalt den des Mondlichtes übertraf – dies Alles bekundete klar einen elektrischen Ursprung. Es war gleichsam ein Nordlicht, ein dauerndes kosmisches Phänomen, welches diese Höhle erfüllte, die einen Ocean zu enthalten fähig war.

Das Gewölbe über meinem Kopf, der Himmel, wenn man will, schien aus großem Gewölk zu bestehen, beweglichen und wechselnden Dünsten, welche in Folge ihrer Verdichtung nach einigen Tagen sich in heftigen Regen entladen mußten. Ich hatte geglaubt, unter einem so starken Druck der Atmosphäre könne die Verdünstung des Wassers nicht vor sich gehen, und doch war, aus einem mir noch unbekannten physikalischen Grund, reichlich Gewölk in der Luft verbreitet. Damals aber war es schönes Wetter. Die elektrischen Streifen erzeugten auf den sehr hohen Wolken staunenswerthe Lichtspiele. Lebhafte Schatten fielen auf ihre unteren Schichten, und oft drang zwischen zwei getrennten Schichten ein Strahl mit merkwürdiger Stärke bis zu uns. Aber im Ganzen war's nicht Sonnenlicht, denn es fehlte ihm an Wärme. Seine Wirkung war traurig, ganz besonders melancholisch. Anstatt eines Firmaments mit seinem Sternenglanz fühlte ich über diesen Wolken ein granitenes Gewölbe, das mit seiner ganzen Wucht auf mir lastete, und so unermeßlich dieser Raum war, hätte er doch für den bescheidensten Trabanten nicht zum Spaziergang hingereicht.

Wir waren in einer enormen Höhle, in Wirklichkeit doch im Gefängniß. Ihre Breite konnte man nicht beurtheilen, weil das Gestade unabsehbar sich erweiterte, und auch ihre Länge nicht, weil der Blick bald durch eine etwas unbestimmte Linie des Horizonts aufgehalten war. Ihre Höhe mußte mehr als einige Meilen betragen. Wo dies Gewölbe sich auf seine granitenen Strebemauern stützte, konnte das Auge nichts wahrnehmen; aber es hing manches Gewölk in der Atmosphäre, dessen Höhe auf zweitausend Klaftern zu schätzen war, eine Höhe, welche die der Erdendünste übertraf und ohne Zweifel der beträchtlichen Dichtigkeit der Luft zuzuschreiben ist.

Der Ausdruck „Höhle“ ist offenbar nicht passend, um diesen unermeßlichen Raum zu bezeichnen. Aber wer sich in die Abgründe des Erdballs hinabwagt, für den reichen die Worte der menschlichen Sprache nicht mehr aus!

Ich wußte übrigens nicht, durch welche geologische Thatsache ich das Vorhandensein einer solchen Aushöhlung erklären sollte. War es möglich, daß dieselbe durch das Erkalten des Erdkörpers entstand? Ich kannte wohl aus den Berichten der Reisenden einige berühmte Grotten, aber keine von solcher Ausdehnung.

A. von Humboldt hat die Grotte zu Guachara in Columbia untersucht, und eine Strecke von zweitausendfünfhundert Fuß ausgekundet; wenn dabei nicht hinsichtlich ihrer Tiefe ein Geheimniß vorbehalten blieb, so erstreckte sie sich wahrscheinlich nicht viel weiter. Die ungeheure Mammuth-Grotte in Kentucky zeigte wohl riesenhafte Verhältnisse, denn ihre Wölbung erhob sich fünfhundert Fuß über einen unergründlichen See, und es sind Reisende darin über zehn Meilen weit gedrungen, ohne das Ende zu finden. Aber was wollten diese Höhlen neben derjenigen bedeuten, welche ich damals bewunderte, mit ihrem Dunsthimmel, ihrer elektrischen Beleuchtung und einem ungeheuren Meer innerhalb ihres

Schooßes? Für diesen unermeßlichen Umfang reichte meine Phantasie nicht aus.

Alle diese Wunder betrachtete ich im Stillen. Es mangelte mir der Ausdruck für meine Empfindungen, denn für neue Lebenserscheinungen fehlte die Bezeichnung. Ich betrachtete, dachte nach, bewunderte mit einer Bestürzung, zu der sich einiger Schrecken gesellte.

Das Unerwartete dieses Anblicks rief die Farbe der Gesundheit wieder auf mein Angesicht, und ich war im Zug mich durch Erstaunen zu kuriren und meine Genesung durch diese neue therapeutische Methode zu vollenden; zudem belebte mich die Lebenskraft einer sehr dichten Luft, indem sie meinen Lungen mehr Sauerstoff zuführte.

Es ist leicht begreiflich, daß nach einer siebenundvierzigtägigen Einkerkerung in einem engen Gange ein unendlicher Genuß darin lag, diesen Seewind voll salzhaltiger Feuchtigkeit einzuathmen.

Darum hatte ich auch nicht zu bereuen, daß ich aus meiner dunkeln Grotte herausgekommen war. Mein Oheim, der schon an solche Wunder gewöhnt war, gerieth nicht mehr in Erstaunen.

„Fühlst Du Dich stark genug zu einem kleinen Spaziergang? fragte er mich.

– Ja, gewiß, erwiderte ich; es wird mir höchst angenehm sein.

– Nun, so nimm meinen Arm, Axel, wir wollen uns längs dem Ufer halten."

Voll Eifer nahm ich's an, und wir begannen an der neuen Meeresküste zu wandeln. Links bildeten steile, über einander gethürmte Felsen eine riesenhafte Gruppe von wundervoller Wirkung, an deren Seiten zahllose Cascaden mit klarem, rauschendem Wasser herabströmten. Einige leichte Dünste, die zwischen den Felsen hervordrangen, zeigten warme Quellen an, und Bäche rieselten sanft zu dem gemeinschaftlichen Becken.

Unter diesen Bächen erkannte ich unseren treuen Reisegefährten, den Hansbach, der sich gemächlich in dem Meer verlief, als hätte er seit Anfang der Welt es so gemacht.

„Er wird von nun an uns fehlen, sagte ich seufzend.

– Bah! erwiderte der Professor, ob dieser oder ein anderer, gleichviel.“

Die Antwort kam mir etwas undankbar vor.

Aber in dem Augenblick erregte ein unerwarteter Anblick meine Aufmerksamkeit. In einer Entfernung von hundert Schritten, an der Ecke eines hohen Vorgebirgs, lag vor unseren Augen ein hoher, dichter Wald. Derselbe bestand aus Bäumen mittlerer Höhe von einem Wuchs gleich regelmäßigen Sonnenschirmen mit deutlich abgezirkelten Umrissen; die Lichtströmung schien ihrem Laube nicht beizukommen, denn trotz eines Windes blieben sie unbeweglich, wie ein Gebüsch versteinerter Cedern.

Ich beeilte mich hinzukommen, ich wußte diese ganz sonderbaren Wesen nicht zu benennen. Gehörten sie nicht zu den bereits bekannten zweimalhunderttausend Pflanzengattungen, und mußte man ihnen in der Flora der Sumpfgewächse eine besondere Stelle anweisen? Nein. Als wir nahe kamen, war meine Ueberraschung so groß, als mein Erstaunen.

In der That hatten wir Producte der Erde vor uns, aber von riesenhaftem Maßstab. Mein Oheim wußte sie sogleich richtig zu benennen.

„Nur ein Wald von Champignons“, sagte er.

Und er täuschte sich nicht. Nun mache man sich einen Begriff, welche Entwickelung diese theuren Pflanzen in warmer, feuchter Umgebung erreichen können. Ich wußte, daß nach Bulliard das Lycoperdon giganteum acht bis neun Fuß Umfang erreichen kann; hier aber waren weiße Champignons, dreißig bis vierzig Fuß hoch, mit einer Kappe von entsprechendem Durchmesser. Sie standen da zu Tausenden. Kein Lichtstrahl drang durch ihren dichten Schatten und es herrschte völliges Dunkel unter diesen Domen, die gleich runden Dächern einer afrikanischen Stadt neben einander gereiht waren.

Doch wünschte ich weiter vorzudringen. Todeskälte drang aus diesen fleischigen Wölbungen herab. Eine halbe Stunde lang schweiften wir in diesem feuchten Dunkel umher, so daß wir mit wahrem Wohlbehagen uns wieder am Meeresufer einfanden.

Aber die Vegetation dieser unterirdischen Landschaft beschränkte sich nicht auf diese Champignons. Weiter hinaus sah man gruppenweise eine Menge anderer Bäume mit farblosem Laub. Sie waren leicht zu erkennen; es waren niedere Gesträuche der Erdoberfläche in außerordentlichen Dimensionen, hundert Fuß hohe Lycopodien riesenhafte Sigillarien, Farrenkräuter so hoch wie breitastige Tannenbäume, Lepidodendreen mit runden gabelförmigen Stämmen, die in lange Blätter endigten und mit rauhen Haaren besetzt waren.

„Zum Staunen, prachtvoll! rief mein Oheim. Da ist ja die ganze Flora der zweiten Epoche der Welt, der Uebergangsepoche. Da sehen wir unsere niedrigen Gartengewächse in den ersten Jahrhunderten als Bäume! Schau doch, Axel, bewundere! Eine festliche Freude für einen Botaniker!

– Sie haben Recht, lieber Oheim. Die Vorsehung scheint in diesem ungeheuren Gewächshaus die vorsündfluthigen Pflanzen aufbewahrt zu haben, welche der Scharfsinn der Gelehrten so glücklich wieder aufgefunden hat.

– Du sagst ganz richtig, es sei ein Gewächshaus; besser noch würdest Du's vielleicht eine Menagerie nennen.

– Eine Menagerie!

– Ja, ohne Zweifel. Sieh nur diesen Staub unter unseren Füßen, diese auf dem Boden zerstreuten Gebeine.

– Gebeine! rief ich aus. Ja, Gebeine vorsündfluthiger Thiere!“

Ich stürzte über diese Jahrhunderte alten Trümmer von einer unzerstörbaren Mineralsubstanz her, und wußte ohne Besinnen diese riesenhaften Knochen, welche wie ausgetrocknete Baumstämme aussahen, zu benennen.

„Hier ist der Unterkiefer des Mastodon, sagte ich; hier die Backenzähne des Dinotherium; dieser Hüftknochen kann nur dem allergrößten dieser Gattung, dem Megatherium, angehört haben. Ja, es ist wohl eine Menagerie, denn diese Gebeine sind gewiß nicht durch eine Ueberschwemmung hieher verpflanzt worden. Die Thiere, von welchen sie herrühren, haben an den Ufern dieses unterirdischen Meeres, unter dem Schatten dieser Riesenpflanzen gelebt. Sieh, da sind ja ganze Skelette. Und dennoch.

– Dennoch? sagte mein Oheim.

– Ich begreife nicht das Vorkommen solcher Vierfüßler in dieser Granithöhle.

– Weshalb?

– Weil das thierische Leben auf der Erde erst in den secundären Perioden existirt hat, als sich durch Anschwemmungen aus dem Niederschlag das Erdreich gebildet und an die Stelle der Felsen der Urperiode getreten war.

– Ah nun, Axel, auf Deinen Einwand giebt's eine sehr einfache Antwort, nämlich, daß dieses Terrain ein durch Niederschlag gebildetes ist.

– Wie? in einer solchen Tiefe unter der Erdoberfläche!

– Ja wohl, und diese Thatsache läßt sich geologisch erklären. Zu einer gewissen Zeit bestand die Erde nur aus einer elastischen Rinde, welche kraft der Gesetze der Anziehung abwechselnden Bewegungen nach oben und unten unterworfen war. Es ist wahrscheinlich, daß Einsenkungen des Bodens stattfanden, und daß ein Theil des sedimentären Terrains auf den Grund eines plötzlich geöffneten Abgrundes hinabgezogen wurde.

– Das muß wohl der Fall sein. Aber wenn vorsündsluthige Thiere in diesen unterirdischen Regionen gelebt haben, wer sagt uns, daß nicht eins von diesen Ungeheuern noch jetzt in dieser dunkeln Waldung oder hinter diesen steilen Felsen umherstreift?“

Bei diesem Gedanken prüfte ich, nicht ohne Schrecken, den Horizont in verschiedenen Richtungen; aber es zeigte sich kein lebendes Wesen an diesen öden Gestaden.

Ich war ein wenig müde und setzte mich am Ende eines Vorgebirgs nieder, an dessen Fuß sich die Wellen rauschend brachen. Von da aus umfaßte mein Blick die ganze durch eine Ausbiegung der Küste gebildete

Bai. Im Hintergrunde fand sich ein kleiner Hafen zwischen den pyramidalen Felsen. Seine Gewässer schlummerten ruhig im Schutze vor'm Wind. Eine Brigg und zwei bis drei Goeletten hätten daselbst bequem ankern können. Ich war fast darauf gefaßt, ein Fahrzeug mit vollen Segeln herauskommen zu sehen, um unter'm Südwind das Weite zu suchen.

Aber diese Täuschung verschwand rasch. Wir waren wohl die einzigen lebenden Geschöpfe dieser unterirdischen Welt. Wenn es mitunter windstille war, kam eine tiefere Stille, als die der Wüste über die trockenen Felsen und lastete auf der Oberfläche des Meeres. Ich suchte dann den Nebel der Ferne zu durchdringen, diesen vor den geheimnißvollen Hintergrund des Horizonts gezogenen Vorhang zu zerreißen. Wie drängten da sich die Fragen auf meinen Lippen? Wo endigte das Meer? Wohin führte es? Würden wir je die jenseitigen Ufer desselben zu erkennen im Stande sein?

Mein Oheim zweifelte seinerseits nicht daran. Ich wünschte und fürchtete es zugleich.

Nachdem wir eine Stunde in Betrachtung dieses merkwürdigen Anblicks hingebracht, gingen wir zu der sandigen Uferstelle zurück, um wieder in die Grotte zu gelangen. Und so schlief ich unter'm Eindruck der seltsamsten Gedanken ein und ruhte in tiefem Schlummer.

Einunddreißigstes Capitel - Zu Schiffe

Am folgenden Tag wachte ich völlig geheilt auf. Ich dachte, ein Bad würde mir sehr heilsam sein, und tauchte mich einige Minuten lang in die Gewässer dieses mittelländischen Meeres.

Als ich zurückkam, speiste ich mit trefflichem Appetit. Hans verstand sich darauf, ein Frühstück zu bereiten; er war mit Wasser und Feuer versehen, so daß er ein wenig Abwechselung in unser Frühstück bringen konnte. Zum Dessert lieferte er uns einige Tassen Kaffee, und nie hat mir dieses köstliche Gebräu angenehmer geschmeckt.

„Jetzt, sagte mein Oheim, ist die Zeit der Ebbe und Fluth, und wir dürfen die Gelegenheit, diese Erscheinung zu studiren, nicht vorüber gehen lassen.

– Wie? Ebbe und Fluth?

– Allerdings.

– Reicht der Einfluß von Sonne und Mond so weit hinab?

– Warum nicht? Sind die Körper nicht im Ganzen der allgemeinen Anziehung unterworfen? Diese Wassermasse kann sich folglich nicht dem allgemeinen Gesetz entziehen. Daher wirst Du auch sehen, daß sie, trotz des Drucks der Atmosphäre, welcher auf ihre Oberfläche wirkt, steigt, wie das atlantische Meer.“

In diesem Augenblick betraten wir den Sand am Ufer, und sahen die Wellen nach und nach mehr auf dem flachen Boden vordringen.

„Da ist ja die beginnende Fluth, rief ich aus.

– Ja, Axel, und aus dieser Anhäufung von Schaum kannst Du abnehmen, daß das Meer wohl zehn Fuß hoch steigt.

– Wunderbar!

– Nein, es ist natürlich.

– Sie haben gut reden, lieber Oheim, alles dies kommt mir außerordentlich vor, und ich kann kaum meinen Augen trauen. Wer hätte jemals sich in dieser Erdrinde ein wirkliches Meer gedacht, mit Ebbe und Fluth, Seewind und Stürmen!

– Warum nicht? Spricht ein Grund der Physik dagegen?

– Ich sehe nicht, sobald man das System der Central-Wärme aufgeben muß.

– Also bis auf diesen Punkt findet sich Davy's Theorie gerechtfertigt?

– Offenbar, und dennoch liegt darin kein Widerspruch, daß es Meere oder Landschaften im Innern der Erde giebt.

– Ohne Zweifel, aber unbewohnte.

– Gut! Warum sollten diese Wasser nicht einige Fische von einer unbekannten Gattung enthalten?

– Jedenfalls haben wir bis jetzt noch nicht einen einzigen wahrgenommen.

– Nun, wir können Angeln machen, und sehen, ob der Köder hier unten ebenso anzieht als in den Gewässern unter'm Mond.

– Wir wollen's versuchen, Axel, denn wir müssen in alle Geheimnisse dieser neuen Gegenden dringen.

– Aber wo befinden wir uns denn? lieber Oheim, denn ich habe noch nicht diese Frage an Sie gerichtet, worauf Ihre Instrumente Ihnen die Antwort schon gegeben haben müssen.

– Horizontal dreihundertundfünfzig Meilen von Island.

– So weit?

– Ich bin überzeugt, daß ich nicht um fünfhundert Klaftern irre.

– Und die Magnetnadel weist fortwährend auf Süd-Ost?

– Ja, mit einer westlichen Abweichung von neunzehn Grad und zweiundvierzig Minuten, gerade wie oben auf der Erde. Was die verticale Richtung betrifft, so ist ein merkwürdiger Fall eingetreten, den ich sorgfältig beobachtet habe.

– Und welcher?

– Die Nadel, anstatt sich, wie sonst auf der nördlichen Hemisphäre, gegen den Pol hin zu richten, hebt sich dagegen.

– Also muß man daraus schließen, daß der magnetische Anziehungspunkt sich zwischen der Erdoberfläche und dem Punkt, wo wir eben sind, findet.

– Ganz richtig, und es ist zu vermuthen, daß, wenn wir in die Polargegenden kämen, zum siebenzigsten Grad, wo James Roß den magnetischen Pol entdeckt hat, die Nadel in senkrechter Richtung stehen würde. Folglich liegt dies geheimnißvolle Centrum der Anziehung nicht sehr tief.

– Wirklich, und das ist eine von der Wissenschaft nicht geahnte Thatsache.

– Die Wissenschaft, lieber Junge, ist voll Irrthümer, die man aber nicht zu scheuen hat, weil sie allmälig der Wahrheit zuführen.

– Und wie tief sind wir jetzt unten?

– Fünfunddreißig Meilen.

– Also, sagte ich mit einem Blick auf die Karte, das schottische Hochland über unserm Kopf, und dort die mit Schnee bedeckten Gipfel der Grampiangebirge sind wunderbar hoch.

– Ja, erwiderte der Professor lachend. Eine etwas schwere Bürde, aber das Gewölbe ist solid; der große Baumeister des Weltalls hat es aus guten Materialien errichtet, und niemals hätte der Mensch ihm eine gleiche Tragfähigkeit zu geben vermocht. Was wollen die Brückenbogen und die Gewölbe der Kathedralen gegen dieses Schiff mit einem Halbmesser von drei Meilen, unter welchem ein Meer und seine Stürme sich bequem entwickeln können?

– O! Ich habe keine Angst, daß mir der Himmel auf den Kopf falle. Jetzt, lieber Oheim, was haben Sie im Plan? Denken Sie nicht auf die Erdoberfläche zurückzukehren?

– Zurückkehren? Das wäre! Im Gegentheil, die Reise fortsetzen, weil Alles bis jetzt so gut gegangen.

– Doch weiß ich nicht, wie wir unter dieser flüssigen Ebene weiter dringen werden.

– O! Ich denke nicht kopfüber mich hinein zu stürzen. Aber wenn die Oceane, richtig benannt, nur Seen sind, weil sie von Land umgeben werden, so ist mit um so mehr Grund anzunehmen, daß dieses innere Meer vom granitenen Bau umgeben ist.

– Kein Zweifel.

– Nun, auf dem jenseitigen Ufer bin ich sicher neue Ausgänge zu finden.

– Wie groß glauben Sie, daß dieser Ocean sei?

– Dreißig bis vierzig Meilen.

– Ah! sagte ich; doch meinte ich, diese Schätzung möchte wohl nicht völlig genau sein.

– Also wir haben keine Zeit zu verlieren, und gleich morgen wollen wir in die See stechen."

Unwillkürlich sah ich mich um nach dem Fahrzeug, das uns hinüberschaffen sollte.

„Nun, sagte ich, einschiffen werden wir uns. Gut! und auf welchem Boot werden wir Platz nehmen?

– Dafür bedarf's keines Bootes, lieber Junge, sondern ein gutes und solides Floß wird ausreichen.

– Ein Floß! rief ich aus. Ein Floß ist ebenso schwer zu bauen, und ich sehe nicht ...

– Du siehst nicht, Axel, aber wenn Du hören willst, könntest Du hören!

– Hören?

– Ja, die Hammerschläge würden Dir begreiflich machen, daß Hans schon an der Arbeit ist.

– Er errichtet ein Floß?

– Ja.

– Wie! hat er schon Bäume gefällt?

– O! die Bäume waren sämmtlich gefällt. Komm, und Du wirst ihn bei der Arbeit finden."

Nachdem wir eine Viertelstunde weit gegangen, bemerkte ich jenseits des Vorgebirgs, welches den kleinen Hafen bildete, Hans bei der Arbeit. Nur noch einige Schritte und ich war bei ihm. Zu meiner großen Ueberraschung lag ein halb fertiges Floß auf dem Sand; es war aus Balken einer ganz besonderen Holzart gefertigt, und eine Anzahl Bohlen, Kniestücke, Spante aller Art bedeckten den Boden. Man konnte daraus schon eine Flotte bauen.

„Oheim, rief ich, was ist das für ein Holz?

– Fichten, Tannen, Birken, allerlei zapfentragende Bäume des Nordens, die durch's Seewasser mineralisirt worden.

– Ist's möglich?

– Man nennt dies fossile Holz 'surtarbrandur'.

– Aber dann muß es, als versteinertes Holz und hart wie ein Stein, im Wasser untergehen?

– Das ist zuweilen der Fall; manches Holz der Art ist vollständig Anthracit geworden; anderes aber, wie dieses, hat nur einen Anfang der Umbildung erlitten. Schaue nur“, fuhr mein Oheim fort, und warf eins dieser kostbaren Stücke in's Meer.

Das Stück kam, nachdem es untergesunken, wieder an die Oberfläche des Wassers und schwankte auf den Wellen.

„Hast Du Dich überzeugt? sagte mein Oheim.

– Um so mehr, als es unglaublich ist!“

Am folgenden Abend war, Dank der Geschicklichkeit des Führers, das Floß fertig; es war zehn Fuß lang und fünf breit. Die mit starken Stricken zusammengeschnürten Balken von Surtarbrandur gewährten eine solide Fläche, und als dieses improvisirte Fahrzeug in's Wasser gelassen war, schwamm es ruhig auf den Wogen des Meeres Lidenbrock.

Zweiunddreißigstes Capitel - Eine Wasserpartie

Am 13. August standen wir frühzeitig auf. Es handelte sich darum, eine neue Art von Transportmittel einzuweihen.

Ein aus zwei mit Schalen verstärkten Stäben verfertigter Mast, eine aus einem dritten gebildete Raa, ein unseren Decken entliehenes Segel – dies war das Takelwerk des Flosses. An Stricken mangelte es nicht. Alles war solid.

Um sechs Uhr gab der Professor das Zeichen zum Einschiffen. Die Lebensmittel, Bagage, Instrumente, die Waffen und ein ansehnlicher Vorrath süßen Wassers, welcher in den Felsen gesammelt worden war, befanden sich an der Stelle. Hans hatte ein Steuerruder eingerichtet, womit er seinen schwimmenden Apparat leiten konnte. Er stellte sich an die Barre. Ich machte das Ankertau, womit wir am Ufer befestigt waren, los. Das Segel wurde gerichtet, und wir stießen rasch vom Ufer ab.

Im Augenblick, als wir den Hafen verließen, wollte mein Oheim demselben einen Namen geben, etwa den meinigen.

„Wahrhaftig, sagt' ich, ich habe Ihnen einen anderen vorzuschlagen.

– Welchen?

– Den Namen Gretchen's. Hafen Gretchen wird sich gut auf der Karte ausnehmen.

– Richtig: Hafen Gretchen.“

So hat sich das Andenken an meine liebe Vierländerin mit unserer abenteuerlichen Fahrt verknüpft.

Der Wind wehte aus Nord-Ost. Wir fuhren von ihm getrieben äußerst schnell. Die dichte Atmosphäre hatte bedeutende Treibkraft und wirkte auf das Segel wie ein starker Blasebalg.

Nach Verlauf einer Stunde konnte mein Oheim unsere Schnelligkeit ziemlich genau schätzen.

„Wenn es so fort geht, sagte er, machen wir in vierundzwanzig Stunden mindestens dreißig Meilen, und werden bald das jenseitige Ufer erkennen.“

Ich erwiderte nichts und nahm meinen Platz vornen auf dem Floß. Bereits sank das nördliche Ufer zum Horizont herab. Vor meinen Augen erstreckte sich ein unermeßliches Meer. Große Wolken breiteten rasch ihre grauen Schatten über seine Oberfläche. Die silbernen Strahlen des elektrischen Lichtes, hie und da von einigen Tröpfchen reflectirt, ließen in den von dem Fahrzeug aufgeregten Wirbeln leuchtende Punkte hervorglänzen. Bald war alles Land aus dem Gesicht verloren, jedes Merkzeichen verschwunden, und wäre nicht das schäumende Fahrwasser des Flosses gewesen, so hätte ich meinen können, dasselbe sei vollständig unbeweglich.

Gegen Mittag sah man ungeheure Seegrasmassen auf der Oberfläche der Wellen treiben. Ich kannte die vegetative Kraft dieser Pflanzen, welche in einer Tiefe von mehr als zwölftausend Fuß auf dem Meeresgrund kriechen, sich unter'm Druck von vierhundert Atmosphären fortpflanzen, und oft sehr ansehnliche Bänke bilden, um den Lauf der Schiffe zu hemmen; aber niemals, glaub' ich, gab's riesenhafteres Seegras, als im Meer Lidenbrock.

Unser Floß fuhr an drei- bis viertausend Fuß langem Fucus vorüber, ungeheure Schlangengewinde, die sich über die Weite des Gesichtskreises hinauszogen; es machte mir Vergnügen, ihre unendlichen Bänder mit dem Blick zu verfolgen, ohne ihr Ende zu erreichen, und meine Geduld, wo nicht meine Erwartung, wurde Stunden lang getäuscht.

Was war dies für eine Naturkraft, welche solche Pflanzen hervorbrachte, und wie muß das Aussehen der Erde in den ersten Jahrhunderten ihrer Bildung gewesen sein, als unter Zusammenwirken von Wärme und Feuchtigkeit das Pflanzenreich allein auf seiner Oberfläche zur Entwickelung kam!

Der Abend kam, und wie ich Tags zuvor bemerkt hatte, die Helle der Luft blieb unvermindert. Es war eine dauernde Naturerscheinung, auf deren Fortbestehen man rechnen konnte.

Nach dem Abendessen legte ich mich am Fuße des Masts nieder und schlief unverzüglich ein inmitten sorgloser Träume.

Hans, unbeweglich am Steuer, ließ dem Floß seinen Lauf, das übrigens, vom Winde getrieben, einer Leitung nicht bedurfte.

Seit unserer Abfahrt aus Gretchen-Hafen hatte mich der Professor Lidenbrock beauftragt, das Tagebuch der Fahrt zu führen, die geringsten Wahrnehmungen darin zu verzeichnen, die interessanten Erscheinungen einzutragen, die Richtung des Windes, die erlangte Schnelligkeit, den durchlaufenen Weg, kurz, alle Ereignisse dieser merkwürdigen Fahrt.

Ich beschränke mich nun darauf, diese täglichen, sozusagen von den Ereignissen dictirten Bemerkungen hier wiederzugeben, um einen desto genaueren Bericht von unserer Ueberfahrt zu geben.

Freitag, 14. August. – Gleichmäßig. N.-O.- Wind. Das Floß fährt rasch geradeaus. Die Küste bleibt 30 Meilen unter dem Wind. Nichts am Horizont. Die Stärke des Lichts unverändert. Schönes Wetter, d.h. die Wolken sehr hoch, wenig dicht und in einer Atmosphäre, die weiß ist wie geschmolzenes Silber.

Thermometer +32° hundertth.

Um Mittag fügt Hans eine Angel an eine Schnur, und wirft sie mit einem Bröckchen Fleisch als Köder in's Meer. Binnen zwei Stunden fängt er nichts. Also sind diese Gewässer ohne Bewohner? Nein. Man spürt eine Erschütterung. Hans zieht die Schnur heraus und hebt einen Fisch aus dem Wasser, der gewaltig zappelt.

„Ein Fisch! rief mein Oheim.

– Es ist ein Stör! rief ich, ein kleiner Stör!“

Der Professor betrachtet das Thier achtsam und ist nicht meiner Ansicht. Dieser Fisch hat einen platten zugerundeten Kopf und den vorderen Theil des Leibes mit knochenartigen Plättchen besetzt; sein Maul ist ohne Zähne; am schwanzlosen Körper befinden sich ziemlich entwickelte Brustflossen. Dies Thier gehört wohl zu einer Klasse, welcher die Naturforscher den Stör zugewiesen haben, aber es unterscheidet sich auch in wesentlichen Punkten von diesem.

Mein Oheim irrt sich nicht und äußert nach kurzer Untersuchung:

„Dieser Fisch gehört zu einer seit Jahrhunderten ausgestorbenen Familie, wovon man nur fossile Reste im Terrain der Uebergangsepoche findet.

– Wie? sagte ich, wir hätten einen solchen Bewohner der Meere der Urzeit gefangen?

– Ja, erwiderte der Professor, indem er zu beobachten fortfuhr, und Du siehst, daß diese fossilen Fische keineswegs mit den gegenwärtigen Gattungen einerlei sind. Ein solches Wesen lebend zu besitzen, ist für einen Naturforscher ein wahres Glück.

– Aber zu welcher Familie gehört er?

– Zur Ordnung der Ganoiden, Familie der Cephalaspiden, Gattung ...

– Nun?

– Gattung Pterychtis, wollt' ich beschwören! Aber dieser zeigt eine Eigenthümlichkeit, welche, wie man sagt, nur bei den Fischen der unterirdischen Gewässer angetroffen wird.

– Welche?

– Er ist blind!

– Blind!

– Nicht allein blind, sondern es fehlt das Sehorgan gänzlich.“

Ich schaue, völlig richtig. Aber das kann wohl ein besonderer Fall sein. Man wirft die Angel von Neuem aus. Dies Meer ist allerdings sehr fischreich, denn binnen zwei Stunden fangen wir eine Menge Pterychtis, sowie von der gleichfalls ausgestorbenen Familie der Dipieriden, deren Gattung jedoch mein Oheim nicht erkennen kann. Alle sind ohne Gesichtsorgan. Dieser unverhoffte Fischfang ergänzt reichlich unseren Lebensmittelvorrath.

Also dies scheint ausgemacht, dieses Meer enthält nur fossile Gattungen, worunter die Fische wie Reptilien um so vollkommener sind, als ihre Schöpfung älter ist.

Vielleicht stoßen wir auch auf einige von den Sauriern, welche die Wissenschaft mit einem Stück Knochen oder Knorpel zu ergänzen verstanden hat?

Ich ergreife das Fernrohr und untersuche das Meer. Es ist öde. Ohne Zweifel sind wir noch zu nahe bei den Küsten.

Ich richte meine Blicke in die Lüfte. Warum sollten nicht einige von den Vögeln, welche der unsterbliche Cuvier wieder hergestellt hat, diese schwere Luft mit ihren Flügeln schlagen? An den Fischen fänden sie reichlich Nahrung. Ich beobachte, aber die Lüfte sind ohne Bewohner, wie die Gestade.

Inzwischen führt mich meine Phantasie in die wundervollen Hypothesen der Paläontologie hinein. Ich träume im vollen Wachen. Es dünkt mir, ich sehe auf der Oberfläche der Gewässer jene enormen vorsündfluthigen Schildkröten gleich schwimmenden Inselchen. Am düsteren Strande wandeln die großen Säugethiere der Urzeit, das Leptotherium, das man in den Höhlen Brasiliens fand, das Mericotherium aus den Eisgegenden Sibiriens. Weiterhin der Dickhäuter Lophiodon, dieser Riesentapir versteckt sich hinter den Felsen, bereit, dem Anoplotherium seine Beute streitig zu machen: dieses seltsame Thier hat etwas mit dem Rhinoceros, dem Pferd, dem Flußpferd und dem Kameel gemein, als hätte der Schöpfer eilfertig mehrere Thiergattungen in einer vereinigt. Das riesige Mastodon windet seinen Rüssel und zerbröckelt mit seinen Hauern die Felsen, während das Megatherium mit seinen enormen Tatzen die Erde aufwühlt und mit seinem Gebrüll das hallende Echo der Granite wachruft. Oben erklettert das Urbild des Affen, der Protopitheke, die steilen Gipfel. Weiter oben gleitet der Pterodaktylus mit der geflügelten Hand, wie eine große Fledermaus über der dichten Luft. Endlich, in den höchsten Schichten, entfalten ungeheure Vögel, stärker als der Kasuar, größer als der Strauß, ihre weitgebreiteten Flügel, um mit dem Kopf wider das Granitgewölbe zu stoßen.

Diese ganze fossile Welt kommt mir in der Phantasie wieder zum Bewußtsein. Ich versetze mich in die Schöpfungsepochen der Bibel, welche weit über die Schaffung des Menschen hinausreichen, als die noch unvollständig entwickelte Erde für den Menschen noch nicht genügend war, ja noch ehe lebende Wesen darauf erschienen. Die Säugethiere, dann die Vögel, hierauf die Reptilien der zweiten Epoche verschwanden, endlich die Fische, Schalthiere, Mollusken. Auch die Zoophyten der Uebergangsepoche kehren wieder in ihr Nichts zurück. Es giebt keine Jahreszeiten, kein Klima; die dem Erdkörper eigenthümliche Wärme wächst unaufhörlich und wiegt die der Sonne auf. Die Vegetation überbietet sich. Ich wandle wie ein Schatten unter baumartigen Farrenkräutern, betrete mit schwankendem Schritt die bunten Märgel und Sandsteine des Bodens; ich lehne mich wider einen Stamm ungeheurer Zapfenbäume, und schlafe unter'm Schatten hundert Fuß hoher Lykopodien.

Die Jahrhunderte verfließen wie Jahre! Ich steige die Reihe der Umbildungen der Erde aufwärts. Die Pflanzen verschwinden; die Granitfelsen verlieren ihre Härte; der feste Zustand geht unter Einwirkung einer stärkeren Hitze in den flüssigen über; die Gewässer fließen auf der Oberfläche des Erdballs; sie sieden, verflüchtigen sich; Dünste umhüllen die Erde, die allmälig nur eine gasartige Masse bildet, so groß und glänzend wie die Sonne.

Im Centrum dieses Nebelgestirns, vierzehnhunderttausendmal ansehnlicher, als die Erdkugel, welche es einst bilden soll, fühle ich mich in die Planetenräume fortgezogen!

Was für ein Traum? Wohin führt er mich? Meine fieberhafte Hand bringt diese seltsamen Details zu Papier! Ich habe Alles vergessen, den Professor, den Führer und das Floß.

„Was ist Dir denn?“ sagte mein Oheim.

Meine offenen Augen starren ihn an, ohne ihn zu sehen.

„Gieb Acht, Axel, Du wirst in's Meer fallen!“

Zugleich faßte mich Hans mit kräftiger Hand, sonst wäre ich in meinem Traum in die Wellen hinabgestürzt.

„Ist er ein Narr geworden? schrie der Professor.

– Was giebt's denn? sagte ich endlich, als ich wieder zu mir kam.

– Bist Du krank?

– Nein, ich war einen Augenblick in Traumgesichte verloren, jetzt ist's vorüber. Sonst geht Alles gut?

– Ja! Guter Wind, gutes Meer! Wir gleiten rasch voran, und irre ich nicht in meiner Schätzung, so müssen wir bald landen."

Bei diesen Worten stand ich auf, forschte am Horizont; aber die Linie des Wassers vermischte sich stets mit der des Gewölbes.

Dreiunddreißigstes Capitel - Ein Riesenkampf

Samstag, 15. August. – Das Meer ist fortwährend einförmig. Kein Land in Sicht. Der Horizont scheint sehr zurückgewichen.

Der Kopf ist mir noch schwer von meinem gewaltigen Traum.

Mein Oheim hat nicht geträumt, aber er ist übler Laune. Er blickt mit seinem Fernrohr in allen Richtungen und kreuzt die Arme mit verdrießlicher Miene.

Ich bemerke, daß der Professor Lidenbrock dazu neigt, wieder der ungeduldige Mann, wie vormals, zu werden, und zeichne die Thatsache auf. Es hatte meiner Gefahren und Leiden bedurft, um ihm einige Funken Menschlichkeit zu entlocken; aber seit meiner Genesung ist er wieder der Alte.

„Sie scheinen unruhig, lieber Oheim? sagte ich, da ich ihn oft das Fernrohr vor die Augen halten sah.

– Unruhig? Nein.

– Also ungeduldig.

– Man könnte es wenigstens sein.

– Doch fahren wir so schnell ...

– Gleichviel. Nicht die Schnelligkeit ist zu gering, sondern das Meer zu groß!“

Nun erinnerte ich mich, daß der Professor vor unserer Abfahrt die Länge dieses unterirdischen Meeres auf dreißig Meilen geschätzt hatte. Aber wir hatten bereits einen dreimal so langen Weg gemacht, und die südlichen Ufer waren noch nicht zu sehen.

„Wir kommen damit nicht abwärts! fuhr der Professor fort. Das ist nur Zeit verloren, und, kurz, ich bin nicht so weit hergekommen, um eine Vergnügungsfahrt auf einem Teich zu machen!“

Er nannte also diese Ueberfahrt eine Vergnügungspartie und dies Meer einen Teich.

„Aber, sagte ich, da wir den von Saknussemm angegebenen Weg eingeschlagen haben ...

– Das ist die Frage. Sind wir auf diesem Weg geblieben? hat Saknussemm diese Wasserfläche angetroffen? Ist er darüber gefahren? Hat uns nicht der Bach, welchen wir zum Führer nahmen, völlig irre geführt?

– Jedenfalls haben wir nicht zu bedauern, daß wir so weit gekommen sind. Das ist ein prachtvolles Schauspiel, und ...

– Um das Schauen handelt sich's nicht. Ich habe mir einen Zweck vorgesteckt, und ich will ihn erreichen! Also sprich mir nicht von bewundern!“

Ich ließ mir's gesagt sein, und kümmerte mich nicht darum, daß der Professor sich vor Ungeduld die Lippen zerbiß. Um sechs Uhr Abends forderte Hans seinen Lohn, und seine drei Reichsthaler wurden ihm ausgezahlt.

Sonntag, 16. August. – Nichts Neues. Gleiches Wetter. Der Wind wird etwas frischer. Beim Erwachen ist meine erste Sorge, die Stärke des Lichtes zu constatiren. Ich besorge stets, die elektrische Erscheinung möge dunkler werden, dann verlöschen. Kein Grund dazu. Der Schatten des Flosses ist auf der Wasserfläche klar gezeichnet.

Wahrhaftig, dieses Meer ist unendlich groß! Es muß so breit als das Mittelländische, oder gar Atlantische sein. Warum nicht?

Mein Oheim sondirt öfters. Er befestigt eine der schwersten Spitzhauen an's Ende eines Strickes und läßt ihn zweihundert Klafter tief hinab. Kein Grund. Es kostet viel Mühe, die Sonde wieder herauf zu bekommen.

Als die Haue wieder herauskam, macht mir Hans bemerklich, wie sich auf derselben stark eingedrückte Stellen befanden. Man konnte meinen, das Stück Eisen sei zwischen zwei harten Körpern stark eingeklemmt gewesen.

Ich sah den Jäger an.

„Tänder!" sprach er.

Ich verstand ihn nicht, wendete mich an meinen Oheim, der ganz in Betrachtungen versunken war. Ich mochte ihn nicht stören, wendete mich daher wieder zu dem Isländer. Dieser machte mir durch wiederholtes Oeffnen und Schließen seines Mundes begreiflich, was er meinte.

„Zähne!" sagte ich mit Bestürzung, als ich achtsamer das Stück Eisen betrachtete.

Ja wohl! es sind die Spuren von Zähnen dem Metall eingedrückt! Die Kinnbacken, worin dieselben stecken, müssen ausnehmend stark sein! Tief unten da treibt sich wohl ein Ungeheuer von den untergegangenen Gattungen um, gefräßiger als der Haifisch, fürchterlicher als der Wallfisch. Ich kann meinen Blick von dem halb zerfressenen Stück Eisen nicht wegwenden. Soll mein Traum der letzten Nacht sich verwirklichen?

Diese Gedanken peinigen mich den ganzen Tag, und meine Phantasie kann sich kaum in einem mehrstündigen Schlaf beruhigen.

Montag, 17. August. Ich suche mir die eigenthümlichen Instincte dieser vorsündfluthigen Thiere wieder zum Bewußtsein zu bringen, welche auf die Weichthiere, Schalthiere und Fische folgend, dem Auftreten der Säugethiere vorausgingen. Die Welt gehörte damals den Reptilien. Diese Ungeheuer beherrschten die Meere der zweiten Epoche. Die Natur hatte ihnen die vollständigste Organisation verliehen. Welch' riesenhafter Bau! welche wunderhafte Kraft! Die größten und furchtbarsten der gegenwärtigen Saurier, Alligatore oder Krokodile sind doch nur schwache Nachbilder ihrer Ahnen der Urzeit!

Ich schaudere bei dem Gedanken, daß ich diese Ungeheuer heraufbeschwöre. Kein menschliches Auge hat sie lebend gesehen. Sie erscheinen tausend Jahrhunderte vor dem Menschen auf der Erde; aber aus ihren fossilen Knochen, die man in dem thonigen Kalkstein, welchen die Engländer Lias nennen, wieder auffand, ist es möglich gewesen, sie anatomisch wieder herzustellen und ihren riesenhaften Bau kennen zu lernen.

Ich habe im Museum zu Hamburg das Skelet eines dieser Saurier gesehen, welches dreißig Fuß lang war. Trifft etwa mich, den Erdbewohner, das Loos, einen der Repräsentanten einer vorsündfluthigen Familie vor mir zu sehen? Nein, unmöglich! Doch sind die starken Zähne desselben auf das Eisen eingegraben, und an ihrem Abdruck erkenne ich, daß sie konisch sind, gleich denen des Krokodils.

Mit Schrecken sind meine Augen auf das Meer gerichtet. Ich habe Angst, es möge ein solcher Bewohner der unterseeischen Höhlen aus demselben hervortauchen.

Ich vermuthe, daß der Professor Lidenbrock meine Gedanken, wenn auch nicht meine Besorgnisse theilt, denn nachdem er die Haue untersucht, schweift sein Blick über den Ocean.

„Verflucht, sagte ich bei mir selbst, daß er den Gedanken hatte, zu sondiren! Er hat ein oder das andere Thier aus seiner Ruhestätte aufgestört, und wenn wir nicht während der Fahrt angegriffen werden! ...“

Mit einem Blick auf die Waffen versichere ich mich, daß sie in gutem Zustand sind. Mein Oheim sieht's und giebt seine Billigung zu erkennen.

Bereits zeigen weit reichende Bewegungen der Oberfläche des Wassers, daß die tieferen Schichten beunruhigt sind. Die Gefahr ist nahe. Es gilt zu wachen.

Dienstag, 18. August. Es naht der Abend, oder vielmehr die Zeit, wo der Schlaf auf unsere Augenlider drückt, denn auf diesem Ocean giebt's keine Nacht, und das unversöhnliche Licht ermüdet unablässig unsere Augen, als wenn wir unter der Sonne des nördlichen Eismeeres führen. Hans steht am Steuer, und während er wacht, schlafe ich.

Zwei Stunden hernach weckt mich eine fürchterliche Erschütterung. Das Floß wird mit unbeschreiblicher Gewalt emporgehoben und zwanzig Klaftern weggeschleudert.

„Was giebt's? rief mein Oheim. Sind wir aufgefahren?"

Hans weist mit dem Finger auf eine zweihundert Klaftern entfernte schwärzliche Masse, die abwechselnd auf- und niedertaucht. Ich blicke hin und schreie auf:

„Es ist ein riesenmäßiges Meerschwein ...

– Ja, versetzte mein Oheim, und dort eine Meereidechse von seltener Größe.

– Und weiter hinaus ein ungeheuerliches Krokodil! Sehen Sie seine große Kinnlade und dic Reihen Zähne, womit es gewaffnet ist! Ah! es verschwindet!

– Ein Wallfisch! ein Wallfisch! rief darauf der Professor. Ich sehe seine ungeheuren Flossen! Sieh den Strahl von Wasser und Luft, den er ausstößt!"

Wirklich, man sah zwei Strahlen zu beträchtlicher Höhe über's Meer emporschießen. Staunen, Bestürzung, Entsetzen ergriff uns beim Anblick dieser Heerde Seeungeheuer. Sie sind von übernatürlicher Größe und das kleinste derselben würde mit einem Biß das ganze Floß zertrümmern.

Hans will das Segel zur schleunigen Flucht aus der gefährlichen Gegend richten; aber er sieht auf der andern Seite nicht minder furchtbare Feinde: eine vierzig Fuß große Schildkröte und eine dreißig Fuß lange Schlange, die den Kopf aus den Wogen emporstreckt.

Flucht ist unmöglich. Die Ungethüme kommen nahe, kreisen um das Floß mit einer Schnelligkeit daß ein Eilzug der Eisenbahn ihnen nicht gleich käme; sie ziehen concentrische Kreise um dasselbe. Ich ergreife meinen Karabiner. Aber was könnte eine Kugel für eine Wirkung auf die Schuppen machen, womit der Körper dieser Thiere gedeckt ist?

Wir sind stumm vor Schrecken. Da kommen sie schon heran! Auf der einen Seite das Krokodil, auf der anderen die Schlange. Die übrigen sind verschwunden. Ich will Feuer geben. Hans hält mich durch ein Zeichen zurück. Die beiden Ungeheuer schießen fünfzig Klaftern vom Floß entfernt vorüber, stürzen sich aufeinander, so daß sie in ihrer Wuth des Kampfes uns nicht gewahren.

Hundert Klaftern vom Floß entfernt entspinnt sich der Kampf. Wir sehen deutlich die beiden Ungeheuer mit einander ringen.

Aber mir kommt's vor, als kämen jetzt die anderen Thiere herbei, um Theil an dem Kampf zu nehmen, das Meerschwein, der Wallfisch, die Eidechse, die Schildkröte. Ich sehe sie jeden Augenblick dabei, zeige sie dem Hans. Der schüttelt aber den Kopf verneinend.

„Tva, sprach er.

– Was! Zwei? Er behauptet, nur zwei ...

– Er hat Recht, rief mein Oheim, der das Fernrohr stets vor den Augen hatte.

– Das wäre!

– Ja! Das erste dieser beiden Ungeheuer hat die Schnauze eines Meerschweins, den Kopf einer Eidechse; die Zähne eines Krokodils, das hat uns getäuscht. Es ist das fürchterlichste der vorsündfluthigen Reptilien, der Ichthyosaurus!

– Und das andere?

– Das andere ist eine Schlange unter der hüllenden Schale einer Schildkröte, des ersteren furchtbarer Feind, der Plesiosaurus!“

Hans hatte Recht. Nur zwei Ungeheuer sind's, welche so die Oberfläche des Meeres beunruhigen, und ich habe vor den Augen zwei Seereptile der Urzeit. Ich sehe das blutige Auge des Ichthyosaurus, so groß wie ein Menschenkopf, das von der Natur mit einem äußerst starken optischen Apparat versehen ist, so daß es dem Druck der Wasserschichten in der Tiefe widerstehen kann. Man hat dieses Thier mit Recht den Wallfisch der Saurier genannt, denn es ist eben so rasch und groß. Es mißt nicht weniger als hundert Fuß, und ich kann auf seine Größe schließen, wenn es seine Schwanzflossen vertikal über die Wellen herausstreckt. Seine enorme Kinnlade zählt, nach Angabe der Naturforscher, nicht minder als hundertzweiundachtzig Zähne.

Der Plesiosaurus, eine Schlange mit cylinderförmigem Leib und kurzem Schwanz, hat Tatzen, die wie Ruder geformt sind. Sein Leib ist ganz mit einer Schildkrötenschale bekleidet, und seinen biegsamen Schwanenhals kann er dreißig Fuß aus dem Wasser herausstrecken.

Diese beiden Thiere bekämpfen sich einander mit unbeschreiblicher Wuth. Sie regen das Wasser berghoch auf bis zu unserem Floß hin, so daß wir zwanzigmal in Gefahr kommen umzuschlagen. Man hört ein wunderhaft starkes Zischen. Die beiden Thiere verwickeln sich in einander, so daß man sie nicht unterscheiden kann. Von der Wuth des Siegers ist Alles zu fürchten.

Eine, zwei Stunden verlaufen, und der Kampf dauert mit gleicher Hitze fort. Die Kämpfenden kommen dem Floß bald näher, bald entfernen sie sich. Wir halten uns unbeweglich, zum Feuern fertig.

Plötzlich verschwinden sie beide im Schooße der Wellen. Wird der Kampf in der Tiefe beendigt werden?

Auf ein Mal schießt ein ungeheurer Kopf aus dem Wasser empor, der Kopf des Plesiosaurus. Das Ungeheuer ist tödtlich verwundet. Ich sehe nicht mehr seine ungeheure Schildhülle. Nur sein langer Hals ragt empor, duckt sich, richtet sich wieder auf, krümmt sich, geißelt die Wogen wie eine riesige Peitsche und windet sich, wie ein zerschnittener Wurm. Das Wasser spritzt weit ab, benimmt uns die Aussicht. Aber bald geht der

Todeskampf des Reptils zu Ende, seine Bewegungen werden schwächer, seine krampfhaften Verdrehungen hören auf, und das lange Stück der verstümmelten Schlange ragt wie eine träge Masse über den ruhigen Fluthen.

Hat sich der Ichthyosaurus wieder in seine Höhle in der Tiefe zurückgezogen, oder wird er wieder auf der Oberfläche des Meeres zum Vorschein kommen?

Vierunddreißigstes Capitel - Ein Geyser

Mittwoch, 19. August. – Zum Glück hat der kräftig wehende Wind uns gestattet, rasch vom Kriegstheater weg zu fliehen. Hans ist stets beim Steuer. Mein Oheim, den das Ereigniß des Kampfes aus seinen Gedanken, worin er versunken war, herausgezogen, sank wieder in seine ungeduldige Betrachtung des Meeres zurück.

Die Reise bekam wieder ihre monotone Einförmigkeit, die ich um den Preis der gestrigen Gefahren nicht aufgeben möchte.

Donnerstag, 20. August. – Wind N.-N.-O., ziemlich ungleich. Temperatur warm. Wir fahren mit einer Geschwindigkeit von dreieinhalb Meilen in der Stunde.

Gegen Mittag vernimmt man aus weiter Entfernung ein Getöse. Ich zeichne hier nur die Thatsache auf, ohne sie zu erklären. Es ist ein anhaltendes Rauschen.

„Es muß in der Ferne, sagte der Professor, ein Felsen oder Inselchen sein, woran das Meer sich bricht.“

Hans klettert auf den Mast, kann aber keine Klippe wahrnehmen. Der Ocean ist eben bis zur Linie des Horizonts.

Drei Stunden verlaufen. Das Rauschen scheint von einem fernen Wasserfall herzurühren.

Ich bemerke dies meinem Oheim, der schüttelt aber den Kopf. Doch bin ich überzeugt, daß ich nicht irre. Fahren wir wohl einem Wasserfall zu, der uns in den Abgrund stürzen wird? Mag diese Art abwärts zu kommen dem Professor zusagen, weil sie der senkrechten Richtung näher kommt, möglich, aber ich ...

Jedenfalls muß einige Meilen entfernt in der Richtung des Windes ein Ereigniß sein, wodurch das Getöse verursacht wird, denn jetzt läßt sich das Rauschen sehr heftig vernehmen. Kommt es vom Himmel oder dem Ocean her?

Ich blicke auf zu den in der Atmosphäre schwebenden Dünsten und suche ihre Tiefe zu ergründen. Der Himmel ist ruhig. Das Gewölk, welches sich ganz oben an's Gewölbe gezogen hat, scheint unbeweglich und verliert sich in der starken Lichtstrahlung. Die Ursache der Erscheinung ist also anderwärts zu suchen.

Ich frage darauf den reinen, durchaus nebelfreien Horizont. Sein Aussehen hat sich nicht geändert. Aber wenn das Getöse von einem Wasserfall herrührt, wenn dieses ganze Meer in ein tieferes Becken hinabstürzt, wenn das Brausen von einer herabfallenden Wassermasse kommt, so muß der Strom lebhafter werden, und seine zunehmende Schnelligkeit kann mir den Maßstab der Gefahr geben, wovon wir bedroht sind. Ich untersuche die Strömung. Es ist keine vorhanden.

Gegen vier Uhr kletterte Hans den Mast hinan, überblickt oben den ganzen Kreis, welchen der Ocean vor dem Floß beschreibt, und hält an einem Punkte an. Sein Angesicht zeigt nichts von Ueberraschung, aber sein Auge haftet da fest.

„Er hat etwas gesehen, sagte mein Oheim.

– Ich glaube."

Hans steigt wieder herab, streckt seinen Arm südlich und sagt:

„Der nere!

– Dort unten?" wiederholte mein Oheim.

Und er ergriff sein Fernrohr, blickte achtsam eine Minute lang, die mir sehr lange dauerte.

„Ja, ja! rief er aus.

– Was sehen Sie?

– Einen ungeheuren Wasserstrahl, der aus dem Wasser aufsteigt.

– Noch ein Seeungeheuer?

– Vielleicht.

– Also richten wir das Vordertheil mehr westlich, denn wir wissen, wie wir daran sind mit der Gefahr, diesen Ungeheuern der Urzeit zu begegnen.

– Lassen wir's gehen", erwiderte mein Oheim.

Ich begebe mich wieder zu Hans, der mit unbeugsamer Strenge sein Steuer handhabt.

Jedoch, wenn man von so weiter Entfernung aus – sie ließ sich mindestens auf zwölf Meilen schätzen – den emporgeworfenen Wasserstrahl wahrnehmen kann, so muß es ein Thier von übernatürlicher Größe sein. Zu fliehen verlangte die ganz gewöhnliche Vorsicht. Aber wir sind nicht gekommen, um vorsichtig zu sein.

Also fahren wir voran. Je näher wir kommen, desto größer der Strahl. Was für ein Ungeheuer muß das sein, das eine solche Menge Wasser in sich aufnehmen und unaufhörlich wieder ausstoßen kann!

Um acht Uhr Abends sind wir weniger als zwei Meilen von demselben entfernt. Sein schwärzlicher, enormer, bergähnlicher Körper streckt sich gleich einem Inselchen in's Meer hin. Ist's Täuschung, ist's Schrecken? es scheint über tausend Klaftern lang zu sein! Was für eine Gattung von Wallfischgeschlecht ist das, die weder von Cuvier noch von Blumenbach vorgesehen wurde? Unbeweglich, wie schlafend liegt es da; das Meer scheint es nicht emporheben zu können, und die Wogen umspielen seine Seiten. Die fünfhundert Fuß hohe Wassersäule fällt mit betäubendem Getöse als Regen nieder. Unsinnig, auf eine solche Masse, die hundert Wallfische nur einen Tag nicht sättigen könnten, loszufahren.

Der Schrecken befällt mich. Ich will nicht weiter! Ich werde nöthigenfalls das Segeltau zerhauen! Ich empöre mich gegen den Professor, der mir keine Antwort giebt.

Plötzlich steht Hans auf, zeigt mit dem Finger auf den drohenden Punkt und spricht:

„Holme.

– Eine Insel, rief mein Oheim.

– Eine Insel! sagte auch ich mit Achselzucken.

– Offenbar, versetzte der Professor und lachte laut auf.

– Aber diese Wassersäule?

– Geyser, sprach Hans.

– Ja wohl, Geyser! erwiderte mein Oheim, ein Geyser gleich denen, wie sie auf Island vorkommen.“

Anfangs sträubte ich mich dagegen, mich so gröblich getäuscht zu haben. Ein Inselchen für ein Seeungeheuer zu halten! Aber der Augenschein zeigt es, und ich muß endlich meinen Irrthum eingestehen. Es ist hier nur eine Naturerscheinung.

Je näher wir kommen, zeigen sich die Verhältnisse des Wasserstrahls großartiger. Das Inselchen ist wirklich einem Wallfisch täuschend ähnlich, einem riesenhaften Thier, dessen Kopf zehn Klaftern hoch das Meer überragt. Der Geyser erhebt sich majestätisch am einen Ende. Von Zeit zu Zeit hört man dumpfes Getöse, und der enorme Wasserstrahl, vom heftigsten Zorn getrieben, schüttelt seine Dunstbüschel, bis zur obersten Wolkenschichte empordringend. Er ist vereinzelt; keine Rauchsäulen, keine heißen Quellen umgeben ihn, die gesammte vulkanische Kraft concentrirt sich in ihm. Die Strahlen des elektrischen Lichtes mischen sich mit diesem blendenden Strahlenbüschel, dessen Tropfen in allen Farben des Prisma's spielen.

„Landen wir“, sagte der Professor.

Aber man muß sorgfältig dieser Wassersäule ausweichen, welche in einem Moment das Floß versenken würde. Hans bringt uns durch geschickte Wendungen an das äußerste Ende der Insel.

Ich springe heraus auf den Felsen. Mein Oheim folgt mir flink nach, während der Jäger auf seinem Posten bleibt, als ein Mensch, der über solches Erstaunen hinaus ist.

Wir schreiten über einen mit Kieseltuff vermischten Granit; der Boden erzittert unter unseren Füßen; er ist brennend. Wir gelangen zu einem kleinen Central-Becken, woraus der Geyser sich erhebt. Ich halte in das siedende Wasser ein Thermometer, welcher eine Hitze von hundertdreiundsechzig Grad nachweist.

Also dieses Wasser kommt aus einem Herde der Gluth. Dies widerspricht auffallend den Theorien des Professors Lidenbrock. Ich konnte mich nicht enthalten, dieses bemerklich zu machen.

„Wie nun, entgegnete er, was beweist dies gegen meine Lehre?

– Nichts“, sagte ich trocken, denn ich sah, daß ich wider vollendete Hartnäckigkeit stieß.

Demungeachtet muß ich gestehen, daß wir bis jetzt ausnehmend begünstigt sind, und daß, aus einem mir unbekannten Grunde, diese Reise besonderen Bedingungen der Temperatur unterliegt; aber es scheint mir klar, gewiß, daß wir früher oder später in solche Regionen kommen werden, wo die Centralwärme den höchsten Grad erreicht und über alle Thermometermessungen hinausgeht.

„Nun, wir werden sehen“, sprach der Professor. Er benannte das vulkanische Inselchen nach seinem Neffen, dann gab er das Zeichen zum Einschiffen.

Einige Minuten noch betrachte ich den Geyser. Ich bemerke, daß sein Strahl unregelmäßig im Aufsprudeln ist, daß er manchmal an Stärke abnimmt, dann mit erneuter Kraft fortfährt, was ich der wechselnden Stärke des Drucks der in seinem Vorrathsbehälter gesammelten Dünste zuschreibe.

Endlich fahren wir ab um die sehr steilen Felsen des Südens herum. Hans hatte während unseres Aufenthaltes das Floß wieder in guten Stand gesetzt.

Aber ehe wir abstachen, mache ich einige Bemerkungen, um die durchlaufene Entfernung zu berechnen, und verzeichne sie in meinem Tagebuch. Wir haben seit unserer Abfahrt aus Gretchen-Hafen zur See zweihundertundsiebenzig Meilen zurückgelegt, und befinden uns sechshundertundzwanzig Meilen von Island entfernt, unter England.

Fünfunddreißigstes Capitel - Ein Gewitter

Freitag, 21. August. – Am folgenden Tag verschwand der prachtvolle Geyser. Der frische Wind trieb uns rasch vom Inselchen Axel weg. Das Brausen wurde nach und nach unvernehmlich.

Dies Wetter, wenn man sich so ausdrücken darf, wird sich bald ändern. Die Atmosphäre wird mit Dünsten erfüllt, welche alle durch die Verdunstung der Salzwasser gebildete Elektricität in sich aufnehmen; die Wolken senken sich merklich und nehmen eine gleichförmig olivenartige Färbung an; die elektrischen Strahlen können durch diesen dunkeln Vorhang kaum dringen, welcher vor das Theater herabgelassen ist, worauf ein Sturmdrama aufgeführt werden soll.

Es machte dies auf mich einen ganz besonderen Eindruck, so wie auf der Erde ein bevorstehender Wolkenbruch auf jedes Geschöpf wirkt. Das im Süden aufsteigende Gewölk gewährt einen unheimlichen Anblick; es sieht so unbarmherzig aus, wie oft beim Ausbruch eines Gewitters. Die Luft ist schwül, das Meer ruhig.

In der Ferne häufen sich die Wolken gleich dicken Baumwollballen in malerischer Unordnung; allmälig schwellen sie an, sind minder zahlreich, dagegen größer und so schwer, daß sie nicht vom Horizont sich losmachen können; aber ein stärkerer Wind treibt sie in die Höhe, daß sie allmälig zusammenfließen, dunkel werden und bald eine einzige Schichte von drohendem Aussehen bilden.

Offenbar ist die Atmosphäre vom elektrischen Fluidum gesättigt; ich bin davon ganz durchdrungen; meine Haare auf dem Kopf sträuben sich, wie wenn man einer Elektrisirmaschine nahe kommt. Es dünkt mir, wenn meine Gefährten mich in diesem Augenblick anrührten, würden sie einen starken Stoß bekommen.

Um zehn Uhr sind die Anzeichen des Sturmes entschiedener. Ich will zwar noch nicht den Drohungen des Himmels glauben, doch kann ich nicht umhin zu sagen:

„Ein Unwetter bereitet sich vor."

Der Professor bleibt die Antwort schuldig. Er ist sehr übel gelaunt, da er den Ocean vor seinen Augen sich unendlich ausdehnen sieht. Er zuckt nur die Achseln.

„Wir werden ein Gewitter bekommen, sagte ich, indem ich die Hand nach dem Horizont ausstreckte. Diese Wolken senken sich auf's Meer, als wollten sie's erdrücken!"

Allgemeine Stille. Auch der Wind ist stille. Die Natur sieht wie erstorben aus, und kein Lüftchen weht. Am Mast, worauf ich schon ein leichtes St. Elmsfeuer glänzen sehe, fällt das gespannte Segel in Falten herab. Das Floß ist unbeweglich auf einem Meer ohne Wellenschlag. Aber, wenn wir nicht mehr vorwärts kommen, wozu dann dieses Segel, das uns beim ersten Stoß des Sturms in Verderben bringen kann?

„Nehmen wir's herab, sagt' ich, senken wir den Mast nieder! Das wäre vorsichtig!

– Nein, zum Teufel! schrie mein Oheim, hundertmal nein! Mag der Wind uns fassen! der Sturm uns fortreißen! aber ich muß endlich die Felsen eines Ufers sehen, wenn auch unser Schiff daran in tausend Splitter zerschellen sollte."

Unverzüglich bekommt der Horizont im Süden ein anderes Aussehen. Die gesammelten Dünste lösen sich in Wasser auf, und da die Luft, um den durch die Verdichtung entstandenen leeren Raum zu füllen, in heftigem Zug dorthin strömt, so entsteht ein Orkan. Er kommt aus den entferntesten Enden der Höhle. Es wird dunkler; kaum kann ich noch einige unvollständige Notizen machen.

Das Floß wird in die Höhe gehoben, hüpft auf den Wellen. Mein Oheim wird vom oberen Theil herabgeworfen. Ich schleppe mich zu ihm hin. Er hat sich an ein Stück Tau festgeklammert und scheint dem Schauspiel der entfesselten Elemente mit Vergnügen zuzusehen.

Hans rührt sich nicht, seine vom Sturm rückwärts getriebenen langen Haare umhüllen sein unbewegliches Angesicht, und dies giebt ihm eine seltsame Physiognomie, denn alle Haarspitzen sind mit kleinen leuchtenden Strahlenbüscheln geziert. Er sieht aus wie ein verkleideter Mensch der Urzeit.

Indessen der Mast widersteht. Das Segel ist gespannt, wie eine zum Bersten gefüllte Blase. Das Floß treibt mit einer Schnelligkeit, die ich nicht schätzen kann.

„Das Segel! das Segel! rief ich, mit einem Wink, es abzunehmen.

– Nein! erwidert mein Oheim.

– Nej“, sagt Hans und schüttelt sanft den Kopf.

Der Regen bildet inzwischen einen brausenden Katarakt vor dem Horizont, auf welchen wir unsinnig zufahren. Aber ehe er noch bis zu uns gelangt, zerreißt das Gewölk, das Meer geräth in Wallung, und die durch eine umfassende chemische Thätigkeit in den oberen Schichten entwickelte Elektricität kommt mit in's Spiel. Unzählige Blitze durchkreuzen sich, und der Donner folgt Schlag auf Schlag; die ganze Dunstmasse glüht; hellleuchtender Hagel schlägt wider unsere Geräthe, und die aufgeregten Wogen scheinen Feuer zu sprühen.

Meine Augen sind geblendet, meine Ohren betäubt! Ich muß mich am Mast festhalten, der wie ein Rohr von der Gewalt des Sturms gebeugt wird!

. . . .

. . . .

(Hier werden meine Reisenotizen sehr unvollständig. Ich habe nur einige flüchtige Bemerkungen wiedergefunden, die in ihrer Kürze, selbst in ihrer Dunkelheit das Gepräge meiner Gemüthsbewegung an sich tragen, und besser als meine Erinnerung von der Lage einen Begriff geben.)

. . . .

. . . .

Sonntag, 23. August. – Wo sind wir? Wohin hat uns die unberechenbare Fahrt verschlagen?

Es war eine fürchterliche Nacht. Der Sturm will sich nicht legen. Inmitten des Tobens und Brausens unablässiges Donnergeroll. Unsere Ohren sind wund. Unmöglich ist's, ein Wort mit einander zu reden.

Unaufhörliche Blitze. Ich sehe rückwärtsgehende Zickzackstrahlen, die, von oben geschleudert, wieder rückwärts wider das Granitgewölbe schlagen. Wenn es zusammenbräche! Andere Blitze spalten sich oder nehmen die Gestalt von Feuerkugeln an, die wie Bomben zerplatzen. Das allgemeine Getöse scheint nicht zuzunehmen; es hat den Höhepunkt erreicht, welchen das menschliche Ohr fassen kann. Unablässig ist die Strömung des Lichts aus der Oberfläche der Wolken, der elektrische Stoff entladet sich unaufhörlich; unzählige Wassersäulen thürmen sich in der Atmosphäre und sinken schäumend wieder zurück.

Wohin treiben wir? ... Mein Oheim liegt der Länge nach am Ende des Flosses.

Verdoppelte Wärme. Ich sehe auf das Thermometer; es zeigt ... (die Ziffer ist ausgelöscht).

Montag, 24. August. – Das nimmt kein Ende! Warum sollte der Zustand dieser dichten Atmosphäre, wenn er einmal sich ändert, nicht ein definitiver werden.

Wir sind von Strapazen erschöpft. Hans, wie gewöhnlich. Das Floß läuft unverändert südöstlich. Wir haben vom Inselchen Axel aus über zweihundert Meilen zurückgelegt.

Zu Mittag verdoppelt sich die Gewalt des Sturmes. Man ist genöthigt, alle Gegenstände der Ladung festzubinden. Jeder von uns bindet sich ebenfalls an. Die Wellen gehen uns über den Kopf.

Seit drei Tagen ist's nicht möglich, ein Wort mit einander zu reden. Wir öffnen den Mund, bewegen die Lippen, ein verständlicher Ton kommt nicht zum Vorschein. Selbst wenn man sich in's Ohr spricht, kann man sich nicht verstehen.

Mein Oheim nähert sich mir, artikulirt einige Worte. Ich glaube, er sagte: „Wir sind verloren". Doch weiß ich's nicht gewiß.

Ich schreibe ihm die Worte auf: „Weg mit unserm Segel!"

Er giebt durch ein Zeichen seine Zustimmung.

Auf einmal fällt eine feurige Kugel auf das Floß. Mast und Segel sind augenblicklich entfernt und flattern hoch in den Lüften, wie ein urweltlicher Vogel.

Wir sind starr vor Schrecken. Die Kugel, halb weiß, halb lazurblau, von der Größe einer sechszölligen Bombe, rollt langsam, hier und dorthin, springt auf den Lebensmittelsack, gleitet langsam wieder herunter, hüpft, streift an die Pulverkiste. Grauenhaft! Wir alle in die Luft springen! Nein. Die schreckliche Kugel entfernt sich, nähert sich Hans, der sie fest anstarrt; meinem Oheim, der, um auszuweichen, auf die Kniee fällt; mir, der todtenblaß zurückschaudert vor dem Glanz und der Hitze; sie kreiselt neben meinem Fuß, den ich zurückziehen will, was aber nicht möglich ist.

Ein Geruch von Salpetergas füllt die Luft, dringt in die Kehle, die Lungen – zum Ersticken.

Weshalb kann ich meinen Fuß nicht zurückziehen? Die elektrische Kugel hat alles Eisen an Bord magnetisirt; die Instrumente, Geräthe, Waffen gerathen in Bewegung und stoßen mit hellem Klang an einander; die Nägel an meinen Schuhen hängen fest an einer Eisenplatte, die in Holz eingelassen ist. Darum kann ich meinen Fuß nicht wegziehen! Endlich gelingt mir's mit höchster Anstrengung, als eben die Kugel in ihrer Kreisbewegung ihn erreichen will ...

Da zerspringt sie mit hellem Lichtglanz; wir sind mit Flammenströmen übergossen! Darauf erlischt Alles. Ich hatte eben nur Zeit, meinen Oheim auf dem Floß hingestreckt zu sehen, und Hans, getreulich an seinem Steuer, „Feuer speiend“, da er von Elektricität durchdrungen ist!

Wohin fahren wir? Wohin?

. . . .

Dienstag, 25. August. – Ich erwache aus langer Ohnmacht. Das Gewitter dauert fort; die Blitze zischen entfesselt, wie eine Brut Schlangen.

Sind wir noch immer auf dem Meer? Ja, fortgerissen mit unberechenbarer Schnelligkeit. Wir sind unter England hergefahren, dem Kanal, Frankreich, vielleicht ganz Europa!

. . . .

Abermals wird ein Getöse vernehmbar! Offenbar bricht sich das Meer an Felsen! Aber dann ...

. . . .

. . . .

Sechsunddreißigstes Capitel - Verschlagen

Hier endigt mein Tagebuch, wie ich's oben nannte, das ich glücklich aus dem Schiffbruch gerettet habe. Ich fahre in meiner Erzählung fort, wie oben.

Was beim Scheitern des Flosses an den Felsen der Küste vorging, kann ich nicht sagen. Ich fühlte, daß ich in die Wogen stürzte; daß ich aber dem Tod entrann, daß nicht mein Körper an den spitzen Felsen zerrissen ward, verdanke ich dem starken Arm unseres Hans.

Der muthige Isländer trug mich aus dem Bereich der Wellen auf glühenden Sand, wo ich mich an der Seite meines Oheims fand.

Darauf begab er sich wieder zu den Felsen, in die tobenden Wellen, um etwas von der Habe aus dem Schiffbruch zu retten. Ich vermochte nicht zu reden; ich war von Gemüthsbewegungen und Strapazen gebrochen; ich bedurfte eine volle Stunde, um mich zu erholen.

Inzwischen regnete es fortwährend, wie bei der Sündfluth. Einige überhängende Felsen boten uns Schutz gegen diese Ströme. Hans bereitete ein Mahl, das ich nicht anrühren konnte, dann verfielen wir alle, erschöpft vom Wachen durch drei Nächte, in einen schmerzvollen Schlaf.

Am folgenden Tag war prachtvolles Wetter. Himmel und Meer hatten sich friedlich geeinigt. Jede Spur von Gewitter war verschwunden. Der Professor begrüßte mich beim Erwachen. Er war fürchterlich munter.

„Nun, lieber Junge, hast Du gut geschlafen?“

Hätte man nicht denken sollen, wir befänden uns in dem Hause der Königsstraße, ich käme da ruhig zum Frühstück herab, meine Hochzeit mit Gretchen solle heute gefeiert werden?

Ach! wäre das Floß vom Sturm nach Osten verschlagen worden, so wären wir unter Deutschland gefahren, unter meine Vaterstadt Hamburg, unter die Straße, wo mein Liebstes auf der Welt weilt. Dann wären wir kaum vierzig Meilen von einander! aber vertikal durch eine Granitwand, und in Wirklichkeit mehr als tausend Meilen getrennt!

Alle diese schmerzlichen Gedanken durchliefen meinen Geist, bevor ich auf meines Oheims Fragen antworten konnte.

„Nun, wiederholte er, Du hast wohl nicht Lust zu antworten, ob Du gut geschlafen hast?

– Sehr gut, erwiderte ich; ich bin noch ganz zerschlagen; aber das thut nichts.

– Gar nichts, ein wenig Ermüdung, das ist Alles.

– Aber Sie scheinen recht lustig diesen Morgen, lieber Oheim.

– Voll Freude, mein Junge! entzückt! Wir sind angelangt.

– Am Ziel unserer Reise?

– Nein, aber am Ende dieses Meeres, das kein Ende nehmen wollte. Jetzt werden wir wieder den Landweg einschlagen, daß wir wirklich in's Innere der Erde dringen.

– Lieber Oheim, erlauben Sie mir eine Frage.

– Das Fragen ist Dir vergönnt, Axel.

– Und die Rückreise?

– Die Rückreise! Denkst Du an Rückkehr, ehe wir angekommen sind?

– Nein, ich will nur fragen, wie sie ausgeführt werden soll.

– Auf die einfachste Weise, die es giebt. Sind wir einmal im Centrum unseres Erdballs angekommen, so finden wir entweder einen neuen Weg, um auf seine Oberfläche zurückzukehren, oder wir gehen ganz ruhig den Weg, welchen wir gekommen sind, wieder zurück. Ich denke wohl, man wird nicht hinter uns die Pforten schließen.

– Dann muß man das Floß wieder in guten Stand setzen.

– Nothwendig.

– Aber werden die Lebensmittel ausreichen, um alles dies Große zu vollenden?

– Ja, gewiß. Hans ist ein tüchtiger Bursche, der hat gewiß den größten Theil der Ladung gerettet. Uebrigens wollen wir uns dessen versichern."

Wir verließen diese, jedem Luftzug ausgesetzte Grotte. Ich hatte eine Hoffnung, die zugleich eine Besorgniß war; es schien mir unmöglich, daß nicht bei dem fürchterlichen Anprallen des Flosses die ganze Ladung zu Grunde ging. Ich irrte mich. Bei meiner Ankunft am Ufer bemerkte ich Hans mitten in einem Haufen von Gegenständen, die er hübsch geordnet hatte. Mein Oheim drückte ihm die Hand mit lebhaftem Bezeugen seiner Erkenntlichkeit. Dieser Mensch, von übermenschlicher Hingebung beseelt, wie man nicht leicht einen anderen finden würde, hatte, während wir schliefen, gearbeitet, und mit Lebensgefahr die werthvollsten Gegenstände gerettet.

Wir hatten zwar ziemlich erhebliche Verluste erlitten, z.B. unserer Waffen; aber schließlich konnte man dieselben entbehren. Der Pulvervorrath war unversehrt geblieben, nachdem wir während des Gewitters beinahe wären in die Luft gesprengt worden.

„Nun, rief der Professor, da die Gewehre mangeln, so brauchen wir nicht mehr zu jagen.

– Gut; aber die Instrumente?

– Hier ist der Manometer, das nützlichste von allen, für welches ich die anderen sämmtlich hingegeben haben würde. Mit seiner Hilfe kann ich die Tiefe berechnen, und wissen, wann wir das Centrum erreicht haben werden. Ohne dasselbe würden wir riskiren, drüber hinaus zu dringen und bei den Antipoden wieder herauszukommen!"

Diese Heiterkeit war arg.

„Aber der Compaß? fragte ich.

– Da ist er, auf diesem Felsen, in vollkommenem Zustand, sowie der Chronometer und die Thermometer. Ja, der Jäger ist ein werthvoller Mensch!"

Das mußte man wohl anerkennen; in Hinsicht der Instrumente fehlte nichts. An Werkzeug und Geräthen bemerkte ich auf dem Sande auseinander gelegt, Leitern, Stricke, Hauen, Hacken u.s.w.

Doch waren auch noch die Lebensmittel in Betracht zu nehmen.

„Und die Provision? sagte ich.

– Sehen wir nach", erwiderte mein Oheim.

Die Kisten, welche sie enthielten, befanden sich am Ufer in wohl erhaltenem Zustand; das Meer hatte sie zum größten Theile verschont, und im Ganzen konnte man an Zwieback, Fleisch, Branntwein und Fischen noch auf vier Monate zu leben haben.

„Vier Monate! rief der Professor. Wir haben daran Zeit genug, hin und zurück zu kommen, und mit dem Reste will ich allen meinen Collegen am Johanneum ein großes Diner geben!"

Ich hätte seit langer Zeit an das Temperament meines Oheims gewöhnt sein können; und dennoch setzte mich dieser Mann stets in Erstaunen.

„Jetzt, sagte er, wollen wir unseren Wasservorrath mit dem Regen ergänzen, welcher bei dem Gewitter in alle Granitbassins gefallen ist; demnach haben wir nicht zu besorgen, Durst leiden zu müssen. Das Floß mag Hans auf's Beste wieder herstellen, obgleich wir, denk' ich, es nicht mehr gebrauchen werden.

– Wie so? rief ich aus.

– Es ist so meine Idee. Ich denke, wir werden nicht denselben Weg, den wir gekommen sind, zur Rückkehr brauchen.“

Ich betrachtete den Professor mit einigem Mißtrauen. Ich fragte mich, ob er nicht ein Narr geworden sei.

„Jetzt wollen wir frühstücken“, fuhr er fort.

Nachdem er dem Jäger seine Anweisung gegeben, begleitete ich ihn auf ein hohes Cap. Hier nahmen wir eine treffliche Mahlzeit ein, die aus getrocknetem Fleisch, Zwieback und Thee bestand, und, ich muß gestehen, die beste war, welche ich je in meinem Leben genossen habe. Das Bedürfniß, die frische Luft, die Ruhe nach den Erschütterungen, Alles trug dazu bei, mir Appetit zu machen.

Während des Frühstücks richtete ich an meinen Oheim die Frage, wo wir uns eben befänden.

„Es scheint mir dies, sagte ich, schwer zu berechnen.

– Genau zu berechnen, ja, erwiderte er; das ist wohl nicht möglich, weil ich während der drei Gewittertage nicht im Stande war, die Schnelligkeit und die Richtung unseres Fahrzeugs zu notiren; doch können wir durch Schätzung unsere Lage aufnehmen.

In der That war die letzte Beobachtung am Inselchen des Geyser angestellt worden.

– Am Eiland Axel, lieber Junge. Lehne die Ehre nicht ab, der ersten im Innern des Erdbaues entdeckten Insel Deinen Namen zu geben.

– Meinetwegen! auf dem Eiland Axel hatten wir ungefähr zweihundertundsiebzig Meilen zur See gemacht, und wir befanden uns über sechshundert Meilen von Island entfernt.

– Gut! Von diesem Punkt ausgehend wollen wir vier Tage Sturm rechnen, während dessen unsere Geschwindigkeit nicht geringer sein konnte, als achtzig Meilen in vierundzwanzig Stunden.

– Ich denke. Das gäbe also dreihundert Meilen weiter.

– Ja, und das Meer Lidenbrock mäße also fast sechshundert Meilen von einem Ufer zum andern! Verstehst Du wohl, Axel, daß es an Größe sich mit dem Mittelländischen messen kann?

– Ja! zumal wenn wir's nur der Breite nach gemessen haben!

– Das ist wohl möglich!

– Und, merkwürdiger Umstand, fügte ich bei, sind unsere Berechnungen genau, so haben wir jetzt dieses Mittelländische Meer über unserm Kopf.

– Wirklich!

– Wirklich, denn wir sind bei neunhundert Meilen von Rykjawik entfernt!

– Das ist ein hübsches Stück Wegs, lieber Junge; doch ob wir nun vielmehr unter'm Mittelländischen Meer sind, als unter der Türkei oder dem Atlantischen, darüber läßt sich nur dann eine Behauptung aussprechen, wenn wir von unserer Richtung nicht abgekommen sind.

– Nein, der Wind schien sich gleich zu bleiben; ich denke also, dieses Uferland müsse südöstlich von Gretchen-Hafen liegen.

– Gut, es ist leicht, sich durch den Compaß davon zu überzeugen. So wollen wir ihn befragen."

Der Professor ging zu den Felsen, worauf Hans die Instrumente niedergelegt hatte. Er war heiter, lustig, rieb sich die Hände! wahrhaftig wie ein Jüngling! Ich folgte ihm, sehr begierig zu wissen, ob ich in meiner Schätzung nicht irre.

Als wir an dem Felsen ankamen, nahm mein Oheim den Compaß, legte ihn horizontal und beobachtete die Nadel, die nach einigem Schwanken in fester Stellung blieb nach Maßgabe des magnetischen Einflusses.

Mein Oheim schaute, dann rieb er sich die Augen und schaute von Neuem. Endlich wendete er sich voll Erstaunen nach mir hin.

„Was ist los?“ fragte ich.

Er deutete mir an, das Instrument zu untersuchen. Es entfuhr mir ein Ausdruck der Ueberraschung. Die Nadel zeigte Norden da, wo wir Süden vermutheten! Sie drehte sich nach dem Ufer zu, anstatt auf's volle Meer hinzuweisen!

Ich schüttelte den Compaß, untersuchte ihn; er war in vollkommenem Zustand. In welche Lage man die Nadel bringen mochte, sie nahm hartnäckig die unerwartete Richtung.

Also, es war kein Zweifel mehr – während des Sturms war der Wind umgeschlagen, was wir nicht bemerkt hatten, und hatte das Floß nach dem Ufer zurückgeführt, welches mein Oheim hinter sich zu lassen meinte.

Siebenunddreißigstes Capitel - Ein Gebeinfeld

Die wechselnden Gefühle, welche den Professor Lidenbrock peinigten, Bestürzung, Unglauben und endlich Zorn, kann ich unmöglich schildern. Nie hab' ich einen Menschen so haltungslos anfangs, dann so gereizt gesehen. Die Beschwerden der Ueberfahrt, die bestandenen Gefahren, Alles war von Neuem vorzunehmen! Wir waren rückwärts, anstatt voran gekommen.

Aber mein Oheim gewann rasch wieder die Oberhand.

„Ah! was für einen Streich hat mir das Verhängniß gespielt! Die Elemente verschwören sich wider mich! die Luft, das Feuer und Wasser vereinigen ihre Kräfte, meine Fahrt zu hindern! Nun gut! Man soll erfahren, was meine Willenskraft vermag. Ich werde nicht nachgeben, nicht eine Linie weit zurückweichen, und wir werden sehen, wer die Oberhand bekommen wird, der Mensch oder die Natur!“

Auf dem Felsen stehend, gereizt, drohend schien Otto Lidenbrock gleich dem wilden Ajax die Götter herauszufordern. Aber ich hielt für angemessen mich in's Mittel zu legen, um den unsinnigen Jähzorn zu zügeln.

„Hören Sie mich an, sagte ich zu ihm in festem Ton. Jeder Ehrgeiz hat hienieden seine Grenzen; gegen das Unmögliche soll man nicht ankämpfen; für eine Seereise sind wir zu schlecht ausgerüstet; fünfhundert Meilen macht man nicht auf einem schlechten Gebund Balken mit einer Bettdecke anstatt Segel, einer Stange anstatt des Masts, und den entfesselten Winden gegenüber. Wir können nicht das Fahrzeug lenken, sind ein Spielball der Stürme: es wäre Narrheit zum zweiten Male diese unmögliche Ueberfahrt zu versuchen!“

Zehn Minuten lang konnte ich solche unwiderlegbare Gründe der Reihe nach anführen, ohne unterbrochen zu werden, aber das kam einzig von der Unaufmerksamkeit des Professors, der kein Wort meiner Beweisführung hörte.

„Zum Floß!“ rief er.

Dies war seine Antwort. Ich mochte thun, was ich wollte, bitten, zornig werden, ich stieß wider einen Willen, der härter war als Granit.

Hans war eben mit der Ausbesserung des Flosses fertig geworden. Man hätte meinen können, der seltsame Mensch habe eine Ahnung von den Projecten meines Oheims. Mit einigen Stücken Surtarbrandur hatte er das Fahrzeug wieder fest gemacht. Ein Segel war schon wieder aufgesteckt und der Wind spielte in seinen wallenden Falten.

Der Professor sagte dem Führer einige Worte, und sogleich brachte dieser das Gepäck an Bord und machte Alles zur Abfahrt fertig. Die Atmosphäre war ziemlich rein und der Wind hielt sich gut aus Nordwest.

Was konnte ich machen? Allein mich zweien widersetzen? Unmöglich. Wäre nur Hans auf meiner Seite gewesen. Aber nein. Es schien, als habe der Isländer allen persönlichen Willen aufgegeben und ein Gelübde der Selbstverleugnung gethan. Von einem Diener, der so seinem Herrn leibeigen war, konnte ich nichts erlangen. Ich mußte mit vorwärts.

Ich war also im Begriff meinen gewohnten Platz auf dem Floß einzunehmen, als mein Oheim mich mit der Hand anhielt.

„Wir fahren erst morgen ab“, sagte er.

Ich machte eine Bewegung, wie Einer, der sich in Alles ergiebt.

„Ich darf nichts versäumen, fuhr er fort, und weil das Verhängniß mich auf diese Seite der Küste getrieben hat, so will ich sie erst untersuchen, ehe ich sie verlasse.“

Diese Bemerkung wird man verstehen, wenn man weiß, daß wir zwar an die Nordküste zurückgekommen waren, aber nicht an die nämliche Stelle, wo wir früher abfuhren. Gretchen-Hafen mußte westlicher liegen. Also nichts natürlicher, als die Umgebung, wo wir an's Land getrieben waren, sorgfältig zu untersuchen.

„So wollen wir auf Entdeckungen ausgehen!“ sagte ich. Wir ließen Hans bei seiner Arbeit und machten einen Ausflug. Der Raum zwischen unserem Ruheplatz am Meer und dem Fuß der Vorberge war sehr weit; man konnte eine halbe Stunde gehen, bis man an die Felsenwand kam. Unsere Füße zertraten unzählige Muscheln von allen Formen und Größen, worin die Thiere der ersten Epoche gelebt hatten. Ich bemerkte auch enorme Schildkrötendecken, deren Durchmesser oft über fünfzehn Fuß betrug. Sie gehörten den riesenhaften Glyptodons der Urzeit an. Außerdem war der Boden mit einer großen Menge von Steintrümmern bedeckt, eine Art Steinkiesel, die von den Wellen abgerundet und reihenweise an's Ufer geschichtet waren. Ich wurde dadurch auf die Bemerkung geleitet, daß das Meer ehemals diesen Raum bedeckt haben müsse. Auf den zerstreuten Felsen, welche jetzt außer Berührung mit dem Meere sind, hatten die Fluthen deutliche Spuren gelassen.

Dies konnte bis auf einen gewissen Punkt das Dasein dieses Meeres vierzig Meilen unter der Erdoberfläche erklären. Aber, meiner Ansicht nach, mußte diese Masse sich allmälig im Innern der Erde verlieren, und sie kam offenbar aus den Gewässern des Oceans her, welche durch irgend eine Spalte eindrangen. Doch mußte man annehmen, daß diese Spalte gegenwärtig verstopft sei, denn sonst würde diese Höhle, oder besser dieser ungeheure Behälter, in ziemlich kurzer Zeit angefüllt worden sein. Vielleicht auch ist dieses Wasser, indem es gegen unterirdische Feuer zu kämpfen hatte, zum Theil verdünstet. Daher die über unserem Kopf schwebenden Wolken und die Entwickelung der Elektricität, welche im Innern des Erdkerns Gewitter erzeugte.

Diese Theorie der Erscheinungen, die wir erlebten, schien mir befriedigend; denn so groß auch die Wunder der Natur sein mögen, sie sind immer durch physische Gründe erklärbar.

Wir gingen also auf einer Art von Niederschlagboden, der, wie alle Erdarten dieser Periode, welche so reichlich auf der Oberfläche des Erdballs verbreitet sind, durch Wasser gebildet wurden. Der Professor untersuchte genau jede Ritze im Felsen. Fand sich eine Oeffnung, so war sie ihm wichtig, ihre Tiefe zu erforschen.

Wir waren eine Meile weit längs dem Ufer des Meeres Lidenbrock gegangen, als der Boden plötzlich ein anderes Aussehen hatte. Er schien durch eine gewaltsame Erhöhung der unteren Schichten umgestürzt und durcheinander geworfen. An manchen Stellen bezeugten Einsenkungen oder Erhebungen eine starke Verrenkung des Grundbaus der Erde.

Wir kamen mit Mühe über diese Granitbrocken, vermischt mit Kiesel, Quarz und Niederschlag aus Anschwemmungen, hinaus, als ein Feld, oder vielmehr eine Ebene mit Gebeinen vor unseren Augen lag. Man konnte es eine ungeheure Todtenstätte nennen, wo die Generationen von zwanzig Jahrhunderten ihren ewig dauernden Staub vermischten. In der Ferne sah man hohe Trümmerhaufen aufgeschichtet, welche bis an die Grenzen des Horizonts reichten, und sich dann in einen zerfließenden Nebel verloren. Hier, auf einer Fläche von etwa drei Quadratmeilen, lag die ganze Geschichte des Thierlebens, welche in dem zu neuen Boden der bewohnten Erde kaum verzeichnet ist, zusammengehäuft.

Doch eine ungeduldige Neugierde riß uns fort. Unsere Füße zertraten geräuschvoll die Reste dieser vorhistorischen Thiere und diese Fossilien, deren seltene und interessante Trümmer die Museen der großen Städte sich streitig machen. Tausend Cuvier hätten nicht ausgereicht, die Skelette der organischen Wesen, welche auf diesem prachtvollen Todtenfeld lagen, wieder zusammenzusetzen.

Ich war bestürzt. Mein Oheim hob seine großen Arme zu dem dichten Gewölk empor, das uns den Himmel vertrat. Sein weit geöffneter Mund, seine unter der Brille hervorleuchtenden Augen, sein Kopfschütteln von oben nach unten, von der Rechten zur Linken, seine ganze Stellung gab ein grenzenloses Erstaunen kund. Er sah vor seinen Augen eine unschätzbare Sammlung von Leptotherium, Mericotherium, Mastodon, Megatherium, Lophodion, und wie alle die urweltlichen Ungeheuer heißen, aufgehäuft zu seinem persönlichen Vergnügen.

Aber wie war sein Erstaunen noch weit größer, als er unter dem Moder organischer Reste einen nackten Hirnschädel fand! Mit zitternder Stimme rief er; „Axel, Axel, ein Menschenkopf!

– Ein Menschenkopf! mein Oheim, erwiderte ich eben so sehr erstaunt.

– Ja, Neffe! Ah! Milne-Edwards! Ah, Quatrefages! Warum seid Ihr nicht, wo ich bin, Otto Lidenbrock!“

Achtunddreißigstes Capitel - Ein fossiler Mensch

Um meines Oheims Anrufung dieser berühmten französischen Gelehrten zu verstehen, muß ich bemerken, daß kurz vor unserer Abreise eine für die Paläontologie höchst wichtige Thatsache vorgefallen war.

Am 28. März 1863 wurde von den Grabarbeitern, welche unter Leitung des H. Boucher de Perches in den Steinbrüchen zu Moulin-Quignon bei Abbeville arbeiteten, vierzehn Fuß unter der Erdoberfläche ein menschlicher Kinnbacken aufgefunden. Es war dies das erste Fossil dieser Art, welches an's Tageslicht gefördert wurde. Neben demselben fand man steinerne Hacken und behauene Kiesel, bemalt und mit der Zeit von einförmiger Patina überzogen.

Diese Entdeckung erregte großes Aufsehen, nicht allein in Frankreich, sondern auch in England und Deutschland. Einige Gelehrte vom Institut français, unter anderen die Herren Milne-Edwards und de Quatrefages, nahmen sich lebhaft der Sache an, bewiesen die unbestreitbare Aechtheit des fraglichen Knochens, und traten als die eifrigsten Verfechter desselben bei diesem „Kinnbackenproceß“, wie die Engländer sich ausdrückten, auf.

Zu den Geologen des Vereinigten Königreichs, welche die Thatsache für zuverlässig hielten, Falconer, Busk, Carpenter u.s.w. gesellten sich deutsche Gelehrte, und unter ihnen in vorderster Reihe der enthusiastischste, mein Oheim Lidenbrock.

Die Echtheit eines fossilen Menschen in der vierten Epoche schien also unbestreitbar bewiesen und zugegeben.

Dieses System hatte zwar einen hitzigen Gegner in dem Herrn Elie de Beaumont. Dieser Gelehrte von so großer Autorität behauptete, das Terrain von Moulin- Quignon gehöre nicht dem „Diluvium“, sondern einer minder alten Schichte an, und in diesem Punkt mit Cuvier einig, gab er nicht zu, daß das Menschengeschlecht aus gleicher Zeit mit den Thieren der vierten Epoche stammte. Mein Oheim Lidenbrock, in Uebereinstimmung mit der großen Majorität der Geologen, hatte sich wacker gehalten, disputirt, discutirt, und Herr E. de Beaumont war fast der einzige Mann seiner Partei.

Wir kannten alle Einzelheiten der Sache, aber wir wußten nicht, daß seit unserer Abreise die Frage neue Fortschritte gemacht hatte. Andere Kinnbacken derselben Art, obwohl Individuen verschiedener Typen und von verschiedenen Nationen, wurden in lockerem und grauem Erdreich gewisser Grotten in Frankreich, der Schweiz, Belgien gefunden, sowie Waffen, Geräthe, Werkzeuge, Gebeine von Kindern, jungen Leuten, Männern, Greisen. Die Existenz des quaternären Menschen wurde täglich mehr bestätigt.

Nicht genug dies. Weitere, im tertiären Boden ausgegrabene Reste hatten kühneren Gelehrten gestattet, dem Menschengeschlecht ein noch höheres Alter zuzuschreiben. Diese Reste waren zwar nicht Menschengebeine, sondern nur Gegenstände seiner Industrie, Bein- und Hüftknochen fossiler Thiere, regelmäßig gestreift, sozusagen vom Bildhauer gemacht, und das Gepräge menschlicher Arbeit an sich tragend.

Also ist der Mensch mit einem Male die Stufenleiter einer größeren Zahl von Jahrhunderten hinaufgestiegen; er ging dem Mastodon voraus, wurde Zeitgenosse des südlichen Elephanten; seine Existenz berechnete sich auf hunderttausend Jahre.

Bei diesem Stand der paläontologischen Wissenschaft wird das Staunen und die Freude meines Oheims begreiflich, zumal da er, zwanzig Schritte weiter, auf ein Exemplar des quaternären Menschen stieß.

Es war ein völlig kenntlicher Menschenkörper. Hatte ein Boden von besonderer Beschaffenheit, wie der des Friedhofs St. Michael zu Bordeaux, ihn so wohl erhalten Jahrhunderte lang bewahrt? Ich könnte es nicht sagen. Aber dieser Leichnam, die pergamentartige Haut, die – dem Anschein nach – noch markigen Glieder, die noch erhaltenen Zähne, das reiche Haar, die erschrecklich langen Nägel an Händen und Zehen – das Alles zeigte sich unseren Augen, so wie es bei Leben gewesen.

Ich war stumm bei dieser Erscheinung aus einem anderen Zeitalter. Mein Oheim, der sonst so geschwätzig ist, schwieg ebenfalls. Wir hoben den Körper auf, betasteten seinen Rumpf, er blickte uns aus seinen Augenhöhlen an. Nach einer kleinen Pause machte sich der Professor in dem Oheim geltend. Er vergaß die Umstände, worin wir uns befanden, glaubte ohne Zweifel vor seinen Zuhörern am Johanneum zu stehen. Denn er sprach im Ton des Docenten, wie vor einem Auditorium:

„Meine Herren, ich habe die Ehre, Ihnen einen Menschen aus der quaternären Epoche vorzustellen. Große Gelehrte haben seine Existenz in Abrede gestellt; nun kann auch der Ungläubigste sich überzeugen, wenn er mit den Fingern ihn berührt und seinen Irrthum inne wird. Ich weiß nun wohl, daß die Wissenschaft bei Entdeckungen dieser Art vorsichtig sein muß! Ich weiß wohl, was die Barnum und andere Charlatane mit fossilen Menschen für ein Unwesen getrieben haben. Ich kenne alle Geschichten der Art, weiß auch, daß Cuvier und Blumenbach solche Gebeine für bloße Mammuthknochen erklärt haben. Aber hier ist kein Zweifel statthaft. Der Cadaver ist da! Sie können ihn sehen, berühren; es ist ein unversehrter Körper, ein Skelet.

Sie sehen, er ist nicht völlig sechs Fuß groß; gehört unstreitig der kaukasischen Race an, ja ich wage zu behaupten, er gehört zur japhelischen Familie, welche von Indien bis zu den Grenzen West-Europas verbreitet ist. Ja, es ist ein fossiler Mensch, ein Zeitgenosse des Mastodon. Aber auf welchem Wege er hieher gekommen ist in diese enorme Höhlung, das wage ich nicht zu bestimmen. Doch das weiß ich zu sagen, der Mensch ist da, umgeben von Werken seiner Hand, und ich kann nicht die Echtheit seines Ursprungs aus der Urzeit in Zweifel ziehen."

Als der Professor geendigt hatte, klatschte ich Beifall. Uebrigens hätten viel gelehrtere Leute, als sein Neffe ist, Mühe gehabt, mit ihm zu streiten.

Hiezu kommt weiter. Der fossile Körper war nicht der einzige auf dem großen Gebeinfeld; bei jedem Schritt stießen wir noch auf andere, so daß mein Oheim die Wahl hatte, um für die Ueberzeugung der Ungläubigen ein Musterstück zu haben.

Eine wichtige Frage drängte sich dabei auf, welche wir nicht zu entscheiden uns getrauen. Sind diese Geschöpfe zu einer Zeit, als sie schon vermodert waren, durch eine gewaltsame Erschütterung des Bodens an's Ufer des Meeres Lidenbrock hinabgerutscht, oder haben sie in dieser unterirdischen Welt, unter diesem künstlichen Himmel gelebt, wurden geboren und starben gleich unseren Erdbewohnern?

Bis jetzt hatten wir nur Seeungeheuer und Fische lebendig angetroffen! Sollte wohl auch ein Mensch an diesem öden Gestade der Unterwelt vorhanden sein?

Neununddreißigstes Capitel - Ein Proteus der Urwelt

Eine halbe Stunde lang durchwanderten wir dieses Lager von Gebeinen. Glühende Neugierde trieb uns weiter. Was für andere Wunder, welche Schätze für die Wissenschaft barg noch diese Höhle? Ich war auf jede Ueberraschung gefaßt.

Wir waren von dem Meeresufer hinter dem Gebeinfeld längst abgekommen.

Den unvorsichtigen Professor kümmerte es wenig, ob wir uns verirrten, und ich ließ mich von ihm fortziehen. Wir gingen schweigend vorwärts. Das elektrische Licht beleuchtete gleichmäßig die Gegenstände, ohne daß ein bestimmter Brennpunkt existirte, der einen Schatten bewirken konnte. Alle Dünste waren verschwunden. Die Felsen, die fernen Gebirge, einige undeutliche Gruppen von Waldung bekamen bei der gleichen Vertheilung des leuchtenden Fluidums ein seltsames Aussehen.

Nachdem wir eine Meile weit gegangen, kamen wir an den Rand eines ungeheuren Waldes. Es waren aber nicht Champignons, wie bei Gretchen-Hafen; es zeigte sich die tertiäre Vegetation in voller Pracht. Große Palmbäume, jetzt verschwundene Gattungen, Fichten, Eiben, Cypressen, Thuya's waren netzartig mit Lianen durchflochten. Ein Teppich von Moos und Leberkraut bekleidete körnig den Boden. Einige Bäche rieselten unter dem schattenlosen Gebüsch. An ihrem Uferrand wuchsen baumhohe Farrenkräuter gleich denen in unseren Gewächshäusern. Nur waren alle diese Bäume, Gebüsche, Pflanzen farblos, da die belebende Sonnenwärme fehlte. Alles verschwommen in einförmiger Färbung, bräunlich und wie verblichen. Die Blätter ohne Grün, und selbst die Blumen, welche in dieser tertiären Epoche zahlreich sproßten, damals farb- und geruchlos, sahen aus wie von Papier gemacht, das durch Einwirken der Luft seine Farbe verloren hat.

Mein Oheim Lidenbrock wagte sich in dieses riesige Gehölz. Ich folgte ihm, nicht ohne Angst. Da die Natur hier die vegetale Nahrung sprossen ließ, warum sollten sich nicht da auch die fürchterlichen Säugethiere finden? Ich bemerkte an den lichten Stellen Leguminosen, Rubiaceen und die unzähligen Nahrungssträuche, welche die Wiederkäuer aller Perioden gerne fressen. Hernach zeigten sich die Bäume verschiedener Gegenden der Erdoberfläche durcheinander gemischt: die Eiche neben der Palme, der australische Eucalyptus an der Seite der norwegischen Tanne, die Birke des Nordens mit der seeländischen Kauris, das Gezweig verflechtend.

Plötzlich stand ich stille, hielt meinen Oheim mit der Hand zurück.

Das zerstreute Licht gestattete in der Tiefe der Waldung die geringsten Gegenstände zu sehen. Ich glaubte zu sehen ... Nein, wirklich, mit eigenen Augen sah ich ungeheure Gestalten unter den Bäumen sich bewegen! Wirklich, es waren Riesenthiere, eine Heerde Mastodone, nicht fossil, nein, leibhaftige, gleich denen, deren Reste 1801 in den Sümpfen des Ohio aufgefunden wurden!

Ich gewahrte diese großen Elephanten, deren Rüssel unter den Bäumen wühlten gleich wimmelnden Schlangen. Ich hörte sie mit ihren langen Haaren die alten Stämme anbohren. Die Zweige krachten, und das massenweis herabgerissene Laub verschwand in den weiten Rachen dieser Ungeheuer.

Diesen wilden Bewohnern waren wir also, einsam mitten im Schoße der Erde, Preis gegeben!

Mein Oheim schaute hin.

„Auf! sagte er auf einmal, und faßte mich beim Arm, vorwärts, vorwärts!

– Nein, rief ich, nein! Wir sind waffenlos! Was sollen wir mitten in der Heerde von Riesenthieren anfangen? Kommen Sie, Oheim, kommen Sie! Kein menschliches Geschöpf kann ungestraft den Zorn dieser Ungeheuer herausfordern.

– Kein menschliches Geschöpf! erwiderte mein Oheim mit leiser Stimme. Du irrst, Axel. Schau, schau nur, dort unten! Es dünkt mir, da seh' ich ein lebendes Wesen! ein Unsersgleichen! einen Mann!“

Ich blickte hin, zuckte die Achseln, entschlossen, die Ungläubigkeit bis zum Aeußersten zu treiben. Doch, ich mußte mich durch den Augenschein überführen lassen.

Wirklich, nicht eine Viertelmeile weit, an den Stamm eines enormen Kauris gelehnt, war ein menschliches Wesen, ein Proteus jener unterirdischen Gegenden, ein neuer Sohn des Neptun, welcher diese zahllose Heerde von Mastodonten hütete!

Es war kein Fossil, wie jener Cadaver im Gebeinfeld, sondern ein Riese, der diesen Ungeheuern zu gebieten verstand. Seine Größe betrug über zwölf Fuß. Sein Kopf, so groß wie der eines Büffels, verschwand im Gebüsch eines wilden Haupthaars. Er schwang in der Hand einen ungeheuren Baumzweig, einen würdigen Hirtenstab des Schäfers der Urzeit.

Wir waren unbeweglich, voller Bestürzung, stehen geblieben. Aber man konnte uns bemerkt haben, wir mußten entfliehen.

„Kommen Sie, kommen Sie", rief ich, und zog meinen Oheim mit mir, welcher zum ersten Male mir nachgab!

Nach einer Viertelstunde befanden wir uns außer dem Gesichtskreis dieses fürchterlichen Feindes.

Und jetzt, da ich ruhig daran denke, jetzt, da mein Geist wieder Besonnenheit gewonnen hat, da Monate seit der übernatürlichen Begegnung verflossen sind, was soll ich denken, glauben? Nein! Unmöglich! Es war Sinnentäuschung, was unsere Augen sahen, ist nicht in Wirklichkeit so gewesen! In dieser unterirdischen Welt existirt kein menschliches Geschöpf! Eine Generation von Menschen, welche diese Höhlen im Schoße des Erdkörpers, ohne Verbindung mit der Oberwelt, bewohnte, ist vollständiger Unsinn!

Eher ließe ich die Existenz eines Thieres gelten, dessen Bau dem menschlichen ähnlich ist, eines Affen der Urzeit, eines Protopitheken. Aber dieser übertraf an Wuchs alle bekannten Maße! Gleichviel! Ein Affe, so unwahrscheinlich auch, ein Affe mag's sein; aber ein lebendiger Mensch nie!

Inzwischen hatten wir den klaren und hellen Wald verlassen, stumm vor Erstaunen, gedrückt von Bestürzung. Wir liefen wider Willen. Unser Instinct leitete uns dem Meer Lidenbrock wieder zu, und ein Gedanke brachte mich wieder auf praktischere Beobachtungen.

Obwohl ich gewiß war, daß wir uns auf völlig unbetretenem Boden befanden, so bemerkte ich mitunter Felsengruppen, deren Form an die von Gretchen-Hafen erinnerte. Dies war übrigens durch die Angaben des Compasses und unsere unwillkürliche Rückkehr auf die Nordseite des Meeres bestätigt. Es war mitunter täuschend ähnlich. Bäche und Wasserfälle stürzten zahlreich aus den Felsvorsprüngen. Ich glaubte das Lager von Surtarbrandur, unsern treuen Hansbach und die Grotte, worin ich wieder zu Besinnung kam, zu erkennen. Hernach etwas weiter wurde ich wieder durch die Gestaltung der Berge, durch einen Bach und die überraschende Zeichnung eines Felsens in den Zweifel zurückgeworfen.

Ich theilte meinem Oheim mein Schwanken mit. Er schwankte ebenfalls. Er konnte sich in dieser Umgebung nicht auskennen.

„Offenbar, sagte ich, sind wir nicht bei unserm Abfahrtspunkt gelandet, sondern der Sturm hat uns etwas weiter oberhalb getrieben, und wenn wir uns längs dem Ufer halten, werden wir nach Gretchen-Hafen gelangen.

– In diesem Falle, erwiderte mein Oheim, ist's unnütz, diese Untersuchung fortzusetzen, und das Beste wäre, nach unserm Floß zurückzukehren. Aber, Axel, irrst Du Dich nicht?

– Es ist schwer, ein bestimmtes Urtheil darüber zu fällen, lieber Oheim, denn alle diese Felsen gleichen sich. Ich glaube jedoch das Vorgebirge wieder zu erkennen, an dessen Fuß Hans das Fahrzeug gebaut hat. Wir müssen nahe bei dem kleinen Hafen sein, wenn er nicht schon hier ist.

– Nein, Axel, wir würden wenigstens unsere eigenen Spuren finden, und ich sehe nichts ...

– Aber ich sehe etwas, rief ich aus, und stürzte auf einen Gegenstand, der im Sande glänzte.

– Was ist's denn?

– Dies", erwiderte ich.

Und ich zeigte meinem Oheim einen verrosteten Dolch, den ich aufgehoben hatte.

„Ah! sagte er, Du hattest also doch diese Waffe mitgenommen?

– Ich? Keineswegs! Aber Sie ...

– Nein, soviel ich wüßte, versetzte der Professor. Ich habe diesen Gegenstand nie im Besitz gehabt.

– Das ist aber eigenthümlich!

– Nein, es ist sehr einfach, Axel. Die Isländer haben oft Waffen dieser Art, und Hans, dem diese angehört, wird sie verloren haben ..."

Ich schüttelte den Kopf. Hans hatte diesen Dolch nie in Besitz.

„Ist's vielleicht die Waffe eines urweltlichen Kriegers, rief ich aus, eines lebenden Menschen, Zeitgenossen des riesigen Schäfers? Aber nein! Es ist nicht ein Werkzeug aus dem Zeitalter des Steins! nicht einmal der Bronce! Diese Klinge ist von Stahl ..."

Mein Oheim unterbrach mich bei diesem Gedanken und fügte mit kaltem Tone bei:

„Beruhige Dich, Axel, und komme zur Vernunft. Dieser Dolch ist eine Waffe aus dem sechzehnten Jahrhundert, ein wirklicher Dolch, wie die Edelleute ihn am Gürtel trugen, um den Gnadenstoß zu geben. Er ist spanischen Ursprungs. Er gehört weder Dir, noch mir, noch dem Jäger, noch auch den menschlichen Wesen, welche vielleicht im Schoße des Erdballs leben!

– Wagen Sie dies zu behaupten? ...

– Sieh, man hat ihn nicht durch Menschenmord schartig gemacht; seine Klinge ist mit einem Rost bedeckt, der älter ist, als ein Tag, ein Jahr, ein Jahrhundert!“

Der Professor ereiferte sich wie gewöhnlich und ließ sich durch seine Phantasie fortreißen.

„Axel, sagte er, wir sind der großen Entdeckung auf der Spur! Diese Klinge liegt hier auf dem Sande seit hundert, zweihundert, dreihundert Jahren, und ist an den Felsen dieses unterirdischen Meeres schartig geworden!

– Aber sie ist nicht allein gekommen, rief ich aus; es ist Jemand vor uns hier gewesen! ...

– Ja! ein Mann.

– Und dieser Mann?

– Dieser Mann hat mit diesem Dolch seinen Namen eingegraben! Dieser Mann hat noch einmal eigenhändig den Weg nach dem Mittelpunkt zeigen wollen! Suchen wir nur!“

Und mit erstaunlichem Eifer gingen wir längs der hohen Felswand und forschten nach den geringsten Spalten, die zur Galerie werden konnten.

So gelangten wir zu einer Stelle, wo das Gestade enger wurde. Das Meer drang fast bis an den Fuß der Vorberge und ließ nur eine oder zwei Klafter als Weg frei. Zwischen zwei Felsenvorsprüngen gewahrte man den Eingang zu einem dunkeln Tunnel.

Hier zeigten sich auf einer Granitfläche zwei geheimnißvolle halb verwitterte Buchstaben, die beiden Anfangsbuchstaben des kühnen und abenteuerlichen Reisenden:

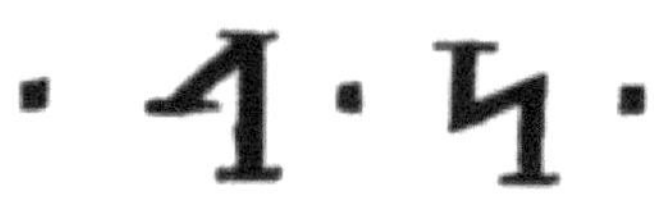

„A.S.! rief mein Oheim. Arne Saknussemm! Stets Arne Saknussemm!“

Vierzigstes Capitel - Cap Saknussemm

Seit Anfang der Reise habe ich viel Erstaunliches erlebt, und ich durfte glauben nun vor Ueberraschungen sicher und gegen Verwunderung abgestumpft zu sein. Doch beim Anblick dieser beiden seit dreihundert Jahren hier eingegrabenen Buchstaben erstaunte ich ganz über die Maßen. Nicht nur die Handschrift des gelehrten Alchymisten stand auf dem Felsen, sondern auch das Stilet, womit er sie eingegraben hatte, war in meinen Händen. Wollte ich nicht ganz allen Glauben verleugnen, so konnte ich die Existenz des Reisenden und die Wirklichkeit seiner Reise nicht mehr in Zweifel stellen.

Während diese Gedanken meinen Kopf in Bewegung setzten, gab sich der Professor Lidenbrock einem Schwung der Begeisterung gegen Arne Saknussemm hin, indem er das Vorgebirge, wo er dieses Meer entdeckt hatte, nach seinem Namen Cap Saknussemm benannte.

Diese Begeisterung zündete in mir ein gleiches Feuer. Ich vergaß alle Gefahren der Reise und der Rückkehr; was Andere vollbracht, wollte ich auch fertig bringen, und nichts, was menschlich ist, schien mir unmöglich.

„Vorwärts, vorwärts!“ rief ich aus.

Ich stürzte schon auf den dunkeln Gang zu, als der Professor mich hemmte, und der ungestüme Mann rieth mir Geduld und Gemüthsruhe an.

„Erst wollen wir zu Hans zurück und das Floß herbeiholen.“

Ich folgte der Weisung nicht ohne Mißbehagen, und schlüpfte rasch zwischen den Felsen des Ufers hin.

„Wissen Sie, Oheim, sagte ich beim Fortgehen, daß wir bisher viel Glück gehabt haben!

– So, Du meinst, Axel?

– Allerdings, und sogar der Sturm hat uns glücklich auf den rechten Weg geführt; gutes Wetter hätte uns davon entfernt. Dann wäre uns

Saknussemm's Name nicht zu Gesicht gekommen, und wir befänden uns jetzt verlassen ohne Ausweg.

– Ja, Axel, es ist eine Art göttlicher Fügung, daß wir, südwärts schiffend, nach dem Norden verschlagen wurden zum Cap Saknussemm. Diese Thatsache enthält wirklich etwas Unerklärliches.

– Nun, gleichviel! Es gilt hier nicht die Thatsachen zu erklären, sondern zu benutzen.

– Allerdings, lieber Junge, aber ...

– Aber wir wollen uns jetzt wieder nach dem Norden wenden, unsern Weg unter Schweden, Rußland, Sibirien und was es sonst für Nordländer Europas giebt, einschlagen, anstatt unter den Wüsten Afrikas oder den Fluthen des Oceans.

– Ja, Axel, Du hast Recht, und das Alles ist ganz gut, weil wir jetzt das horizontale Meer verlassen, welches zu nichts führen konnte. Wir werden jetzt abwärts dringen, immer abwärts! Weißt Du, daß wir bis zum Centrum nur noch fünfzehnhundert Meilen zurückzulegen haben!

– Bah! rief ich aus, das ist wahrhaftig nicht der Rede werth! Also vorwärts! auf den Weg!“

Solche unsinnige Reden führten wir noch, bis wir zu dem Jäger kamen. Alles war zur sofortigen Abfahrt gerüstet, wir bestiegen das Floß, das Segel wurde aufgespannt, und Hans steuerte längs der Küste nach dem Cap Saknussemm.

Der Wind war für ein solches Fahrzeug nicht günstig. Wir mußten daher an manchen Stellen unsere Stöcke zu Hilfe nehmen, um vorwärts zu kommen. Oft waren wir durch Felsen, die bis an die Oberfläche des Wassers strichen, genöthigt, einen weiten Umweg zu nehmen. Endlich, nach drei Stunden, gegen sechs Uhr Abends, kamen wir an einen günstigen Landungsplatz.

Ich sprang an's Land, hinter mir mein Oheim und der Isländer. Diese Ueberfahrt hatte mich nicht ruhiger gemacht. Ich schlug sogar vor,

„unsere Schiffe zu verbrennen", um uns die Rückkehr abzuschneiden. Aber mein Oheim war dagegen; ich fand ihn äußerst lau.

„Wenigstens, sagte ich, wollen wir unverzüglich uns auf den Weg machen.

– Ja, lieber Junge; aber zuvor müssen wir diese neue Galerie untersuchen, um zu wissen, ob wir unsere Leitern dazu bereit machen müssen."

Mein Oheim setzte seinen Rühmkorff'schen Apparat in Thätigkeit; das Floß wurde am Ufer angebunden; übrigens war die Mündung der Galerie kaum zwanzig Schritte von da, und wir begaben uns, ich voran, unverzüglich dahin.

Die fast kreisrunde Oeffnung hatte etwa fünf Fuß Durchmesser; der dunkle Tunnel war in lebendig Gestein gebrochen und durch Auswurf-Material, welches durch denselben seinen Weg gefunden, geglättet; unten reichte sie an den Boden, so daß man ohne Schwierigkeit hinein konnte.

Wir gingen erst ganz horizontal, als uns nach sechs Schritten der Weg durch einen ungeheuren Felsblock versperrt war.

„Verdammter Block!" rief ich zornig, als ich mich plötzlich durch ein unübersteigliches Hinderniß gehemmt sah.

Wir mochten suchen, wie wir wollten, rechts und links, oben und unten, es fand sich kein Zugang, keine Spaltung. Ich fühlte mich sehr herabgestimmt und wollte die Wirklichkeit des Hindernisses nicht gelten lassen. Ich bückte mich nieder, schaute oben über den Felsblock. Kein Zwischenraum, überall dieselbe Schranke von Granit. Hans beleuchtete mit der Lampe die Wand allerwärts, aber sie zeigte nirgends eine Lücke. Man mußte darauf verzichten, hier weiter zu kommen.

Ich hatte mich auf den Boden gesetzt; mein Oheim ging mit großen Schritten auf und ab.

„Aber wie ging's denn Saknussemm? rief ich.

– Ja, sagte mein Oheim, ist er durch diesen Felsen gehemmt gewesen?

– Nein, nein, fuhr ich lebhaft fort. Dieses Felsstück hat, sei's in Folge eines Erdbebens oder einer magnetischen Einwirkung, den Gang plötzlich versperrt. Offenbar hat diese Galerie früher der Lava einen Weg zum Abfluß gegeben, und die Auswurfgegenstände hatten darin Spielraum. Sehen Sie, es sind frische Ritzen da an der Granitdecke; diese sind durch ungeheure Steine, die sich durchzwängten, entstanden, als wenn Riesen daran gearbeitet hätten; eines Tages hat ein stärkerer Druck diesen Block hineingedrängt, und mit demselben, wie mit einem Gewölbeverschluß, den ganzen Weg versperrt. Dieses Hinderniß, welches Saknussemm nicht vorfand, ist später dahin gekommen. Wir müssen es beseitigen, sonst verdienen wir nicht das Ziel des Mittelpunkts zu erreichen!“

So sprach ich; des Professors Seele war ganz in mich eingedrungen. Der Entdeckungstrieb beseelte mich; ich vergaß darüber die Vergangenheit, verachtete die Zukunft. Es existirte für mich nichts mehr auf der Erdoberfläche; Städte und Land, Hamburg und die Königsstraße zogen mich nicht mehr an, und mein armes Gretchen mußte glauben, ich sei im Schoße der Erde für immer vergraben!

„Nun! fuhr mein Oheim fort, wir wollen mit Spitzhaue und Steinbrecher uns Bahn machen! die Wand sprengen!

– Sie ist zu hart dafür und zu dick!

– Aber ...

– Wir haben ja Pulver! Machen wir eine Mine und zersprengen den Block!

– Ja Pulver!

– Es handelt sich nur darum, ein Loch in den Fels zu hauen!

– Hans! an's Werk!“ rief mein Oheim.

Der Isländer holte alsbald von dem Floß eine Spitzhaue, womit er das Loch für die Mine aushauen konnte. Es war das keine geringe Arbeit. Es handelte sich um eine Oeffnung, die fünfzig Pfund Schießbaumwolle fassen konnte, deren Treibkraft viermal so stark ist, als die des Kanonenpulvers.

Ich war erstaunlich aufgeregt. Während Hans die Arbeit verrichtete, war ich meinem Oheim behilflich, eine lange Lunte zu fertigen.

„Wir werden durchdringen! sagte ich.

– Ja durchdringen“, wiederholte mein Oheim.

Zu Mitternacht war unsere Minenarbeit fertig, die Ladung mit Baumwolle in die Höhlung gebracht, und die durch die Galerie laufende Lunte endigte außen.

Ein Funke war im Stande, die fürchterliche Vorrichtung in Thätigkeit zu versetzen.

„Auf Morgen“, sagte der Professor.

Ich mußte mich wohl fügen, und noch fünf volle Stunden warten!

Einundvierzigstes Capitel - Eine Explosion

Der folgende Tag, 27. August, war für diese unterirdische Reise von der größten Bedeutung. Ich kann nicht an denselben zurückdenken, ohne daß mir vor Entsetzen das Herz bebt. Von diesem Moment an hatte unsere Vernunft, unser Urtheil, unser Erfindungstalent nichts mehr bei der Sache mitzusprechen, wir sollten ein Spielball der in der Erde wirkenden Naturkräfte sein.

Um sechs Uhr waren wir bei der Hand. Der Moment war gekommen, mittels Pulver einen Weg durch die Granitrinde zu bahnen.

Ich bat mir die Ehre aus, die Mine anzuzünden. Darauf sollte ich zu meinen Gefährten auf das gar nicht abgeladene Floß eilen, um das Weite zu suchen. So suchten wir den Gefahren der Explosion auszuweichen, deren Wirkungen sich über das Innere des Granitkerns hinaus weiter erstrecken konnten.

Die Lunte mußte zehn Minuten lang, unserer Berechnung nach, brennen, bevor das Feuer zum Pulver kam. Ich hatte also Zeit genug, um wieder auf das Floß zu kommen.

Ich rüstete mich, meine Rolle auszuführen, nicht ohne Herzklopfen.

Nachdem wir rasch ein Mahl eingenommen, begaben sich mein Oheim und der Jäger auf das Floß, während ich am Ufer zurückblieb. Ich war zum Behuf des Anzündens mit einer brennenden Laterne versehen.

„Geh, lieber Junge, sagte mein Oheim, und komme gleich wieder zu uns.

– Seien Sie ruhig, versetzte ich, ich werde mich unterwegs nicht aufhalten."

Alsbald ging ich zur Mündung der Galerie, öffnete die Laterne und faßte das Ende der Lunte.

Der Professor hielt seinen Chronometer in der Hand.

„Fertig? rief er mir zu.

– Fertig! war die Antwort.

– Nun denn! Feuer, mein Junge!"

Rasch zündete ich die Lunte und eilte in vollem Lauf zum Ufer.

„Einsteigen! rief mein Oheim, und abfahren!"

Hans stieß uns mit einem kräftigen Druck vom Ufer ab; das Floß kam in eine Entfernung von zwanzig Klaftern.

Es war ein ängstlicher Augenblick. Der Professor begleitete mit dem Auge den Zeiger des Chronometers.

„Noch fünf Minuten! sprach er. Noch vier! drei!"

Mein Puls schlug die halben Secunden.

„Noch zwei! eine! ... Stürze zusammen, Granitbau!"

Was begab sich darauf? Das Donnergetöse vernahm ich gar nicht. Aber die Form der Felsen sah ich plötzlich vor meinen Augen sich ändern; sie gingen wie ein Vorhang auseinander. Ich gewahrte eine unergründliche Schlucht, die am Ufer klaffte. Das Meer, im Wirbel gedreht, thürmte sich auf zu einer ungeheuren Woge, auf deren Rücken das Floß senkrecht sich erhob.

Wir wurden alle Drei niedergeworfen. Das Licht wich tiefster Dunkelheit. Ich fühlte, daß der zuverlässige Grund mangelte, nicht meinen Füßen, sondern dem Floß. Ich meinte, es werde untersinken. Doch kam es dazu nicht. Ich hätte gern mit meinem Oheim gesprochen, aber das Tosen des Wassers hätte ihn gehindert mich zu verstehen.

Trotz dem Dunkel, dem Getöse, der Ueberraschung, der Gemüthsaufregung begriff ich, was vorgegangen war.

Hinter dem Felsen, der eben zersprengt ward, befand sich ein Abgrund. Die Explosion hatte in diesem zerklüfteten Boden eine Art von Erdbeben verursacht, der Schlund sich geöffnet, und das in einen reißenden Strom umgewandelte Meer riß uns mit fort hinein.

Ich hielt mich für verloren.

Eine, zwei Stunden – ich weiß nicht – verflossen dergestalt. Wir schlossen die Ellenbogen an einander, reichten uns die Hände, um nicht aus dem Floß geworfen zu werden. Es setzte die ärgsten Stöße, wenn es an die Wand stieß. Doch traten solche Stöße selten ein, woraus ich schloß, daß die Galerie beträchtlich weiter ward. Es war dies ohne Zweifel Saknussemm's Weg; aber anstatt denselben allein hinabzusteigen, hatten wir aus Unvorsichtigkeit ein ganzes Meer zur Begleitung.

Diese Gedanken, begreift man, drangen in unbestimmter, unklarer Form in meinen Geist. Es hielt mir schwer, während dieser schwindelhaften Fahrt, die einem Hinabsturz glich, sie in Verbindung zu bringen. Nach dem Luftstrom, der mir in's Angesicht blies, zu urtheilen, übertraf die Schnelligkeit die unserer Eilzüge. Eine Fackel anzuzünden, war unter diesen Umständen nicht möglich, und unser letzter elektrischer Apparat war bei der Explosion zerbrochen.

Ich war daher überrascht, als ich in meiner Nähe plötzlich ein Licht erglänzen sah. Es beleuchtete das ruhige Antlitz unseres Hans. Dem geschickten Jäger war es gelungen, die Laterne anzuzünden, und obwohl die Flamme hin und her flackerte, warf sie doch einige Strahlen in dies fürchterliche Dunkel.

Die Galerie war breit. Ich hatte sie richtig geschätzt. Das schwache Licht ließ nicht die beiden Wände auf einmal erkennen. Der Fall des Wassers, auf dem wir so reißend fuhren, übertraf den der reißendsten Ströme Amerika's. Das Floß, manchmal von Wirbeln ergriffen, fuhr dann wie ein Kreisel. Wenn wir einer Wand nahe kamen, hielt ich die Laterne daran, und ich konnte die Schnelligkeit, womit wir fuhren, daraus abnehmen, daß die Vorsprünge wie fortlaufende Linien aussahen. Ich schätzte sie auf dreißig Meilen in der Stunde.

Mein Oheim und ich kauerten mit verstörtem Blick neben dem Stumpf des Mastes, der bei der Katastrophe abgebrochen war, und kehrten der Luftströmung den Rücken, um nur athmen zu können.

Inzwischen verflossen Stunden. Die Lage war unverändert, aber ein Umstand machte sie mißlicher. Ein großer Theil der mitgenommenen Gegenstände war bei der Explosion, als das Meer so ungestüm uns zusetzte, abhanden gekommen. Mit der Laterne in der Hand untersuchte ich unsere Vorräthe. Von den Instrumenten waren nur noch ein Compaß und der Chronometer vorhanden; von Takelwerk nur ein Stück Tau, das um den Maststumpf gewunden war; kein Werkzeug mehr, und Lebensmittel nur noch auf einen Tag, ein Stück getrocknetes Fleisch und etliche Zwieback!

Ich sah mit starrem Blick drein, wollt' es nicht begreifen! Wenn auch die Lebensmittel auf Monate reichten, wie konnten wir aus den Abgründen, wohin das reißende Wasser uns trug, herauskommen?

Demnach vergaß ich die unmittelbare Gefahr vor den Schrecken der Zukunft. Wie konnten wir ihnen entrinnen? Aber der Hunger drohte baldige Vernichtung.

Ich getraute mit meinem Oheim nicht davon zu sprechen, um seine Kaltblütigkeit zu schonen.

Nun ward das Licht in der Laterne allmälig schwächer und verlosch endlich, da der Docht völlig verbrannt war. Es ward wieder stockfinster, und es war nicht daran zu denken, das undurchdringliche Dunkel zu verscheuchen. Zwar hatten wir noch eine Fackel, aber man hätte sie gar nicht in der Hand halten können. Da machte ich's wie ein Kind und schloß die Augen, um die Finsterniß nicht zu sehen.

Nach geraumer Zeit ward die Schnelligkeit unserer Fahrt verdoppelt, wie mir durch die Stärke des Luftzugs, der wider mein Gesicht schlug, fühlbar wurde. Der Fall des Wassers wurde übermäßig; ich glaube wirklich, wir glitten nicht mehr, sondern fielen hinab. Es war mir, als stürzten wir fast senkrecht. Mein Oheim und Hans, die sich fest an meine Arme klammerten, hielten mich kräftig zurück.

Plötzlich spürte ich einen Stoß; das Floß war nicht wider einen harten Körper gestoßen, sondern hielt in seinem Abfall auf einmal inne, und ein Wasserwirbel, eine ungeheure Säule stürzte über seine Oberfläche. Ich verlor den Athem, war überschwemmt ...

Doch dauerte diese plötzliche Ueberfluthung nicht lange. In einigen Secunden fühlte ich mich in freier Luft und konnte wieder ungehindert athmen. Mein Oheim und Hans hielten mir den Arm fest, und das Floß trug uns noch alle Drei.

Zweiundvierzigstes Capitel - Bergfahrt im Tunnel

Es mochte damals zehn Uhr Abends sein. Das erste, was nach diesem letzten Stoß mir auffiel, war, daß es stille ward in der Galerie, nach dem Tosen und Brausen, welches bisher seit langen Stunden mein Ohr erfüllt hatte. Endlich drangen wie ein Gemurmel einige Worte meines Oheims zu meinem Ohr:

„Nun geht's aufwärts!

– Was meinen Sie damit? rief ich.

– Ja, aufwärts! wir fahren zu Berg!“

Ich streckte den Arm aus, die Wand zu betasten; meine Hand ward blutig. Wir fuhren äußerst rasch bergan.

„Die Fackel! die Fackel!“ rief der Professor.

Nicht ohne Schwierigkeit kam Hans damit zu Stande, sie anzuzünden, und die Flamme, welche trotz der aufsteigenden Bewegung aufrecht flackerte, reichte hin, die Scene zu beleuchten.

„Das dacht' ich mir wohl, sagte mein Oheim. Wir befinden uns in einem engen Schacht von kaum vier Klafter Durchmesser. Wenn das Wasser auf dem Grund ankommt, trachtet es sein Niveau zu gewinnen, und hebt uns mit sich empor.

– Wohin?

– Ich weiß nicht, aber man muß sich auf Alles gefaßt halten. Die Geschwindigkeit, mit der wir aufwärts kommen, schlage ich auf zwei Klafter in der Secunde an, also hundertundzwanzig in der Minute, d.i. über drei und eine halbe Meile in der Stunde. Auf diese Weise kommt man vorwärts.

– Ja, wenn uns nichts hemmt, wenn dieser Schacht offen ist! Aber wenn er geschlossen ist, wenn die Luft unter dem Druck der Wassersäule allmälig sich verdichtet, wenn wir dann zerdrückt werden!

– Axel, erwiderte der Professor mit großer Ruhe, die Lage ist allerdings fast zum Verzweifeln, aber es ist doch einige Aussicht auf Rettung da, und dies fasse ich jetzt in's Auge. Können wir jeden Augenblick zu Grunde gehen, so können wir auch jeden Augenblick gerettet werden. Halten wir uns daher gefaßt, die geringsten Umstände zu benützen.

– Aber was fangen wir jetzt an?

– Stärken wir uns durch eine Mahlzeit."

Bei diesen Worten sah ich meinen Oheim mit starren Augen an. Was ich nicht gestehen wollte, mußte ich nun heraussagen:

„Essen? fragte ich.

– Ja, unverzüglich."

Der Professor sprach einige Worte dänisch. Hans schüttelte den Kopf.

„Wie, schrie mein Oheim, unsere Lebensmittel verloren?

– Ja, hier dies der ganze Rest! ein Stück Dürrfleisch für uns drei!“

Mein Oheim sah mich an, ohne begreifen zu wollen.

„Nun, sagt' ich, glauben Sie noch, daß wir davon kommen können?“

Keine Antwort auf meine Frage.

Eine Stunde verlief, ich fing an starken Hunger zu leiden. Meine Gefährten ebenfalls, aber Keiner wagte den armseligen Rest anzutasten.

Inzwischen kamen wir mit äußerster Schnelligkeit aufwärts. Manchmal versagte uns der Athem, wie den Luftschiffern, welche zu schnell auffahren. Aber wenn diese, nach Verhältniß wie sie in die höheren Luftschichten kommen, gesteigerte Kälte zu empfinden haben, so hatten wir gerade das Gegentheil zu leiden. Die Wärme nahm in beunruhigender Weise zu, und hatte gewiß in diesem Moment vierzig Grad.

Was hatte diese Aenderung zu bedeuten? Bisher hatten die Thatsachen die Theorien Davy's und Lidenbrock's bestätigt; bisher hatten die besonderen Bedingungen von feuerbeständigem Gestein, Elektricität, Magnetismus die allgemeinen Naturgesetze modificirt und uns eine gemäßigte Temperatur verschafft, denn in meinen Augen war die Theorie vom Centralfeuer doch die einzig richtige, die allein erklärbare. Sollten wir nun in eine Umgebung kommen, wo diese Erscheinungen in aller Strenge sich vollzogen und die Felsen durch die Hitze vollständig zerschmolzen? Ich fürchtete es und sagte zum Professor:

„Sind wir nicht ertrunken oder zerquetscht, sterben wir nicht Hungers, so bleibt uns immer noch die Aussicht, lebendig zu verbrennen.“

Er zuckte nur die Achseln und sank in seine Betrachtungen zurück.

Eine Stunde verlief weiter, und, ausgenommen eine geringe Steigerung der Temperatur, hatte kein Zwischenfall die Lage verändert. Endlich brach mein Oheim das Schweigen.

„Sehen wir, sprach er, man muß eine Entschließung fassen.

– Eine Entschließung fassen? entgegnete ich.

– Ja. Wir müssen unsere Kräfte ersetzen. Wenn wir versuchen, durch Sparung dieses Restes unser Dasein um einige Stunden zu verlängern, so werden wir bis zu Ende schwach sein.

– Ja, bis zum Ende, das nicht auf sich warten lassen wird.

– Wenn nun eine Gelegenheit der Rettung sich ergiebt, das Handeln im Moment nothwendig wird, woher nehmen wir die Kraft zum Handeln, wenn wir uns durch Nahrungsmangel abschwächen lassen?

– Aber, Oheim, was bleibt uns dann, wenn dieser Rest aufgezehrt ist?

– Nichts, Axel, nichts. Aber wird's Dich mehr nähren, wenn Du es mit den Augen verzehrst? Du urtheilst wie ein Mensch ohne Willenskraft, ein Geschöpf ohne Energie!

– Verlieren Sie denn nicht die Hoffnung? rief ich gereizt.

– Nein! entgegnete fest der Professor.

– Wie? Sie glauben noch an eine Möglichkeit der Rettung?

– Ja! Gewiß, ja! und ich lasse nicht gelten, daß ein mit Willen begabtes Geschöpf, so lange sein Herz schlägt, so lange sein Fleisch zuckt, der Verzweiflung Raum gebe.“

Welche Worte! Der Mann, welcher unter solchen Umständen sie aussprach, hatte sicherlich einen ungewöhnlich festen Charakter.

„Schließlich, sagte ich, was denken Sie zu thun?

– Diesen Rest von Nahrung bis zum letzten Krümchen aufzehren, und damit unsere Kräfte ersetzen. Wird dieses Mahl unser letztes sein, gut! aber zum Mindesten werden wir dann, anstatt entkräftet, wieder Menschen geworden sein.

– Nun denn! so verschlingen wir's!“ rief ich aus.

Mein Oheim nahm das Stück Fleisch und den wenigen Zwieback, welcher aus dem Schiffbruch gerettet war, machte daraus drei gleiche Portionen und theilte sie aus. Es betrug für den Mann etwa ein Pfund Nahrung. Der Professor verzehrte es gierig, mit fieberhaftem Ungestüm;

ich, ohne Behagen, trotz meines Hungers fast mit Widerwillen; Hans ruhig, langsam, kaute stille kleine Stückchen, und genoß sie mit der Ruhe eines Menschen, den die Sorgen um die Zukunft nicht quälten. Er hatte noch eine halbe Flasche Wachholderbranntwein aufgefunden und bot uns denselben an. Dieser wohlthuende Trunk vermochte mich ein wenig wieder zu beleben.

„Förtrafflig! sagte Hans, indem er trank.

– Vortrefflich!“ stimmte mein Oheim ein.

Ich hatte wieder einige Hoffnung gefaßt. Aber unser letztes Mahl war nun zu Ende. Es war fünf Uhr frühe.

Nach dieser Mahlzeit gab sich jeder seinem Gedankenspiel hin, Hans, dieser Mann des äußersten Westens, einer fatalistischen Resignation der Orientalen. Meine Gedanken bestanden nur aus Erinnerungen, und die führten mich auf die Oberfläche der Erde, welche ich nie hätte verlassen sollen: das Haus der Königsstraße, mein armes Gretchen, die gute Martha, schwebten mir als wie Phantome vor Augen. Mein Oheim, der stets, was er that, mit ganzer Seele betrieb, untersuchte mit der Fackel achtsam die Natur der Erdarten. Ich hörte ihn geologische Worte murmeln; ich verstand sie und interessirte mich wider Willen dafür.

„Ausgeworfener Granit, sagte er. Wir befinden uns noch in der Urzeit; aber es geht aufwärts! Wer weiß?“

Wer weiß? Er hegte stets Hoffnung. Eigenhändig betastete er die senkrechte Wand, und nach einigen Augenblicken fuhr er fort:

„Hier ist Gneis! Hier Glimmerschiefer! Gut! Bald wird das Erdreich aus der Uebergangsepoche kommen, und dann ...“

Was wollte der Professor damit sagen? Konnte er die Dicke der Erdrinde über unserem Kopf messen? Besaß er irgend ein Mittel, diese Berechnung vorzunehmen? Nein. Es fehlte der Manometer, und keine Schätzung konnte ihn ersetzen.

Indessen nahm die Wärme in steigendem Verhältniß zu, und wir waren von Schweiß bedeckt inmitten glühender Atmosphäre. Hans, mein

Oheim und ich, wir hatten allmälig unsere Westen und Gilets ablegen müssen; die leichteste Kleidung verursachte Uebelbefinden, wo nicht Schmerzen.

„Fahren wir denn auf einen weißglühenden Herd zu? rief ich aus, als die Hitze zunahm.

– Nein, erwiderte mein Oheim, das ist unmöglich! unmöglich!

– Jedoch, sagte ich, die Wand betastend, diese Wand ist ja brennend heiß!"

In dem Augenblick gerieth meine Hand in's Wasser und ich mußte sie rasch herausziehen.

„Das Wasser ist siedend!" rief ich aus.

Diesmal antwortete der Professor nur mit einer zornigen Bewegung.

Jetzt aber befiel mein Gehirn ein unüberwindlicher Schrecken, und verließ es nicht mehr. Ich hatte die Ahnung einer bevorstehenden Katastrophe, so wie die kühnste Phantasie sie nicht hätte fassen können. Eine Idee, erst unbestimmt, unsicher, wurde mir im Geiste zur Gewißheit. Ich wies sie zurück, aber sie drängte sich hartnäckig wieder auf. Ich wagte nicht, ihr eine Fassung zu geben. Doch einige unwillkürliche Beobachtungen bestimmten meine Ueberzeugung. Beim unstäten Fackelschein bemerkte ich in den Granitschichten außerordentliche Bewegungen; eine Naturerscheinung, wobei die Elektricität eine Rolle spielte, war offenbar im Begriff, sich zu vollziehen; sodann diese übermäßige Hitze, dies siedende Wasser! ... Ich wollte den Compaß befragen.

Er war irre.

Dreiundvierzigstes Capitel - Ausgeworfen aus dem Krater

Ja, irre! Die Nadel sprang von einem Pole zum andern in grellen Stößen, durchlief die ganze Zeigerscheibe und dann rückwärts, als sei sie von Schwindel befallen.

Ich wußte wohl, daß, nach den verbreitetsten Theorien die minerale Erdrinde nie im Zustand völliger Ruhe ist; die von der Zersetzung der inneren Stoffe veranlaßten Modificationen, die von den großen Strömungen herrührende Erschütterung, die Einwirkung des Magnetismus trachten sie unablässig zu erschüttern, selbst dann, wenn die auf ihrer Oberfläche verbreiteten Geschöpfe keine Ahnung von seiner Thätigkeit haben. Diese Erscheinung hätte mich daher nicht weiter erschreckt, oder hätte wenigstens nicht in meinem Geiste eine schreckliche Idee aufkommen lassen.

Aber andere Thatsachen, gewisse Details eigenthümlicher Art, konnten mich nicht länger täuschen. Mit erschreckender Heftigkeit wiederholte sich häufiges Getöse. Ich konnte es nur mit dem Lärm vergleichen, welchen eine große Anzahl Karren, die reißend schnell über's Pflaster fahren, verursachen. Es war ein ununterbrochenes Donnergeroll.

Sodann die durch elektrische Erscheinungen aus der Ordnung gebrachte Magnetnadel bestätigte meine Vermuthung, die minerale Rinde drohte zu bersten, der granitene Grundbau sich zusammenzufügen, die Spalten fest zu schließen, die leeren Räume sich auszufüllen, und wir arme Atome würden dann jämmerlich zerdrückt.

– „Oheim, lieber Oheim! wir sind verloren! rief ich aus.

– Was für ein neuer Schrecken? erwiderte er mit auffallender Ruhe. Was hast Du denn vor?

– Sehen Sie doch, wie diese Wände wanken, der Grundbau aus den Fugen geht, diese glühende Hitze, dies siedende Wasser, diese sich verdichtenden Dünste, die irre Magnetnadel, lauter Anzeigen eines Erdbebens!“

Mein Oheim schüttelte sanft den Kopf.

„Ein Erdbeben? sagte er.

– Ja!

– Lieber Junge, ich glaube, Du irrst!

– Wie? Erkennen Sie diese Voranzeichen nicht? ...

– Eines Erdbebens? nein! Ich bin auf Besseres gefaßt!

– Was meinen Sie damit?

– Einen Ausbruch, Axel.

– Einen Ausbruch! sagte ich. Wir befinden uns im Schlund eines thätigen Vulkans!

– Ich denke, sagte der Professor lächelnd, und das ist ja das Glücklichste, was uns treffen kann!“

Das Glücklichste! War mein Oheim ein Narr geworden? Was wollte das bedeuten? Und dabei die Gemüthsruhe und das Lächeln?

„Wie! rief ich aus, wir sind in einem Ausbruch begriffen! Das Verhängniß hat uns zur glühenden Lava verschlagen, den Felsen im Feuer, dem siedenden Wasser, allem Auswurfstoff! Wir werden hinausgestoßen, weggeworfen, ausgespieen, in die Lüfte geschleudert mit den Felsblöcken, dem Aschenregen, den Schlacken, in einem Flammenstrudel, und dies ist das Glücklichste, was uns begegnen kann!

– Ja, versetzte der Professor, und sah mich durch seine Brille an, denn es liegt darin die einzige Aussicht, wieder auf die Oberfläche der Erde zu kommen!“

Tausend Ideen kreuzten sich in meinem Gehirn. Mein Oheim hatte Recht, unbedingt Recht, und nie ist er mir kühner, nie überzeugter vorgekommen, als in dem Moment, wo er auf einen Ausbruch gefaßt, die Aussichten dabei mit Seelenruhe erwog.

Inzwischen kamen wir stets aufwärts; die Nacht verlief unter dieser Bewegung nach oben; das Getöse umher verdoppelte sich; ich war am Ersticken, glaubte, meine letzte Stunde sei gekommen, und doch, die Phantasie ist so wunderlich, daß ich mich einer wahrhaft kindischen Untersuchung hingab. Ich war nicht Herr meiner Gedanken, sondern von ihnen fortgerissen.

Offenbar wurden wir von einem Drängen zum Ausbruch fortgeschoben; unter dem Floß befand sich siedendes Wasser, und unter diesem Wasser eine Lavateig-Masse, eine Anhäufung von Felsstücken, die auf dem Kratergipfel in alle Richtungen zerstreut werden sollten. Wir befanden uns also in dem Schlund eines Vulkans; daran war nicht zu zweifeln.

Aber diesesmal handelte sich's, anstatt des erloschenen Snäfields um einen solchen in voller Thätigkeit. Ich stellte mir also die Frage, was dies für ein Berg sein könne, und an welcher Stelle der Welt wir sollten ausgeworfen werden.

In den Nordgegenden, daran war nicht zu zweifeln. Von dem Cap Saknussemm an waren wir einige hundert Meilen weit gerade nördlich fortgerissen worden. Befanden wir uns unter Island? Sollten wir durch den Krater des Hekla oder einen der andern sieben feuerspeienden Berge der Insel ausgeworfen werden? In einem Umkreis von fünfhundert Meilen sah ich westwärts unter diesem Breitegrad nur die wenig bekannten Vulkane der Nordwestküste von Amerika. Ostwärts gab's nur einen unterm achtzigsten Grad, den Esk auf der Insel Mayen unweit Spitzbergen! Allerdings an Kratern fehlte es nicht, und zwar die geräumig genug waren, um eine ganze Armee auszuspeien! Aber welcher uns dienen sollte, um herauszukommen, das bemühte ich mich zu errathen.

Gegen Morgen beschleunigte sich die aufsteigende Bewegung. Nahm die Hitze zu, anstatt bei Annäherung an die Erdoberfläche abzunehmen, so war die Ursache eine locale unter Einfluß eines Vulkans. Ueber die Art unserer Fortbewegung hatte ich nicht den geringsten Zweifel mehr. Eine ungeheure Gewalt, die Kraft von mehreren hundert Atmosphären, welche im Schoße der Erde aufgehäufte Dünste erzeugt hatten, drängte uns unwiderstehlich. Aber welchen unzähligen Gefahren setzte sie uns aus!

Bald drangen gelbe Reflexe in die Galerie, welche nun weiter wurde; ich bemerkte rechts und links tiefe Gänge gleich ungeheuren Tunnels, woraus dichte Dünste entwichen; Flammenzungen beleckten knisternd ihre Wände.

„Sehen Sie! Sehen Sie, lieber Oheim, rief ich.

– Nun, das sind Schwefelflammen. Das ist bei einem Ausbruch ganz natürlich.

– Aber wenn sie uns umgeben?

– Sie werden uns nicht umgeben.

– Aber wenn sie uns ersticken?

– Sie werden uns nicht ersticken. Die Galerie wird weiter, und nöthigenfalls verlassen wir das Floß, und flüchten uns in eine Kluft.

– Und das Wasser! das steigende Wasser?

– Es ist kein Wasser mehr, Axel, sondern eine Art Lavateig, die uns bis zur Mündung des Kraters emporschiebt."

An Stelle der Wassersäule waren in der That jetzt ziemlich dichte, obwohl siedende Auswurfstoffe getreten. Die Temperatur ward unerträglich, und ein Thermometer würde über siebenzig Grad gezeigt haben! Der Schweiß rann mir aus allen Poren. Nur das rasche Aufwärtsfahren bewahrte uns vor Ersticken.

Doch führte der Professor den Vorschlag, das Floß zu verlassen, nicht aus, und that wohl daran. So schlecht diese Balken zusammengefügt waren, boten sie doch eine feste Oberfläche, einen Stützpunkt, der uns sonst überall gefehlt hätte.

Gegen acht Uhr Morgens ergab sich zum ersten Mal ein neuer Zwischenfall. Die aufsteigende Bewegung hörte plötzlich auf. Das Floß hielt durchaus unbeweglich an.

„Was ist das? fragte ich, durch das plötzliche Anhalten wie durch einen Stoß gerüttelt.

– Ein Halt, erwiderte mein Oheim.

– Hält der Ausbruch inne?

– Ich hoffe nicht."

Ich stand auf, versuchte umher zu schauen. Vielleicht verursachte das Floß, indem es durch einen Felsvorsprung aufgehalten wurde, einen vorübergehenden Widerstand gegen die ausbrechende Masse. In diesem Falle mußte man sich beeilen, es so schnell wie möglich frei zu machen.

Dies war nicht der Fall. Die Masse von Asche, Schlacken und Steingerölle hatte selbst zu steigen aufgehört.

„Wird der Ausbruch inne halten? rief ich.

– Ah! sagte mein Oheim, Du fürchtest es, lieber Junge; aber beruhige Dich, diese Pause kann nicht lange dauern; bereits fünf Minuten sind vorüber, und bald werden wir unser Emporsteigen zur Mündung des Kraters fortsetzen.“

Der Professor beobachtete, während er sprach, unablässig seinen Chronometer, und er sollte nochmals Recht haben in seinen Vorausvermuthungen. Bald wurde das Floß wieder von einer raschen unordentlichen Bewegung ergriffen, die etwa zwei Minuten dauerte.

„Gut, sagte mein Oheim, und sah dabei auf die Uhr, in zehn Minuten wird es sich wieder in Bewegung setzen.

– Zehn Minuten?

– Ja. Wir haben's mit einem Vulkan zu thun, dessen Ausbrüche mit Unterbrechungen vor sich gehen. Er läßt uns ausruhen.“

Dies war völlig richtig. Auf die angesagte Minute wurden wir von Neuem mit äußerster Schnelligkeit fortgestoßen. Wir mußten uns an die Balken festklammern, um nicht von dem Floß weggeschleudert zu werden. Dann hielt der Stoß wieder ein.

Seitdem hab' ich über diese auffallende Erscheinung nachgedacht, ohne eine befriedigende Erklärung zu finden. Doch scheint es mir klar, daß wir uns nicht in dem Hauptschlund des Vulkans befanden, sondern etwa in einem Nebengang, wo in der That ein Gegenschlag sich fühlbar machte.

Wie oft sich solch ein Ruck wiederholte, kann ich nicht sagen. Nur das kann ich angeben, daß wir bei jeder Erneuerung der Bewegung mit zunehmender Gewalt, und wie von einem Projectil fortgerissen, emporgeschoben wurden. Während der Pausen war's zum Ersticken;

während des Fortschiebens machte mir die glühende Luft das Athmen unmöglich. Allmälig übrigens, durch die wiederholten Erschütterungen erschöpft, verlor ich die Besinnung. Ohne unsers Hans Arme hätte ich mehr wie einmal mir den Schädel an der Granitwand zerschmettert.

Ich habe daher keine genaue Erinnerung von dem, was in den folgenden Stunden vorging, behalten. Ich habe das unklare Bewußtsein von unaufhörlichem donnerartigen Getöse, von der Erschütterung des Grundbaues, von einer kreiselartigen Bewegung, welche das Floß ergriff. Es schaukelte über Lavawogen inmitten eines Aschenregens, umgeben von schnaufenden Flammen. Ein Orkan, als käme er von einem ungeheuren Blasebalg, fachte die unterirdischen Feuer an. Zum letzten Male sah ich unsers Hans Antlitz im Widerschein einer Feuersbrunst, und ich hatte kein anderes Gefühl, als das unselige Entsetzen der Unglücklichen, welche vor die Mündung einer Kanone gebunden sind, im Moment wo der Schuß losgeht, um ihre Glieder in die Lüfte zu zerstreuen.

Vierundvierzigstes Capitel - Stromboli

Als ich wieder die Augen aufschlug, fühlte ich mich von der kräftigen Hand unsers Führers am Gürtel gefaßt. Mit der andern stützte er meinen Oheim. Ich war nicht schwer verwundet, sondern mehr am ganzen Körper zerschlagen und gelähmt. Ich lag auf dem Abhang eines Berges, zwei Schritte von einem Schlund, in welchen die geringste Bewegung mich hinabgestürzt hätte. Hans hatte mich vom Tode gerettet, während ich über die Seitenwand des Kraters rollte.

„Wo sind wir?“ fragte mein Oheim, welcher mir aufgebracht vorkam, daß er wieder auf die Erde zurück gekommen sei.

Der Jäger zuckte mit den Achseln, um kund zu geben, daß er's nicht wisse.

„In Island, sagte ich.

– Nej, erwiderte Hans.

– Wie? Nein? rief der Professor.

– Hans irrt“, sagte ich; und stand auf.

Nach den unzähligen Ueberraschungen dieser Reise war uns eine erstaunliche noch vorbehalten. Ich war darauf gefaßt, einen mit ewigem Schnee bedeckten Kegel zu sehen, mitten in den dürren Wüsteneien der nördlichen Gegenden, und ganz dem entgegen lagen wir am Abhange eines Berges, der von den glühenden Strahlen einer versengenden Sonne ausgetrocknet war.

Ich wollte nicht meinen Augen trauen; aber der Sonnenbrand, den mein Körper wirklich zu erleiden hatte, benahm allen Zweifel. Wir waren halbnackt aus dem Krater herausgekommen, und das strahlende Gestirn, welches uns seit zwei Monaten nichts gespendet hatte, zeigte sich gegen uns freigebig mit Licht und Wärme.

Als sich meine Augen an diesen Glanz wieder gewöhnt hatten, war ich bemüht, unseren Irrthum zu berichtigen.

Der Professor ergriff zuerst das Wort, und sprach:

„Wirklich, das sieht nicht aus wie Island.

– Aber doch wie die Insel Mayen? erwiderte ich.

– Auch das nicht, lieber Junge; es ist kein Vulkan des Nordens mit einer Schneekoppe.

– Doch ...

– Sieh! Axel, sieh nur!“

Höchstens fünfhundert Fuß über unserm Kopf öffnete sich der Krater eines Vulkans, aus welchem von Viertel- zu Viertelstunde mit starkem Donnergetöse eine hohe Flammensäule, vermischt mit Bimsstein, Asche und Lava hervordrang. Nach unten, über einen ziemlich steilen Abhang, ergossen sich ausgeworfene Stoffe in Streifen sieben- bis achthundert Fuß hinab, woraus sich für den Vulkan eine Gesammthöhe von dreihundert Klafter ergab. Sein Fuß verlor sich in einem wahren Garten grüner Bäume, unter denen ich Oelbäume, Feigen und mit rothen Trauben reich beladene Reben unterschied.

So sehen nicht nordische Länder aus, das mußte man zugeben.

Wenn der Blick über diese grüne Umgebung hinausschweifte, verlor er sich gleich in den Gewässern eines wunderlichen Meers oder See's, der dieses Zauberland zu einer großen Insel von kaum einigen Meilen machte. Oestlich sah man hinter einigen Häusern einen kleinen Hafen, worin eigenthümlich geformte Schiffe auf azurblauen Wogen schaukelten. Weiter hinaus ragten Inselgruppen aus der Wasserfläche hervor, so zahlreich, daß sie wimmelten wie ein Ameisenhaufen. Westlich begrenzte fernes Küstenland den Horizont; auf der einen war in harmonisch geformten Umrissen blaues Gebirg gezeichnet; auf den anderen, die ferner waren, sah man einen erstaunlich hohen Bergkegel, aus dessen Spitze eine Rauchsäule aufstieg. Nördlich schimmerte in den Sonnenstrahlen eine unendlich weite Wasserfläche, woraus hier und dort ein Mast oder ein schwellendes Segel hervorglänzte.

Das Ueberraschende eines solchen Anblicks erhöhte noch hundertfach die wunderbare Schönheit desselben.

„Wo sind wir? wo sind wir?“ wiederholte ich leise. Hans schloß gleichgiltig seine Augen, und mein Oheim schaute das zauberhafte Bild, ohne es zu begreifen.

„Wie auch dieser Berg heißen mag, sagte er endlich, es ist hier ein wenig heiß; die Explosionen dauern ununterbrochen fort, und es verlohnte wahrhaftig nicht der Mühe, einem Ausbruch glücklich entronnen zu sein, um einen Felsblock auf den Kopf zu bekommen. Wir wollen hinabsteigen, da werden wir erfahren, woran wir sind. Uebrigens hab' ich Hunger und Durst zum Sterben.“

Gewiß, der Professor war kein schwärmerischer Kopf. Ich meinerseits hätte Bedürfniß und Strapazen vergessen, und wäre noch Stunden lang an dieser Stelle geblieben, aber ich mußte mich meinen Gefährten anschließen.

Der Abhang des Vulkans war sehr steil; wir glitten in Schluchten voll Asche, indem wir den Lavaströmen auswichen, welche gleich feurigen Schlangen hinabflossen. Beim Hinabsteigen plauderte ich geschwätzig, denn meine volle Phantasie mußte sich aussprechen.

„Wir sind in Asien, rief ich aus, an Indiens Küsten, auf den Malaischen Inseln, in Oceanien! Wir sind durch die Hälfte des Erdballs gefahren, um bei den Antipoden Europa's herauszukommen.

– Aber die Magnetnadel? erwiderte mein Oheim.

– Ja, die Magnetnadel! sagte ich verlegen. Sollten wir ihr glauben, so sind wir stets nordwärts gefahren.

– Also hat sie gelogen?

– O! Gelogen!

– Sofern nicht hier der Nordpol liegt!

– Der Pol nicht; aber ...“

Es lag hier eine unerklärliche Thatsache vor.

Indessen näherten wir uns der grünen Ebene, welche einen so freundlichen Anblick gewährte. Hunger und Durst quälten mich. Zum Glück bot sich, nachdem wir zwei Stunden gegangen, unsern Blicken ein hübsches Feldstück dar, das ganz mit Oliven- und Granatbäumen und Reben bedeckt war, welche aussahen, als seien sie Jedermanns Eigenthum. Uebrigens nahmen wir's, in unserem entblößten Zustand, damit nicht so genau. Wie erquickten uns da die saftigen Früchte und die rothen Trauben, womit wir zur Sättigung uns labten! Nicht weit entfernt entdeckte ich im Grase unter köstlichem Baumschatten eine kalte, sprudelnde Quelle, womit wir uns Angesicht und Hände erfrischten.

Während wir so in diesen Labungen uns erholten, zeigte sich ein Knabe zwischen dem Olivengebüsch.

„Ah! rief ich, ein Bewohner dieser glücklichen Landschaft!“ Es war ein armer, elend gekleideter Junge, den offenbar unser Anblick in Schrecken setzte; und wirklich, halb bekleidet mit wilden Bärten, hatten wir wohl ein schlimmes Aussehen, und wäre dies Land nicht eine Räuberheimat, so waren wir geeignet, seinen Bewohnern Schrecken einzujagen.

Sowie der Junge entfliehen wollte, lief ihm Hans nach und brachte ihn trotz alles Schreiens und Sträubens zurück. Mein Oheim, um ihn auf's beste zu beruhigen, redete ihn zuerst auf gut Deutsch an:

„Wie heißt dieser Berg, lieber Kleiner?“

Keine Antwort.

„Gut, sagte mein Oheim, in Deutschland sind wir nicht.“

Er that dieselbe Frage auf Englisch.

Der Knabe antwortete auch darauf nicht. Ich war sehr verlegen.

„Ist er denn stumm?“ rief der Professor, und da er auf seine Sprachenkenntniß sich etwas einbildete, stellte er ihm dieselbe Frage im Französischen.

Wieder keine Antwort.

„So versuchen wir Italienisch“, fuhr mein Oheim fort, und fragte in dieser Sprache:

„Wo sind wir?“

Gleiches Schweigen. Nun aber ward mein Oheim zornig, und zupfte den Knaben bei den Ohren und rief: „Ei was! wirst Du reden? Wie heißt diese Insel?“.

– Stromboli, erwiderte der Hirtenknabe, machte sich von Hans los und lief querfeldein durch den Olivengarten.

Wir dachten nicht mehr an ihn. Stromboli! Wie regte dieses unerwartete Wort meine Phantasie an! Wir befanden uns in der Mitte des Mittelländischen Meeres, auf der Insel, wo einst Aeolus die Winde und Stürme gefesselt hielt. Und diese blauen Berge im Osten waren die Berge Calabriens! und dieser am südlichen Horizont ragende Vulkan der fürchterliche Aetna.

„Stromboli! Stromboli!“ rief ich wiederholt, und stimmte ein Loblied an, wobei mein Oheim mich begleitete:

O! wundervolle Reise! Hinabgefahren durch einen Vulkan in den Schoß der Erde, kamen wir durch einen anderen wieder heraus, und dieser lag über zwölfhundert Meilen vom Snäfields entfernt, von dem öden Island an den Grenzmarken der Erde! Die Wechselfälle dieser Fahrt haben uns unter den lieblichsten Gegenden des Erdbodens hergeführt. Wir verließen die Region des ewigen Schnees gegen die des ewigen Grün, und den grauen Nebel der Eiszonen über unseren Köpfen gegen den lasurblauen Himmel Siciliens!

Nach einem köstlichen Mahl aus Obst und frischem Wasser machten wir uns wieder auf den Weg nach dem Hafen von Stromboli. Es schien uns nicht klug, offen zu sagen, wie wir auf die Insel gekommen waren; der abergläubische Sinn der Italiener würde uns für Teufel, welche die Hölle ausgespien, angesehen haben; es war daher gerathen, daß wie uns für Schiffbrüchige ausgeben.

Unterwegs hörte ich meinen Oheim murmeln:

„Aber die Magnetnadel! Die Magnetnadel, die Norden zeigte! wie ist dies zu erklären?

– Wahrhaftig! sagte ich mit vornehmer Verachtung, man braucht gar nicht zu erklären, das ist leichter!

– Das wäre! ein Professor am Johanneum sollte den Grund einer kosmischen Naturerscheinung nicht anzugeben wissen! Das wäre eine Schande!“

Bei diesen Worten ward mein Oheim, halb bekleidet, den Ledergürtel um die Hüften und die Brille über der Nase wieder der fürchterliche Professor der Mineralogie.

Eine Stunde, nachdem wir das Olivenwäldchen verlassen, kamen wir im Hafen S. Vicenzo an, wo Hans den Lohn für seine dreizehnte Woche forderte, der ihm auch mit wärmstem Handschlag verabfolgt wurde.

Er fühlte einige besondere Rührung, drückte mit seinen Fingern leise unsere Hände und lächelte.

Fünfundvierzigstes Capitel - Schluß

Nun komme ich zum Schluß meines Berichts, welchem Manche, so sehr sie sich auch gewöhnt haben über nichts zu erstaunen, den Glauben versagen werden. Aber ich bin zum Voraus gegen den Unglauben der Menschen gerüstet.

Die Fischer zu Stromboli nahmen uns mit allen Rücksichten auf, welche man Schiffbrüchigen zollt. Sie beschenkten uns mit Kleidung und Lebensmitteln. Nachdem wir achtundvierzig Stunden gewartet, brachte uns eine kleine Barke nach Messina, wo wir uns in einigen Tagen völlig ausruhten und erholten.

Freitags, 4. September, gingen wir auf dem Volturno, einem Post-Packetboot der kaiserlichen Messagerien, unter Segel, und landeten nach drei Tagen zu Marseille, ohne weitere Sorge, als über die verdammte Magnetnadel, denn diese unerklärliche Thatsache quälte mich ernstlich. Am 9. September Abends langten mir zu Hamburg an. Unbeschreiblich war das Erstaunen Martha's, Gretchen's Jubel.

„Nun, da Du ein Held bist, sagte meine liebe Braut, brauchst Du mich nicht mehr zu verlassen, Axel!“

Ich sah ihr in's Auge. Sie weinte lächelnd.

Daß des Professors Lidenbrock Rückkehr zu Hamburg Aufsehen machte, versteht sich von selbst. Durch Martha's Redseligkeit war die Nachricht von seiner Abreise nach dem Mittelpunkt der Erde überall verbreitet worden. Man glaubte nicht daran, und als man ihn wiedersah, glaubte man's noch weniger.

Jedoch durch die Anwesenheit unsers Hans, und einige Nachrichten, die man aus Island erhielt, änderte sich allmälig die öffentliche Meinung. Nun wurde mein Oheim ein großer Mann, und ich der Neffe eines großen

Mannes, und das ist schon Etwas. Hamburg gab uns zu Ehren ein Fest. Im Johanneum fand eine öffentliche Sitzung statt, worin der Professor einen Bericht über seine Unternehmung vortrug. An demselben Tage legte er Saknussemm's Document im Archiv der Stadt nieder, und erklärte sein lebhaftes Bedauern, daß ihm die Umstände nicht erlaubt hätten, die Spuren des isländischen Reisenden bis zum Mittelpunkt der Erde weiter zu verfolgen.

So viel Ehre mußte ihm Neider erwecken. Es fehlte daran nicht, und da seine Theorien, auf zuverlässige Thatsachen gestützt, den wissenschaftlichen Systemen über die Frage des Centralfeuers widersprachen, so hatte er mit den Gelehrten aller Länder merkwürdige Streitigkeiten zu bestehen.

Ich meines Theils kann seine Theorie des Erkaltens nicht gelten lassen, trotzdem, was ich gesehen habe, glaube ich an die Centralwärme, und werde stets daran glauben; doch gebe ich zu, daß gewisse, noch nicht hinlänglich bestimmte Umstände dieses Gesetz unter Einwirkung von Naturerscheinungen modificiren können.

Zur Zeit als diese Fragen lebhaft im Zug waren, erlitt mein Oheim einen herben Kummer. Hans, den das Heimweh befiel, verließ trotz seiner Bitten Hamburg. Der Mann, dem wir Alles verdankten, wollte das nicht gestatten, ihm den Tribut unserer Dankbarkeit zu zollen.

„Farval“, sagte er eines Tages, und nach diesem einfachen Abschied reiste er nach Reykjawik, wo er glücklich ankam.

Wir waren unserem wackeren Eiderjäger sehr anhänglich. Die ihm ihr Leben verdankten, werden seiner stets in Liebe gedenken, und ich werde gewiß vor meinem Ende ihn noch besuchen.

Zum Schluß darf ich beifügen, daß diese Reise nach dem Mittelpunkt der Erde ungeheures Aufsehen in der ganzen Welt erregte. Sie wurde gedruckt und in alle Sprachen übersetzt; die gelesensten Journale eigneten sich ihre wichtigsten Capitel an, und sie wurden dann erläutert, erörtert, angegriffen, vertheidigt mit gleicher Ueberzeugung im Lager der Gläubigen und Ungläubigen. Es wurde meinem Oheim die seltene Gunst des Schicksals zu Theil, daß er noch bei Lebzeiten seinen vollen Ruhm genoß, sodaß sogar Barnum ihm den Antrag machte, ihn für hohen Preis in allen Vereinigten Staaten öffentlich sehen zu lassen.

Aber mitten in diesem Ruhm beschlich ihn ein Unbehagen, quälte ihn eine Pein: die unerklärliche Thatsache der Magnetnadel. Für einen Gelehrten wird eine solche unerklärte Thatsache zu einer Qual des Verstandeslebens. Nun, der Himmel beschied meinem Oheim die Vollständigkeit seines Glückes.

Eines Tages, als ich eine Sammlung Mineralien in seinem Cabinet ordnete, kam mir dieser merkwürdige Compaß unter die Augen, und ich beobachtete ihn.

Seit sechs Monaten befand er sich in seinem Winkel, ohne zu ahnen, welche Unruhe er verursachte.

Auf einmal, welch Erstaunen! Ich schrie laut auf. Der Professor kam eilig herbei.

„Was giebt's, fragte er.

– Dieser Compaß! ...

– Nun?

– Seine Nadel weist auf Süden und nicht auf Norden!

– Was sagst Du?

– Sehen Sie! Die Pole verkehrt.

– Verkehrt!“

Mein Oheim schaute, verglich und sprang auf, daß das Haus erzitterte.

Welches Licht drang auf einmal in seinen und meinen Geist!

„Also, rief er aus, sobald er wieder sprechen konnte, seit unserer Ankunft am Cap Saknussemm zeigte die verdammte Nadel auf Süden anstatt auf Norden?

– Offenbar.

– Dadurch erklärt sich unsere Irrfahrt. Aber welches Ereigniß konnte die Umkehrung der Pole bewirken?

– Ein sehr einfaches.

– Sprich Dich aus, lieber Junge.

– Während des Sturmes auf dem Meer Lidenbrock hat die Kugel, welche das Eisen des Flosses magnetisirte, unsere Nadel ganz einfach irre gemacht.

– So! rief der Professor mit hellem Lachen, da hat also die Elektricität einen Streich gespielt?“

Von diesem Tag an war mein Oheim der glücklichste Gelehrte, und ich der glücklichste Mensch, denn meine hübsche Vierländerin, die mündig geworden, nahm in dem Hause in der Königsstraße die doppelte Stellung an als Nichte und Ehefrau. Dazu kam sodann, daß ihr Oheim der berühmte Professor Otto Lidenbrock war, correspondirendes Mitglied aller wissenschaftlichen, geographischen und mineralogischen Gesellschaften der ganzen Welt.